DAN ORMES

Hefyd ar gael gan yr un awdur:

Dan yr Wyneb
Dan Ddylanwad
Dan Ewyn y Don
Dan Gwmwl Du
Dan Amheuaeth
Dan ei Adain
Dan Bwysau
Dan Law'r Diafol
Dan Fygythiad
Dan Gamsyniad
Dan Gysgod y Coed
Dan y Dŵr
Dan y Ddaear

Pleserau'r Plismon
(Cyfrol o atgofion)

www.carreg-gwalch.cymru

Dan Ormes

John Alwyn Griffiths

Carreg Gwalch

Diolch, fel arfer, i Myrddin, Nia a phawb yng Ngwasg Carreg Gwalch am eu cefnogaeth barhaus.

Diolch hefyd i Ann Williams o Cymorth i Ferched Cymru a Liz Ephraim o Gorwel am eu cymorth amhrisiadwy gyda stori ddirdynnol Annie.

Argraffiad cyntaf: 2025

ⓗ John Alwyn Griffiths/Gwasg Carreg Gwalch

Cedwir pob hawl.
Ni chaniateir atgynhyrchu unrhyw ran o'r cyhoeddiad hwn na'i gadw mewn cyfundrefn adferadwy, na'i drosglwyddo mewn unrhyw ddull na thrwy unrhyw gyfrwng electronig, electrostatig, tâp magnetig, mecanyddol, ffotocopïo, recordio, nac fel arall, heb ganiatâd ymlaen llaw gan y cyhoeddwyr, Gwasg Carreg Gwalch, 12 Iard yr Orsaf, Llanrwst, Dyffryn Conwy, Cymru LL26 0EH.

ISBN clawr meddal: 978-1-84527-973-8

CYNGOR LLYFRAU CYMRU

Cyhoeddwyd gyda chymorth Cyngor Llyfrau Cymru

Cynllun clawr: Olwen Fowler

Cyhoeddwyd gan Wasg Carreg Gwalch,
12 Iard yr Orsaf, Llanrwst, Conwy, LL26 0EH.
Ffôn: 01492 642031 Ffacs: 01492 641502
e-bost: llyfrau@carreg-gwalch.cymru
lle ar y we: www.carreg-gwalch.cymru

I fy annwyl wraig,
Glenys

Pennod 1

Edrychodd Meira Evans ar Annie Goodwin. Roedd y ferch o'i blaen wedi dioddef cymaint, ac roedd y boen i'w weld yn ei llygaid llaith yn ogystal ag ar ei chroen – y briwiau a'r cleisiau roedd hi wedi ceisio'u hegluro drwy chwerthin, gan feio'i thueddiad i faglu a bod yn drwsgl.

Cymerodd Meira lymaid o ddŵr er mwyn prynu amser iddi'i hun. Hwn oedd yr achos cyntaf iddi ddelio â fo ar ei phen ei hun fel Swyddog Cefnogi ar ôl gorffen ei deufis o hyfforddiant efo Coledd, a'r ail dro iddi siarad ag Annie. Doedd hi ddim am wneud camgymeriad, na dweud y peth anghywir. Ceisiodd gofio popeth roedd ei phennaeth wedi'i ddweud wrthi yn ystod ei chyfnod prawf.

Ar ôl treulio cymaint o flynyddoedd allan o fyd gwaith yn magu'r plant, roedd y swydd efo Coledd – corff i gefnogi a helpu dioddefwyr trais yn y cartref – wedi apelio'n fawr ati. Roedd yr uned yr oedd hi'n gweithio iddi yn rhan o rwydwaith ehangach ar draws gogledd Cymru i roi cymorth i unigolion a theuluoedd mewn angen, ynglŷn â materion yn ymwneud â chartrefi ac arian yn ogystal â thrais yn y cartref. Yn ystod ei chyfnod yn gweithio i'r heddlu yn Lerpwl cyn priodi, roedd hi wedi teimlo mor rhwystredig na allai hi wneud mwy i helpu'r merched oedd yn eu ffonio mewn ofn – dyma'i chyfle i wneud iawn am hynny.

Trodd meddwl Meira at ei theulu: roedd Jeff, ei gŵr, a'r plant, Twm a Mairwen, wedi bod yn gefnogol iawn iddi pan benderfynodd fentro'n ôl i fyd gwaith, chwarae teg iddyn nhw, er bod hynny'n golygu y byddai'n rhaid iddyn nhw'u tri wneud mwy o gwmpas y tŷ. Sylweddolai erbyn hyn pa mor lwcus oedd hi ohonyn nhw – doedd pob gwraig, fel roedd hi wedi dod i ddeall, ddim mor ffodus.

Ceisiodd Annie Goodwin dynnu llawes ei chrys i lawr i guddio'r cleisiau melynfrown ar ei garddwrn. Wrth wneud hynny, sylweddolodd ei bod hi wedi blino. Wedi blino gwisgo dillad oedd yn cuddio'r rhan fwyaf o'i chorff, wedi blino meddwl am esgusodion. Prin yr oedd hi'n mentro allan o'r tŷ bellach, yn rhannol am nad oedd hi eisiau wynebu pobl, ond yn bennaf rhag i Dave ddod i wybod. Teimlai fel carcharor yn ei chartref ei hun, yn enwedig ar ôl iddo gipio'i ffôn o'i llaw a sathru arno nes roedd o'n deilchion.

Roedd ychydig dros ddwy flynedd ers iddi hi a'i phlant symud o Fanceinion i rif 14 Y Rhos, yn y gobaith o ddechrau bywyd newydd, distawach. Er nad oedd Adam a Claire eisiau gadael eu ffrindiau, roedd y ddau wedi setlo'n rhyfeddol o dda yng Nglan Morfa, ac i weld yn gwneud yn iawn yn Ysgol Glan y Don, ac Annie hithau wrth ei bodd yn cael bod mor agos i'r môr. Roedd ambell un o'i ffrindiau wedi dod i ymweld â hi ar ôl iddi symud, ac un o'r rheiny oedd David Smith. Daeth yn ôl y penwythnos canlynol, a chyn pen y mis roedd o wedi symud i mewn. Fu hi ddim yn hir nes i'w ymddygiad newid.

Edrychodd Annie ar yr oelcloth plastig lliwgar a orchuddiai fwrdd y gegin, yn ceisio meddwl lle i ddechrau. Roedd hi'n falch pan ddechreuodd Meira siarad.

'Yli, mi wyt ti wedi cymryd y cam cynta drwy gysylltu

efo ni, a dyna ydi'r peth anodda. Deud y cwbwl wrtha i, o'r dechra, i ni gael dy helpu di.'

Gan dynnu'r hances bapur damp yn ei dwylo'n ddarnau, rhoddodd Annie fraslun o'r cefndir iddi.

'Y peth rhyfedda ydi na tydi o ddim yn frwnt efo fi drwy'r amser. Mae o'n medru bod yn lyfli – yn enwedig pan mae'r plant o gwmpas – ond wedyn mae o'n dechra hel meddyliau ... amau 'mod i'n gweld dynion eraill a ballu, a cholli'i dymer. Wn i ddim pryd mae o'n meddwl dwi'n cael amser i fynd i weld dyn arall, a finna yn fama drwy'r dydd, ond mae o'n cael y syniadau 'ma yn 'i ben ac mae'r rheiny'n cael gafael arno fo.'

'Ond mae o'n iawn efo'r plant?'

'Dim problem o gwbl. Dwi'n deud celwydd wrthyn nhw am y briwiau 'ma i gyd. Mae 'na adegau o hyd pan 'dan ni fel teulu normal ... yn hapus ... ond wedyn ...' Dechreuodd grio go iawn.

'Wedyn be, Annie?' mentrodd Meira i'w hannog.

'Dwi fel carcharor. Cha i ddim mynd allan, dim hyd yn oed i siarad efo'r cymdogion. Ma' nhw'n fy helpu fi i gadw 'mherthynas efo'r dynion eraill yn gyfrinach, medda fo. Chlywais i erioed y fath lol.'

'Wyt ti'n mynd allan o gwbl, i siopa bwyd?'

'Wneith o ddim gadael i mi. Fo sy'n gwneud hynny i gyd. Beth bynnag, ers i mi stopio gweithio does gen i ddim pres i fynd i wneud dim.'

'Oes gen ti gyfrif cynilion yn y banc y medri di ei ddefnyddio petai rhaid?'

'Oes, ond mae o'n wag. A beth bynnag, Dave sy'n cadw'r cardiau banc i gyd – rhag iddyn nhw fynd ar goll, medda fo.'

Ysgydwodd Meira ei phen. Doedd hi ddim yn siŵr a

ddylai hi ddweud yr hyn oedd ar ei meddwl, ond teimlai fod yn rhaid iddi.

'Mae'n amlwg,' dechreuodd, gan roi ei llaw ar fraich Annie, 'fod petha rhyngthat ti a Dave yn mynd o ddrwg i waeth, a phoeni ydw i y bydd o'n dy frifo di'n ofnadwy os na fydd rwbath yn newid.' Doedd hi ddim eisiau defnyddio'r gair 'lladd', ond dyna oedd yn mynd drwy ei meddwl.

Edrychodd Annie'n syth i lygaid Meira.

'Mae o'n ddyn mawr cryf a does gen i ddim siawns o amddiffyn fy hun yn ei erbyn o. Mi wnes i ffendio'n reit handi na does 'na ddim pwynt i mi gwffio'n ôl.'

'Wyt ti wedi siarad efo'r heddlu ... ei riportio fo am ymosod arnat ti?'

Plygodd Annie ei phen.

'Fedra i ddim,' atebodd yn ddistaw. 'Be fysa'r pwynt? Mi fysa fo'n cael ei gyhuddo, a dod allan ar bêl. Hyd yn oed tasan nhw'n deud wrtho fo am beidio dod yn agos ata i, pwy fysa'n ei stopio fo? A tasa fo'n cael jêl, buan iawn fysa fo allan, ac isio dial. Lle fyswn i wedyn?'

'Mae 'na ffyrdd, 'sti, Annie,' meddai Meira, gan geisio swnio'n broffesiynol er bod ei chalon yn gwaedu dros y ferch a'i hwynebai. 'Mae 'na betha fedra i – y medrwn ni – eu gwneud i wneud yn siŵr dy fod di a'r plant yn saff.'

'Tydi mynd trwy'r llysoedd ddim yn gweithio. A dwi ddim isio mynd trwy hynna i gyd.'

'Pam ddim?'

'Ella bod hyn yn swnio'n stiwpid, ond mae 'na adegau pan dwi'n dal i'w garu o.'

Ochneidiodd Meira. 'Iawn. Dwi'n parchu hynny. Ond ma' raid i ti gael ffordd o gysylltu efo fi, neu'r heddlu, os oes gwir angen, Annie. Mae o wedi malu dy ffôn di, medda chdi ... oes 'na un arall yn y tŷ?'

'Dim ond rhai'r plant ...'

Agorodd Meira ei bag a thynnu ffôn symudol rhad, cortyn gwefru a waled fechan ohono, a'u rhoi i Annie.

'Cymera hwn. Mae fy rhif i, rhif y swyddfa a rhifau eraill all fod o fudd i ti – yr heddlu, y gwasanaeth iechyd, llinell gymorth iechyd meddwl a'r Samariaid – yn ei gof o. Os wyt ti angen siarad efo rhywun, defnyddia fo. Ychwanega di rifau dy deulu, ac unrhyw ffrindiau fedri di alw arnyn nhw mewn argyfwng, i gof y ffôn hefyd, a chadwa fo mewn lle saff. Yng nghanol dy stwff amser o'r mis, ella, neu efo'r pethau llnau – anaml iawn mae dynion yn chwilio yn fanno. Gwna'n siŵr nad ydi'r batri'n mynd yn fflat, a chadwa fo yn hon.' Gafaelodd Meira yn y waled, a rhoi'r ffôn ynddi. 'Mae'r waled yma'n atal y ffôn rhag derbyn signal, felly hyd yn oed pan fydd o ymlaen, wneith o ddim canu na gwneud unrhyw sŵn o gwbwl wrth dderbyn tects ac ati. Wyt ti'n dallt, Annie?'

Roedd golwg ansicr ar wyneb Annie, ac oedodd cyn ateb.

'Iawn. Ond mi fysa hi ar ben arna i tasa fo'n cael hyd iddo fo.'

'Dewis rif pin iddo fo rŵan, rwbath cofiadwy. A chofia, mae croeso i ti fy ffonio fi unrhyw adeg o'r dydd neu'r nos. Tydi'r rhif 999 ddim ynddo fo, ond deiala di hwnnw os wyt ti mewn peryg. Mae 'na werth decpunt o gredyd ynddo fo, ond paid â'i wastraffu o.'

'Wn i ddim be fysa Dave yn neud tasa fo'n gwybod 'mod i wedi cysylltu efo dy swyddfa di ...'

Gwelodd Meira olwg o banig yn llygaid Annie wrth iddi godi ar ei thraed.

'Well i ti beidio aros yn rhy hir. Weithiau mi fydd o'n picio adra o'i waith er mwyn trio fy nal i'n gwneud rwbath na ddylwn i.'

Edrychodd Meira ar ei watsh. Roedd hi wedi bod yno am bron i awr, ac roedd hi'n tynnu at hanner dydd. Byddai amser cinio'n esgus da i Dave ddod adre'n annisgwyl, felly cododd hithau hefyd ar ei thraed a gafael yn ei bag.

'Mi ddo i draw eto i dy weld di ymhen chydig ddyddiau, Annie. Cofia am y ffôn os wyt ti angen cymorth brys cyn hynny, a bydda'n ofalus.'

Cerddodd Meira i'w char, a oedd wedi'i barcio'n ddigon pell oddi wrth y tŷ. Ar ôl eistedd yn sêt y gyrrwr, edrychodd ar ei ffôn ei hun. Doedd dim negeseuon. Pan oedd ar fin tanio'r car, gwelodd ddyn yn ei bedwardegau cynnar – dyn tal, cyhyrog a chanddo wallt cringoch, cyrliog – yn brasgamu i gyfeiriad drws ffrynt tŷ Annie Goodwin.

Edrychodd David Smith i fyny ac i lawr y ffordd cyn tynnu allwedd o'i boced a'i ddefnyddio i agor y drws. Diolchodd Meira ei bod wedi gadael pan wnaeth hi. Gobeithio bod Annie wedi cael cyfle i guddio'r ffôn cyn iddo gyrraedd, ystyriodd.

Pennod 2

Cyrhaeddodd Heulwen, gwraig Sarjant Rob Taylor, gaffi'r Pantri Bach rai munudau o flaen Meira.

'O, sori 'mod i'n hwyr,' ymddiheurodd Meira. 'Ro'n i mewn cyfweliad dipyn yn gymhleth.'

'Newydd gyrraedd ydw inna. Be gawn ni? Jyst panad, 'ta ti isio rwbath i'w fwyta?'

'Ma' hi'n ddigon agos at amser cinio, ac mae 'mol i'n cwyno ers meitin. Yn ôl Jeff mae 'na fwyd da yma, felly cinio amdani!'

Eisteddodd y ddwy i lawr wrth fwrdd ger y ffenest i ddewis o'r fwydlen.

Ar ôl i'r weinyddes gymryd eu harcheb, sylwodd Heulwen fod Meira'n syllu'n wag allan trwy'r ffenest.

'Golwg flinedig arnat ti, Meira,' meddai Heulwen. 'Ydi bob dim yn iawn?'

'Ydi,' atebodd. 'Jyst meddwl ydw i ... trio ystyried y ffordd orau i helpu rhywun dwi'n gweithio efo nhw. Mae'r swydd 'ma'n dipyn o gyfrifoldeb – mwy nag y gwnes i feddwl y bysa hi – a dwi'n methu stopio meddwl am rai o'r cleientiaid hyd yn oed y tu allan i oriau gwaith. Ond dwi ddim isio trafod hynny rŵan, er mai i ti mae'r diolch 'mod i'n medru gwneud y swydd o gwbwl. Ti wedi gweud cymaint i fy helpu fi ers i mi ddechrau gweithio.'

'I be arall mae ffrindiau'n da? Y cwbwl dwi'n neud ydi rhoi lifft adra o'r ysgol bob hyn a hyn i Twm a Mairwen pan ti'n gweithio'n hwyr, a dwi'n mynd i nôl fy mhlant fy hun beth bynnag, felly tydi o'n ddim trafferth. Do'n i ddim am adael iddyn nhw gerdded tair milltir ar hyd y lôn fach gul 'na, a dwi'n gwybod na fedri di ddibynnu ar Jeff i ddod o'r stesion ar amser. Mae o mewn sefyllfa dipyn gwahanol i Rob, sy'n gweithio shifftiau. Mae hwnnw'n gwybod pryd mae o'n dechrau gweithio bob dydd a phryd mae o'n gorffen.'

'Dwi mor ddiolchgar i ti, beth bynnag. Dwi wrth fy modd yn cael byw allan yn y wlad, efo golygfa mor braf dros y môr a 'run tŷ arall am y gweli di, ond wrth i'r plant dyfu ma' nhw isio mynd yn ôl ac ymlaen i'r dre at eu ffrindiau'n amlach, sy'n dipyn o boen pan nad oes bysys yn dod yn agos. Ac fel ti'n deud, Heulwen, dydi'r lôn 'na ddim ffit iddyn nhw'i cherdded hi, yn enwedig rŵan a hitha'n dechra nosi'n gynt. Mi fyddwn ni'n troi'r clociau ymhen dim.'

'Mi weithiwn ni betha rhyngddon ni. O leia mae'n horiau gwaith ni'n dwy'n fwy hyblyg na rhai'r dynion.'

'Mae Jeff yn gwneud ei orau pan fedar o,' ychwanegodd Meira, wrth i'r weinyddes osod eu platiau o'u blaenau. Dechreuodd y ddwy fwyta.

'Sôn am Jeff,' meddai Heulwen cyn hir, 'sut mae o'n dod i arfer efo'r ffaith dy fod di'n gweithio? Hon ydi dy swydd gynta di ers i chi'ch dau briodi, os dwi'n cofio'n iawn, ia?'

'Iawn, am wn i,' atebodd Meira. 'Mae o wedi bod yn gefnogol iawn i mi fynd yn ôl i weithio, ac yn dallt 'mod i isio gwneud mwy efo 'mywyd na rhedeg ar ei ôl o a'r plant, ond mi wyddost ti sut beth ydi bod yn dditectif sarjant mewn lle fel Glan Morfa. Ei waith o ydi'i fyd o, er ei fod o'n gwneud 'i orau i dreulio mwy o amser adra y dyddia yma.

Pan fydd o'n gweithio ar achos go ddifrifol sgin i'm syniad pryd i'w ddisgwyl o adra, a dyna sy'n gwneud petha'n anodd. Mae fy swydd inna'n golygu 'mod i angen gweithio oriau anghymdeithasol o dro i dro, a 'dan ni wedi stryglo i sortio'r plant allan unwaith neu ddwy, ond dyna fo, be fedra i neud? Dwi ddim yn mynd i roi fy swydd i fyny, ac ma' raid i Jeff sylweddoli nad fo ydi'r unig weithiwr cydwybodol yn y tŷ bellach.'

'A be am y plant? Sut maen nhw'n ymdopi efo gweld dipyn llai ar eu mam?'

'Wel, mae Twm yn ei arddegau erbyn hyn a dydi Mairwen ddim llawer ar ei ôl o, a'r ddau'n ddigon hen i ddallt y sefyllfa. Mi gawson ni air efo nhw cyn i mi benderfynu cymryd y swydd, ac roeddan nhw i weld yn dallt y goblygiadau. Ond does 'na ddim llawer wedi newid iddyn nhw a deud y gwir – pan fydda i'n gweithio'n hwyr mi wyt ti neu Jeff yn mynd â nhw adra ac mae 'na fwyd wastad yn barod iddyn nhw. Ma' nhw'n eitha da am setlo i lawr i wneud eu gwaith cartra, dwi'n falch o ddeud. Fel arall mae'r ddau ar eu cyfrifiaduron neu'u ffonau, ac mae Twm allan yn yr ardd yn hyfforddi'r ci pan fedar o. Mae o wedi dechra codi pwysa hefyd, 'run fath â lot o hogia eraill ei oed o.' Oedodd Meira. 'Oes 'na reswm pam wyt ti'n holi amdanyn nhw?'

Rhoddodd Heulwen ei chyllell a'i fforc i lawr.

'Na, dim byd fedra i roi fy mys arno fo.'

'Mae 'na rwbath ar dy feddwl di, Heulwen, mi fedra i ddeud.'

'Dim ond 'mod i'n gweld Twm chydig yn ddistawach nag arfer yn ddiweddar.'

'Ydi o? Sut felly?'

'Wel, roedd o'n arfer parablu yn y car yr holl ffordd adra – am hyfforddi Enfys y ci, pêl-droed a ballu, ond y dyddia yma mae o i'w weld yn dipyn distawach. Efo fi, beth bynnag. Meddwl o'n i fod 'na rwbath ar ei feddwl o.'

'Ddim i mi fod yn gwybod,' atebodd Meira. 'Dwi ddim wedi sylwi, beth bynnag.'

'O, da iawn,' meddai Heulwen. 'Ma' siŵr mai fi sy'n dychmygu petha.'

Gorffennodd y ddwy eu bwyd, a llithrodd eu sgwrs at bethau ysgafnach nes i Heulwen edrych ar ei watsh.

'Hei, mi fydd raid i mi fynd. Gin i dipyn i'w wneud pnawn 'ma,' meddai gan godi o'i chadair. 'Mi dala i am hwn.'

'Na wnei di wir,' mynnodd Meira. 'Chdi dalodd tro dwytha. Eistedda lawr. Fy nhro i ydi hi.'

Wrth y cownter, tynnodd Meira ei phwrs allan o'i bag llaw ar ôl taro golwg ar y bil.

'Cash 'ta cardyn?' gofynnodd y ferch y tu ôl i'r cownter.

'Arian parod,' atebodd Meira, gan ymbalfalu yn y pwrs. Roedd un papur degpunt a chydig o arian mân ynddo. Oedodd i feddwl. Roedd hi'n siŵr fod o leia ddeugain punt yno y tro diwethaf iddi ei agor, ac allai hi ddim cofio gwario'r gweddill. Chwiliodd trwy bocedi ei bag llaw, ond doedd dim arian yn y fan honno chwaith. Rhyfedd. Diolch i'r nefoedd am gardiau plastig, ystyriodd, a hithau wedi mynnu talu.

Ffarweliodd y ddwy y tu allan i ddrws y caffi, ar ôl trafod pwy oedd yn casglu'r plant y pnawn hwnnw.

Roedd hi'n saith o'r gloch erbyn i Ditectif Sarjant Jeff Evans gyrraedd adref o'i waith y noson honno, ac roedd hynny'n gymharol gynnar iddo fo. Roedd y plant eisoes wedi bwyta a mynd i fyny i'w llofftydd, felly dim ond Jeff a Meira oedd wrth y bwrdd bwyd.

'Sut ddiwrnod gest ti, Meira?' gofynnodd Jeff. 'Ti'n edrych fel tasat ti wedi ymlâdd.'

Ddaru Meira ddim ateb yn syth.

'Neu mae 'na rwbath yn dy boeni di ... rwbath yn dy waith, neu'n nes adra?' parhaodd Jeff.

'Achos yn y gwaith sy'n chwarae ar fy meddwl i – achos hynod o drist, ac un allai fod yn reit beryg.'

'Deud wrtha i. Ella y medra i helpu.'

'Ti'n gwybod na fedra i enwi neb na rhoi manylion, ond achos o drais yn y cartref ydi o. Mae 'na elfennau o reolaeth trwy orfodaeth a cham-drin ariannol hefyd. Mae'n amlwg fod y sefyllfa'n mynd i waethygu, ond yn ôl y canllawiau, cha i ddim deud wrthi am ei adael o – mae'n rhaid iddi wneud y penderfyniad hwnnw ei hun – a tydi hi ddim yn barod i wneud hynny eto.'

'Ydi o'n ei brifo hi?'

'Ydi, ac mae 'na gleisiau i brofi hynny, ond mae'r effaith seicolegol arni'n ddwys hefyd.'

'Wnest ti awgrymu y dylai hi wneud cwyn i ni'r heddlu?'

'Do, ond fel ddeudis i, mae o yn erbyn canllawiau Coledd i fynnu hynny os nad ydi hi'n hapus i wneud. Dim ond awgrymu fedra i, ond wneith hi ddim, dwi ddim yn meddwl.'

'Pam?'

'Ofn. Cariad. Yr un hen stori.'

'Pa mor ddifrifol ydi'r sefyllfa?'

'Fyswn i ddim yn synnu petai ganddo fo'r gallu i'w lladd hi. Dyna pam dwi'n poeni cymaint, ac yn teimlo mor rhwystredig.'

'Os ydi petha mor ddrwg â hynny, Meira bach, well i ti ddeud wrtha i am bwy ti'n sôn.'

'Fedra i ddim, Jeff. Mi ddylet ti fod yn gwybod yn well na gofyn. Mae 'ngwaith i'n gyfrinachol, a fiw i mi ddeud mwy wrthat ti. Ella 'mod i wedi deud gormod yn barod.'

'Wel, rhyngthat ti a dy betha, Meira. Ti'n gwybod 'mod i yma os wyt ti angen fy help i, yn swyddogol neu beidio.'

Yr eiliad honno, rhedodd Mairwen i lawr y grisiau ac i mewn i'r ystafell fwyta.

'Mam! Dad!' meddai, ''di Twm ddim yn gadael i mi fynd i mewn i'w lofft o. Mae o'n deud na sgin i ddim hawl!'

'Wel, mae gan bawb hawl i'w preifatrwydd 'sti, Mairwen,' atebodd Jeff. 'Mae dy frawd yn tyfu'n ddyn ifanc, ac isio amser iddo fo'i hun.'

'Ond mae o fel arfer yn licio pan dwi'n mynd ato fo,' cwynodd Mairwen â deigryn yn ei llygad. ''Dan ni fel arfer yn ffrindia.'

Pennod 3

Yn ddiweddarach y noson honno, wedi i'r plant fynd i'w gwlâu, roedd Jeff a Meira'n eistedd yn nhawelwch y lolfa. Roedd newyddion deg ar y teledu yn chwydu'r un hen straeon ag arfer am drais a rhyfela, felly trodd Jeff y sain i ffwrdd a symud yn nes at Meira ar y soffa.

'Ti 'di llwyddo i ymlacio, 'nghariad i?' gofynnodd. 'Un peth dwi wedi'i ddysgu dros y blynyddoedd ydi na fedri di adael i dy waith gymryd drosodd. Tydi hynny'n ddim lles i neb.'

Trodd Meira a gwenu arno, ond sylwodd Jeff mai hanner gwên yn unig oedd hi. Roedd o wedi disgwyl rhyw sylw pryfoclyd ganddi am iddo wrando ar ei gyngor ei hun, ond ddywedodd hi ddim.

'Dwi'n addo na ddeuda i air wrth neb, os wyt ti isio trafod yr achos efo fi.'

'Na, tydi hyn yn ddim byd i'w wneud efo 'ngwaith i, am newid,' atebodd. 'Mae'r hyn sy'n fy mhoeni i yn lot mwy personol.'

Tynnodd Jeff ei hun yn ôl o'i breichiau a chodi'i aeliau yn hytrach na gofyn y cwestiwn yn uniongyrchol.

'Mae 'na betha wedi digwydd heddiw sydd wedi gwneud i mi deimlo'n anghysurus ... ond ella mai fi sy'n hel meddyliau.'

'Deud wrtha i, Meira bach. Ydi o i'w wneud efo be ddeudodd Mairwen gynna?'

'Ydi, mewn ffordd, ond mae 'na fwy na hynny iddi.'

Paratôdd Jeff i wrando'n astud. Roedd ei reddf yn dweud wrtho fod rhywbeth sylweddol ar feddwl ei wraig.

'Wyt ti wedi gweld rhywfaint o wahaniaeth yn ymddygiad Twm yn yr wsnosa dwytha?' gofynnodd Meira.

'Naddo,' atebodd Jeff, ei lygaid yn culhau. 'Ym mha ffordd?'

'Mi wnes i gyfarfod Heulwen am ginio heddiw. Hi ddeudodd ei bod hi wedi gweld newid yn Twm yn ddiweddar. Mae o'n lot distawach nag y mae o fel arfer. A rŵan, ar ôl be ddigwyddodd gynna, meddwl o'n i ydi'r ddau beth yn gysylltiedig.'

'O be dwi'n wybod, tydi peidio gadael i'w chwaer fach fynd i mewn i'w stafell o ddim yn ymddygiad anghyffredin i hogyn pedair ar ddeg oed. Mae'r hogyn yn tyfu i fyny, Meira, ac mae o'n gyfnod o newid mawr. Duw a ŵyr sut un o'n i pan o'n i'r un oed â fo.' Gwenodd er mwyn ceisio ysgafnhau'r sgwrs.

'Dwi'n dallt hynny, siŵr iawn, ond rhyfeddu ydw i fod ei ymddygiad o wedi tynnu sylw Heulwen. Ges i air efo fo wrth ddeud nos dawch gynna – dim ond gofyn sut oedd petha, adra ac yn yr ysgol. Mi ddeudodd o fod bob dim yn iawn, nad oes 'na ddim byd ar ei feddwl o, ond wn i ddim ydw i'n ei goelio fo chwaith.'

Ystyriodd Jeff cyn ei hateb. Gwyddai o brofiad na ddylai anwybyddu greddf Meira – anaml roedd hi'n camddeall sefyllfa. 'Fedra i ddim meddwl be fysa'n ei boeni o, ond os leci di, mi awn ni i gael gair efo'i diwtor personol o yn yr ysgol ben bore fory, rhag ofn bod 'na rwbath yn digwydd yn fanno.'

'Fedra i ddim mynd ben bore – cyfarfod tîm – ond dos

di. Ydan ni'n mynd i ddeud wrth Twm dy fod di am fynd?'

'Na. Does 'na ddim pwynt styrbio'r hogyn heb fod rhaid. Fy nheimlad i ydi mai rhan o dyfu i fyny ydi hyn i gyd, os oes 'na rwbath i boeni amdano fo o gwbl.'

'Gobeithio wir. Mi fysa'n gas gen i tasa rhywun yn ei fwlio fo, a fynta ofn deud wrth neb.'

'Dwi 'di cael syniad,' meddai Jeff. 'Dwi ddim yn gweithio ddydd Sadwrn. Sgin ti rwbath wedi'i drefnu?'

'Nagoes. Pam?'

'Be am fynd â'r ddau i Sw Caer? Geith o fod yn dipyn o syrpréis iddyn nhw. Mi gychwynnwn ni'n gynnar a gwneud diwrnod ohoni. Fydd y ddau wth eu boddau, a gawn ni weld a ddaw Twm allan o'i gragen.'

'Syniad da. Mae'n hen bryd i ni gael diwrnod allan efo'n gilydd.'

Am hanner awr wedi wyth y bore canlynol, ar ôl iddo ddanfon Twm i'r ysgol a'i wylio'n cerdded i mewn i'r adeilad ymysg y bechgyn eraill, eisteddai Jeff yn ei gar gerllaw. Doedd dim rhaid iddo ddisgwyl yn hir i weld car Llion Jones, tiwtor personol Twm, yn cyrraedd y maes parcio mawr. Doedd ganddo ddim bwriad o wneud apwyntiad swyddogol i'w weld gan mai gair bach sydyn, answyddogol, roedd o am ei gael.

Cerddodd Jeff tuag at gar yr athro – dyn byrdew yn ei bumdegau oedd yn cario dau fag lledr trwm, un ym mhob llaw, yn edrych fel petaen nhw'n llawn llyfrau. Ei waith cartref yntau, dyfalodd Jeff.

'Bore da, Mr Jones.'

Trodd yr athro i'w wynebu, a cherddodd y ddau yn araf ochr yn ochr.

'Helô, Ditectif Sarjant Evans,' meddai'r athro. 'Dydw i ddim wedi'ch gweld chi ers tro byd. Sut ydach chi, a sut mae Mrs Evans? Hi fydda i'n ei gweld yn y cyfarfodydd rhieni fel arfer.'

Teimlodd Jeff ychydig yn euog. 'Ia, mi wyddoch chi sut ma' hi. Dwi'n gweithio oriau anwadal yn aml. O, tra dwi yma, sut mae Twm y dyddia yma? Ydi o'n bihafio?' Gobeithiai y byddai'r cwestiynau ffwrdd-â-hi yn ddigon da i'r tiwtor beidio sylweddoli mai dod i'r ysgol yn benodol i holi am ei fab wnaeth o.

Oedodd Llion Jones, a rhoddodd y bagiau trwm i lawr wrth ei draed. Edrychai'n debyg fod ganddo rywbeth i'w ddweud a oedd yn debygol o gymryd mwy nag un frawddeg.

'Mae Twm yn hogyn hoffus ac wedi bod yn gweithio'n galed ers i mi fod yn diwtor iddo, ond peth rhyfedd i chi ofyn, Sarjant Evans, dydi'i feddwl o ddim wedi bod ar ei waith yn ddiweddar. A deud y gwir, mae safon ei waith, a'i ddiddordeb ynddo'n gyffredinol, wedi dirywio braidd.'

'Oes 'na unrhyw eglurhad amlwg am hynny, o'ch safbwynt chi?'

'Na, dim byd y medra i roi fy mys arno fo. Ro'n i wedi bwriadu dod â'r mater i'ch sylw chi a Mrs Evans petai petha ddim yn gwella.'

'Cyn belled ag y gwyddon ni, does 'na ddim problemau tu allan i'r ysgol. Ydi hi'n bosib fod rwbath yn digwydd o fewn yr ysgol, neu ar yr iard? Bwlio, neu rwbath tebyg? Tydi o ddim wedi deud gair wrthon ni.'

Newidiodd ymarweddiad yr athro, fel petai'n ceisio amddiffyn enw da'r ysgol. Yna atebodd.

'Wel fedra i, na 'run athro arall, fod yn berffaith siŵr

nad oes bwlio'n digwydd – mae'r rhai sy'n gyfrifol am betha felly, fel arfer, yn gwneud job dda iawn o guddio'r peth. Oes, mae 'na dipyn o gwffio bob hyn a hyn – dyna ydi natur hogia erioed, fel y gwyddoch chi – ond mae Twm yn tueddu i gadw'n glir o betha fel'na fel arfer. Ond mae'r byd wedi newid, Ditectif Sarjant, ac mi fysa'n braf tasan ni ddim yn gorfod delio efo unrhyw beth gwaeth na chwffio. Y broblem fwya yn yr ysgol y dyddia yma ydi'r hen fusnes fêpio 'ma. Mae'r plant yn meddwl ei fod o'n iachach na smocio baco, felly mae 'na fwy ohonyn nhw wrthi.'

'Ydi hi'n broblem fawr?'

'Digon i wneud i ni'r athrawon boeni – ac nid jyst yn yr ysgol yma, cofiwch. Mae'r sefyllfa'n reit debyg ar draws y sir i gyd. Rydan ni'n gwneud ein gorau i sathru ar yr arferiad cyn iddo fo gael gafael go iawn – gan fod fêps yn betha gweddol newydd, does 'na ddim digon o ymchwil wedi'i wneud i effaith hirdymor y sglyfath petha. O'n safbwynt ni, y drwg ydi na does 'na ddim ogla ar wynt y rhai sy'n fêpio, yn wahanol i sigaréts, ac mewn ysgol fawr fel hon mae'n anodd gwybod pwy sydd wrthi. Ac maen nhw'n medru cael gafael ar y petha 'ma mor hawdd.'

'Wyddwn i ddim fod y fath broblem yn bodoli mewn ysgolion,' meddai Jeff yn syn. 'Oes 'na unrhyw awgrym fod Twm yn eu defnyddio nhw?'

'Fyswn i ddim yn meddwl. Dydi Twm ddim y teip. Ddim yn fy marn i, beth bynnag. Ond rhaid i mi fynd, Sarjant Evans. Ma' hi'n tynnu at amser cofrestru.'

'Siŵr iawn, Mr Jones. Ond cadwch lygad arno fo i mi, os gwelwch yn dda. Mi wyddoch chi lle i gael gafael arna i os oes angen.'

'Siŵr o wneud.'

Pennod 4

Y Sadwrn canlynol, cychwynnodd y teulu bach yn y car yn gynnar, ac er bod Twm a Mairwen wedi swnian am gael gwybod i ble roedden nhw'n mynd, cadwodd Jeff a Meira'r gyfrinach. Wrth i'r ddau yn y cefn sylweddoli fod eu tad yn dilyn yr arwyddion brown i Sw Caer, roedd y pleser yn amlwg ar eu hwynebau.

'Waw, Dad, ma' hyn yn ôsym!' gwaeddodd Mairwen wrth gyrraedd y maes parcio, yn llawn cyffro ac yn wên i gyd.

'Os byddi di'n niwsans,' meddai Twm yn gellweirus, 'mi wna i dy daflu di i'r caetsh at y llew mawr 'na!'

Chwarddodd y pedwar.

Gwibiodd y bore heibio. Er bod y plant wedi bod yno pan oedden nhw'n iau, roedd y profiad o ddychwelyd yn un cyffrous, yn enwedig i Twm oedd â diddordeb ym myd natur a chadwraeth.

'Ydach chi'n meddwl ei bod hi'n iawn eu cadw nhw'n gaeth fel hyn, Dad?' gofynnodd y llanc i Jeff.

'Cwestiwn da, 'ngwas i,' atebodd ei dad. 'Mae 'na ddwy ffordd o edrych ar y peth, yn dibynnu ar dy farn di. Mae rhai yn deud mai allan yn rhydd ddylai anifeiliaid gwyllt fod, ond mae eraill yn ystyried bod rhywogaethau'n cael eu gwarchod drwy eu bridio mewn llefydd fel hyn.'

Parhaodd y drafodaeth, ac edrychodd Meira a Jeff ar ei gilydd. Doedd dim arwydd fod unrhyw beth yn poeni Twm heddiw.

Ychydig cyn cinio, canodd ffôn Jeff. Edrychodd ar y sgrin – rhif ffôn y swyddfa. Edrychodd Meira arno'n amheus, felly pwysodd Jeff y botwm coch i wrthod yr alwad, a rhoi'r ffôn yn ôl yn ei boced. Gwenodd Meira. Ymhen deng munud canodd y ffôn eto. Y tro hwn, ei gyfaill, Sarjant Rob Taylor, oedd yn ffonio.

'Well i mi ateb, jyst rhag ofn,' meddai Jeff wrth ei wraig. 'Haia Rob, ti'n iawn? Dwi yn Sw Caer ar hyn o bryd efo'r teulu ... fedar beth bynnag sgin ti ddisgwyl tan bore fory?'

'Fedra i ddim gweld pam lai,' atebodd Rob. 'Mae 'na ddigon o swyddogion i lawr 'ma i ddelio efo'r digwyddiad.'

'Be sy'n bod felly?' Allai Jeff dim peidio â holi.

'Corff,' atebodd Rob. 'Dyn wedi cael ei saethu yn ei ben.'

'Fo'i hun wnaeth?'

'Na, dim hunanladdiad ydi hwn. Rhywun arall laddodd o.'

'Sut wyt ti mor bendant?'

'Am fod ei ddwylo fo wedi cael eu torri oddi ar ei gorff o, a bod ei goesau wedi'u rhwymo'n sownd yn ei gilydd. Ar ben hynny, mae 'na uffar o olwg ar ei wyneb o fel nad oes modd ei nabod o. Dyna ddeudodd y dyn ffeindiodd o, beth bynnag, ond dydw i ddim wedi cael gair swyddogol gan neb o'n pobol ni sydd wedi mynd i'r safle.'

'Lle mae'r corff?'

'I fyny yng Nghwm Ceirw.'

'Lle anghysbell. Pwy sydd wedi dod i lawr 'cw i ddelio efo'r achos?'

'Lowri Davies. Hi sy'n rheoli lleoliad y drosedd ac mae hi i fyny yno ar hyn o bryd. Mae Ditectif Arolygydd Sonia McDonald wedi dechrau sefydlu'r system gyfrifiadurol yn fama. Mi fydd y timau ymchwil i lawr 'ma erbyn bore fory.'

'Does 'na ddim brys i mi ddod draw felly? Pan gei di gyfle, deuda wrth y Ditectif Uwch-arolygydd neu'r Ditectif Arolygydd McDonald lle rydw i, os gweli di'n dda. Dwi'n siŵr y byddan nhw'n dallt.'

Ceisiodd Jeff ei orau glas i ddangos diddordeb yn yr anifeiliaid a bwyta'i ginio, ond allai o ddim peidio â meddwl am y llofruddiaeth. Cwm Ceirw o bob man ... allai o ddim meddwl am le mwy diarffordd. Gwyddai am yr ardal yn iawn. Un lôn oedd i fyny i'r Cwm ac i lawr yn ôl, a doedd dim llawer i'w weld yno wedi i rywun gyrraedd, felly doedd o ddim yn gyrchfan i gerddwyr. Ond i Jeff roedd o'n un o'r llefydd prydferthaf yn y byd, lle y byddai'n mwynhau ymweld â fo i gael llonydd.

Felly pam Cwm Ceirw o bob man? Yn ôl Rob roedd y llofrudd wedi clymu coesau'r dioddefwr a thorri'i ddwylo i ffwrdd, ac wedi gwneud yn siŵr na allai neb adnabod ei wyneb. Pam hynny? Rhag iddo ddianc, ac atal adnabyddiaeth, yn sicr.

'Lle mae dy feddwl di?' gofynnodd Meira, er ei bod yn gwybod yn iawn, trwy brofiad, beth oedd yr ateb. Roedd hi wedi bod yn wraig i dditectif yn ddigon hir.

Dywedodd Jeff wrthi am gynnwys yr alwad ffôn, a gwenodd Meira arno. 'Dos â ni adra ar y ffordd i'r Cwm, wnei di, Jeff?'

Pennod 5

Dim ond awr o olau dydd oedd ar ôl erbyn i Jeff gyrraedd Cwm Ceirw, yn uchel i fyny yn y bryniau, tua phymtheng milltir o Lan Morfa a saith milltir uwchben Llyn Ceirw. Gyrrodd ar hyd y ffordd fach gul a throellog oedd yn dilyn y nant fechan a lifai o gyfeiriad Llyn y Cwm tuag at Lyn Ceirw a'r tir amaethyddol islaw. Pasiodd yr hen gapel ac adfail y felin wlân ar y ffordd. Doedd y capel ddim wedi cael ei ddefnyddio ers hanner canrif, o leiaf, ac roedd y felin wlân, adeilad pum llawr, wedi mynd â'i ben iddo. Ers talwm byddai dwsinau o bobl, yn ddynion a merched, wedi bod yn gweithio yno bum neu chwe diwrnod yr wythnos, ond byth ar y Sabath. Anodd oedd credu bod cymaint o ddiwydiant mewn lle mor anghysbell. Bellach, dim ond y defaid oedd yn mentro i'r cyffiniau.

Gyrrodd yn ei flaen, gan arafu wrth i'r lôn sythu a gwastatáu fel roedd Llyn y Cwm yn dod i'r golwg. Roedd o'n anferth, dros dri chan erw, ac yn hynod o ddwfn. Yr ochr agosaf ato i'r llyn roedd argae gerrig, a thŵr a oedd wedi'i adeiladu i reoli rhediad y dŵr i'r nant a lifai allan o'r llyn. Roedd un adeilad ger y llyn, yn perthyn i'r Bwrdd Dŵr gan mai o'r llyn hwn y câi Glan Morfa a'r pentrefi cyfagos eu cyflenwad dŵr. Rhedai llwybr llydan ar draws yr argae er mwyn gyrru cerbydau'r Bwrdd Dŵr ar ei draws pan oedd angen, a'r ochr bellaf i hwnnw roedd llwybr troed ar gyfer unrhyw un a oedd awydd mentro ymhellach i fyny i'r tir mynyddig. Ni allai Jeff weld ochr bellaf y llyn drwy'r niwl.

Sawl gwaith yn y gorffennol roedd Jeff wedi oedi'n fud er mwyn syllu ar y waliau cerrig oedd yn rhedeg am filltiroedd ar hyd ac ar led y llethrau serth uwchlaw, a'r corlannau hynafol. Doedd dim siawns i 'run goeden oroesi yno, oherwydd nerth y gwyntoedd mynych. Tybed pwy adeiladodd y waliau a'r corlannau mewn lle mor hyfryd o anghysbell? Mae'n rhaid bod y dasg yn un anodd – y cario, yr ymdrech a'r sgiliau gwaith llaw – ac erbyn hyn, dim ond pysgotwyr, cerddwyr ac ambell fugail oedd yn gyfarwydd â'r lle. Ceisiodd ystyried beth allai'r cysylltiad fod rhwng lle fel hwn a llofruddiaeth. Unigrwydd oedd yr unig ateb, ond pam Cwm Ceirw, o bobman?

Ymhell o'i flaen, ger pen draw'r argae, gwelodd nifer o gerbydau'r heddlu a hers ddu trefnwr angladdau'r crwner. Gyrrodd yn nes, ac adnabod car Lowri Davies. Safai plismon mewn iwnifform ar y lôn o'i flaen, er mwyn rhwystro'r cyhoedd rhag mynd yn nes.

Tua chwarter milltir i ffwrdd ar lan y llyn, yr ochr arall i'r argae ar dir garw oedd yn gymysgedd o frwyn, grug glasgoch a chreigiau, roedd pabell oren lachar wedi'i chodi. Nid oedd angen iddo ddychmygu beth oedd ynddi.

Neidiodd Jeff allan o'i gar ac estyn am ei got ddyffl las oddi ar y sedd gefn. Gwisgodd hi a chodi'r cwfl dros ei ben i'w arbed rhag y gwynt a'r glaw mân a chwythai o gyfeiriad y môr. Roedd ias oer yn yr awyr, yn wahanol iawn i'r haul a brofodd yn Sw Caer yn gynharach yn y dydd. Arhosodd am eiliad i siarad efo'r plismon cyn cerdded ar hyd y llwybr ar draws yr argae – deallodd fod y tir hwnnw wedi cael ei archwilio'n fanwl yn gynharach yn y dydd.

O amgylch y babell, roedd y tîm Lleoliadau Trosedd yn

eu siwtiau gwynion i gyd ar eu pengliniau yng nghanol y llystyfiant. Safai Lowri Davies yng ngheg y babell, yn sgwrsio â'r patholegydd. Cododd ei phen pan welodd Jeff yn nesáu.

'Ro'n i'n meddwl bod ganddoch chi ddiwrnod i ffwrdd heddiw,' meddai wrtho heb ei gyfarch.

'Mi wyddoch chi amdana i,' atebodd Jeff, 'fedra i ddim peidio busnesu. Be ydi'r sgôr?'

'Wel, waeth i chi gael gwybod y cwbwl o'r dechrau ddim. Dyn o'r enw Carwyn Thomas ffeindiodd y corff yn gynnar bore 'ma. Fysach chi byth yn meddwl rŵan, ond roedd hi'n eitha braf i fyny yma yr adeg honno. 'Sgotwr pluen ydi Mr Thomas, dyn yn ei dridegau.'

'Be oedd o'n wneud yma y tu allan i'r tymor pysgota brithyll?' gofynnodd Jeff.

Gwenodd Lowri. Un da oedd Jeff. 'Mi wnaeth o sylweddoli chydig ddyddiau'n ôl ei fod o wedi colli'i rwyd lanio, a'r tro olaf iddo'i defnyddio hi oedd ar ddiwedd y tymor yn fama. Ei arfer, medda fo, ydi cast a cham bob yn ail o gwmpas yr holl lyn – beth bynnag mae hynny'n feddwl – ac roedd o'n meddwl fod y rhwyd wedi disgyn oddi ar ei felt o wrth iddo gerdded. Cerdded o gwmpas y llyn yn chwilio amdani oedd ei fwriad o heddiw. Dim ond newydd gychwyn oedd o pan ddaeth o ar draws y corff.'

'Dipyn o sioc iddo fo, siŵr gen i.'

'Yn sicr. Gan nad oedd o'n medru cael signal ar ei ffôn i fyny yn fama, mi fu'n rhaid iddo yrru i lawr y lôn i'n ffonio ni. Roedd o bron â drysu pan ddaeth y plisman cyntaf yma, creadur. Mae dod ar draws corff yn annisgwyl yn ddigon drwg, heb weld y llanast oedd ar wyneb hwn, a'r ffaith fod ei ddwylo fo wedi cael eu torri i ffwrdd.'

'Sut yn union oedd y corff wedi cael ei glymu?'

'Mae'r rhaff yn dynn o gwmpas ei goesau fo o hyd, ond yn llacach o gwmpas ei arddyrnau o. Bydd y patholegydd yn rhoi ei farn ar hynny.'

'Be ddigwyddodd gynta: cael ei saethu 'ta colli'i ddwylo?'

'Yn ôl y patholegydd, ei saethu, ond mi gawn ni adroddiad manylach ar ôl y post mortem.'

'Lle gafodd o ei saethu?'

'Yn ei ben. Un fwled yn unig, trwy ganol ei dalcen.'

'A be ddigwyddodd i'w wyneb o? Dwi'n dallt bod 'na olwg ofnadwy arno fo.'

'Oes,' atebodd Lowri, 'digon i droi stumog rhywun. Mae'n edrych yn debyg bod rwbath wedi cael ei ddefnyddio i losgi'r croen fel nad oes posib ei nabod o. Mae'r patholegydd yn meddwl mai rhyw fath o asid oedd o. Mi wnaeth y job, beth bynnag. Dydi pwy bynnag sy'n gyfrifol am ladd y dyn yma ddim isio i ni ddod i wybod pwy oedd o, mae hynny'n sicr.'

'Swnio fel job broffesiynol. Oes 'na rwbath yn ei bocedi o, neu ar ei ddillad o, fydd yn help i ni ei nabod o?' gofynnodd Jeff.

'Dim byd o gwbl. Dyn yn ei bumdegau cynnar ydi o, fyswn i'n deud. Well gen i beidio chwilio trwy ei bocedi fo'n fanwl yn fama – mae'n well gwneud hynny yn y mortiwari. Mae John Owen, y Swyddog Lleoliadau Trosedd, a'r swyddog fforensig ar fin gorffen yn fan'cw. Mae'r corff yn y bag yn barod i gael ei gario o'ma, a dwi wedi gofyn am bost mortem heno fel bod gen i gymaint o wybodaeth â phosib i'r timau yn y bore.'

Ar hynny, ymddangosodd John Owen, y swyddog

fforensig, a dau ddyn arall allan o'r babell yn cario'r corff mewn bag plastig tywyll. Aeth Jeff atynt.

'Sgynnoch chi wrthwynebiad i mi gael golwg arno fo?' gofynnodd i Lowri.

Ysgydwodd hi ei phen.

Agorodd Jeff y sip yn araf, ac edrych ar weddillion yr wyneb marwaidd o'i flaen. Gwelodd Lowri ei lygaid yn culhau a'i geg yn agor rhywfaint, ond arhosodd yn fud. Rhedodd ias oer drosto. Yn sicr, roedd y llosgi wedi dinistrio unrhyw siawns o adnabod y dyn – roedd yr hyn oedd ar ôl o groen yr wyneb wedi chwyddo'n goch a glas anghynnes – a rhan helaeth o'i wallt wedi'i losgi hefyd, ond roedd y twll a adawodd y fwled yn ei dalcen yn blaen i'w weld.

Pennod 6

Cyrhaeddodd Jeff y swyddfa'n gynnar y bore canlynol. Waeth beth oedd ganddo ar ei blât, roedd o'n mynnu treulio deng munud cynta'r dydd yn y ddalfa ac yn yr ystafell reoli er mwyn cael dysgu beth oedd wedi digwydd yn yr ardal dros nos. Diolchodd nad oedd fawr ddim o ddiddordeb heddiw.

Wedi iddo frasgamu i fyny'r grisiau i'r llawr cyntaf, gwelodd fod y cyfrifiaduron ychwanegol wedi cael eu gosod ar gyfer yr ymchwiliad mawr a oedd ar ddechrau. Sylwodd hefyd fod golau yn y swyddfa y byddai Lowri Davies yn ei defnyddio pan oedd hi'n gweithio yng ngorsaf Glan Morfa. Curodd ar y drws, ac ar ôl cael ymateb a gwahoddiad, cerddodd i mewn.

Eistedd y tu ôl i'w desg oedd Lowri, ac roedd Sonia McDonald ar gadair arall gerllaw, y ddwy yn amlwg yn trafod dros goffi. Dyma'r tro cyntaf iddo weld Sonia ers peth amser – er ei bod hi a Meira yn ffrindiau da, roedd amserlenni prysur y ddwy ers i Sonia symud i ogledd Cymru wedi golygu nad oedden nhw wedi cael llawer o amser i gymdeithasu. Cododd Sonia ar ei thraed pan welodd Jeff, a rhoi ei chwpan ar gornel y ddesg.

Câi Jeff ei synnu bob tro y gwelai hi pa mor brydferth oedd hi: yn dal a thenau, a'i chroen du yn cyferbynnu â'r dillad lliwgar roedd hi'n hoff o'u gwisgo. Edrychai fel un o sêr ffilmiau Hollywood, yn enwedig heddiw a hithau'n gwenu arno'n groesawgar. Camodd Jeff ymlaen a'i chofleidio'n dynn.

Gwenodd Lowri arnynt heb godi o'i sedd na rhoi ei choffi i lawr.

'O, peidiwch â dechra'r lol yma eto,' meddai. 'Roedd 'na ddigon o drafferth y tro dwytha i mi'ch dal chi ym mreichiau eich gilydd.'

Yr adeg honno roedd y Ditectif Uwch-arolygydd wedi rhoi dau a dau at ei gilydd i wneud tri, gan feddwl bod y ddau yn cael perthynas amhriodol yn y gweithle. Wyddai hi ddim ar y pryd fod Sonia yn gyfaill oes i Meira, ac o ganlyniad wedi dod yn agos at Jeff a'r plant hefyd. Yr unig beth roedd Jeff yn ei wneud bryd hynny oedd cysuro Sonia ar ôl iddi brofi achos creulon o hiliaeth o fewn yr heddlu.

'O, peidiwch â bod fel'na, Dditectif Uwch-arolygydd,' atebodd Jeff gan wenu'n ôl arni. 'Cofiwch fod Sonia wedi achub fy mywyd i sbel yn ôl, efo dim byd ond ei nerth ei hun. Mae fy niolch iddi'n enfawr!' Cofiodd y tri am y digwyddiad, pan ddaeth sgiliau Taekwondo Sonia yn reit handi yn erbyn dyn a oedd ar fin trywanu Jeff â chleddyf.

Trodd Jeff i wynebu Sonia. 'Sut wyt ti, Sonia, a sut mae'r tŷ newydd yn Ninbych yn plesio?'

'Dwi'n dda iawn diolch, Jeff. A dwi'n dechrau arfer byw mewn lle llai prysur na Lerpwl o'r diwedd, dwi'n falch o ddeud. Mi ddylset ti fod wedi dod acw efo Meira pan ddaeth hi draw i weld y tŷ. Dwi'n trio gweithio ar fy acen hefyd, i guddio'r ffaith mai Sgowsar wedi dysgu Cymraeg ydw i!'

'Mi wyt ti'n swnio fel un ohonan ni erbyn hyn,' atebodd yntau.

Chwarddodd y tri.

Trodd Jeff i wynebu Lowri. 'Fuoch chi'n gweithio'n hwyr neithiwr,' gofynnodd, 'ar ôl i chi orffen yn y post mortem?'

'Roedd hi bron yn hanner nos cyn i mi gyrraedd adra, ond roedd yn werth i mi aros. Mae gen i dipyn mwy o wybodaeth ar gyfer y gynhadledd bore 'ma. Does 'na ddim pwynt i mi fynd drwy bob dim efo chi rŵan, Jeff, mi gewch chi glywed y cwbwl yn y gynhadledd efo pawb arall.'

'Siŵr iawn.'

Dechreuodd gorsaf heddlu Glan Morfa lenwi fel yr oedd hi'n tynnu am naw o'r gloch, wrth i'r ditectifs o ranbarthau eraill gogledd Cymru gyrraedd i chwarae eu rhan yn yr ymchwiliad. Rhain, yn ddynion a merched, oedd yno i greu'r timau a fyddai'n gwneud yr ymholiadau. Anelodd y rhan fwyaf ohonynt yn syth am y cantîn am baned a sgwrs cyn y gynhadledd, a tharodd Jeff ei ben trwy'r drws i'w cyfarch. Cododd ambell un law arno, a gwenu, ond wnaeth eraill 'mo'i gydnabod. Gwyddai Jeff nad oedd yn boblogaidd efo pob un, gan ei fod yn cael mwy o ryddid i ddilyn ei drwyn na gweddill y ditectifs, felly doedd eu diffyg ymateb ddim yn syndod iddo.

Dechreuodd y gynhadledd am hanner awr wedi naw. Eisteddodd Jeff, yn ôl ei arfer, yng nghefn yr ystafell lle gallai gadw golwg ar y ddau ddwsin neu fwy o'i gydweithwyr o'i flaen. Gwyddai o brofiad nad oedd pob ditectif mor barchus â'r gweddill – roedd ambell un yn y gorffennol wedi herio awdurdod y Ditectif Uwch-arolygydd, hyd yn oed, ac un arall wedi bwlio Sonia'n hiliol. Roedd rhaid i rywun edrych ar ôl y bosys, meddyliodd.

Fel arfer, ar ddechrau ymchwiliad, byddai cryn dipyn o

sgwrsio bywiog wrth i'r ditectifs nad oedd wedi gweld ei gilydd ers yr ymchwiliad mawr diwethaf ddal i fyny efo hanesion y naill a'r llall. Ond heddiw, sylwodd Jeff, roedd yr awyrgylch i'w deimlo dipyn yn fwy syber nag arfer. Efallai mai cyflwr dychrynllyd y dioddefwr oedd yn gyfrifol am hynny – er nad oedd y manylion wedi'u cyhoeddi'n swyddogol eto, roedd y mân-siarad wedi dechrau.

Distawodd yr ystafell pan gerddodd Lowri a Sonia i mewn ac eistedd ar y llwyfan bychan o flaen pawb. Cododd Lowri ar ei thraed i ddechrau cyfarfod cyntaf yr ymchwiliad – y cyntaf o nifer.

'Reit. Dyma ni unwaith eto. Dwi bron yn sicr fod y mwyafrif ohonon ni wedi gweithio efo'n gilydd o'r blaen. Mi wyddoch chi felly fy mod i'n disgwyl y gorau gan bob un ohonoch chi. Cant y cant.'

Yn sicr, roedd datganiad agoriadol Lowri wedi llwyddo i fachu sylw pawb gan nad oedd smic i'w glywed o blith ei chynulleidfa. Cymerodd y Ditectif Uwch-arolygydd eiliad i fwrw golwg yn araf o amgylch ei thîm. Ystyriodd Jeff sut roedd ei thechneg o annerch llond ystafell o dditectifs profiadol wedi gwella ers y tro cyntaf iddo ei gweld hi ar y llwyfan bach hwn rai blynyddoedd ynghynt. Yn sicr, roedd hi wedi tyfu yn ei swydd.

Ar ôl oedi am ychydig eiliadau, dechreuodd Lowri ddisgrifio'r man lle darganfuwyd y corff. Disgrifiodd Cwm Ceirw i'r dim, y mynyddoedd yn grwn o amgylch y llyn, y llethrau, rhai yn serth ac eraill yn fwy tyner, y waliau a'r corlannau cerrig, a'r unigrwydd. Soniodd am yr arglawdd, y gwaith dŵr a'r ffaith fod y llecyn mor ddiarffordd. Aeth ymlaen i ddisgrifio'r tir garw lle darganfuwyd y corff, a'i gyflwr.

'Roedd dillad eitha smart amdano,' meddai, 'siaced werdd a throwsus steil *chinos* llwyd. Doedd ganddo ddim côt drostyn nhw. Roedd sgidiau cryf o ledr brown am ei draed, a'r rheiny'n edrych yn lân yr olwg. Doedd o ddim wedi'i wisgo i fynd i gerdded mynyddoedd, ac mae'n debygol felly nad oedd o wedi bwriadu bod allan yn yr oerni yn hir. Un fwled a'i lladdodd o, yn syth trwy ei dalcen a'i ymennydd, ac allan trwy gefn ei ben. Yn ôl y patholegydd, doedd baril y gwn ddim mwy nag ychydig fodfeddi o'i dalcen pan saethwyd o, gan fod olion llosgi a phowdwr gwn yn agos i'r twll bwled yn ei groen. Mae hyn yn amlwg er gwaetha'r niwed wnaethpwyd i'w wyneb. Fel yr ydach chi wedi clywed erbyn hyn, mae'n debyg, cafodd y rhan fwyaf o groen ei wyneb a'i ben ei losgi, gan adael golwg ddychrynllyd arno. Rhywbeth tebyg i asid sylffwrig ddefnyddiwyd i wneud hynny, ond mi gawn ni ganlyniadau manylach y profion estynedig yn fuan i gadarnhau'r manylion. Mae'r tîm SOCOS yn ôl yn archwilio'r lleoliad ers ben bore heddiw, a'u prif dasg ydi chwilio am y fwled a ddaeth allan o gefn ei ben. Dydi hynny ddim yn dasg hawdd, yn bennaf gan fod y dioddefwr yn sefyll ar ei draed neu'n penlinio pan gafodd o'i saethu, a hefyd oherwydd natur y dirwedd. Mi fuasai eu gwaith dipyn haws petai o wedi bod yn gorwedd ar ei gefn pan saethwyd o.'

Cododd llais un o'r ditectifs o'r llawr. 'Ydi hi'n bosib ei fod o wedi cael ei saethu yn rhywle arall, yn hytrach nag yng Nghwm Ceirw?'

'Ydi, yn hollol bosib,' atebodd Lowri, 'ond mae 'na dystiolaeth i awgrymu mai yng Nghwm Ceirw y cafodd o'i saethu, er na fedrwn ni fod yn berffaith sicr o hynny ar hyn o bryd. Roedd ei freichiau wedi cael eu rhwymo tu ôl i'w gefn ar un adeg, a'i ddwylo wedi cael eu torri i ffwrdd yn agos i'w arddyrnau. Defnyddiwyd yr un rhaff i rwymo'i goesau, ac mae'r patholegydd yn amau'n gryf fod marciau o amgylch ei geg sy'n awgrymu bod rhywbeth wedi cael ei rwymo am ei ben i'w dawelu, efallai am rai oriau cyn ei farwolaeth. Mae'n edrych yn debyg fod y creadur wedi bod felly am gyfnod hir. Dwi'n amau ei fod o wedi cael ei glymu er mwyn i'w lofrudd, neu lofruddion, ei gludo i Gwm Ceirw mewn bŵt car neu amgylchiadau tebyg. Mae'n deg tybio mai'r unig reswm y llaciwyd y rhaff am ei freichiau a'i ddwylo oedd i dorri ei ddwylo i ffwrdd. Roedd y rhaff a ddefnyddiwyd i'w rwymo yn un newydd – lliw coch, 5mm o drwch, yn edrych fel y math o raff sy'n cael ei defnyddio i drin hwyliau ar longau. Pam torri ei ddwylo?' Parhaodd Lowri i ateb ei chwestiwn ei hun cyn i neb arall gael cyfle. 'Yr un rheswm ag y llosgwyd ei wyneb. I atal unrhyw ymdrech i'w adnabod,' meddai. 'Cael gwared o'i olion bysedd,' parhaodd.

'Mae'r gronfa ddata genedlaethol yn cynnwys cofnod o DNA pawb sydd wedi cael eu canfod yn euog neu eu cyhuddo o gyflawni trais,' daeth llais o'r llawr.

'Ydi, da iawn,' atebodd Lowri. 'Chwiliwyd trwy ei ddillad yn fanwl a doedd dim waled na ffôn ar ei gyfyl, nag unrhyw beth arall fyddai wedi'n galluogi ni i'w adnabod. Mae'n amlwg felly bod cryn ymdrech wedi bod i gelu ei hunaniaeth. Ac i fynd yn ôl at leoliad ei lofruddiaeth, roedd dipyn go lew o waed o gwmpas y corff – digon, yn ôl y patholegydd, i awgrymu mai yn y fan honno y saethwyd o. Yno hefyd y torrwyd ei ddwylo i ffwrdd, mae'n debyg, ond does dim digon o waed i awgrymu ei fod yn fyw pan wnaethpwyd hynny. O gwmpas ei ben oedd y gwaed mwyaf, felly y tebygrwydd ydi ei fod o wedi marw rai munudau cyn colli ei ddwylo.'

'Pa fath o arf ddefnyddiwyd i wneud hynny?' gofynnodd yr un llais o'r llawr.

'Fedrwn ni ddim bod yn sicr,' atebodd Lowri, 'ond rhywbeth hynod o finiog, a thrwm. Rhywbeth fel bwyell. Mae'r toriadau yn rhai glân ofnadwy – un trawiad trwm trwy'r ddau arddwrn oedd ei angen. Mae'n edrych yn debyg bod yr arf, beth bynnag oedd o, wedi cael ei gario yno, sy'n golygu fod y llofrudd wedi bwriadu torri'i ddwylo fo i ffwrdd cyn cyrraedd Cwm Ceirw. Nid penderfyniad ffwrdd-â-hi ar ôl y llofruddiaeth oedd o. Mae'r un peth yn wir am yr asid – cariwyd hwnnw hefyd yno gyda'r bwriad o losgi ei wyneb, a hynny ar ôl ei saethu. Mae'r sawl sy'n gyfrifol am y drosedd hon yn rhywun peryglus iawn.'

'Ble mae'r dwylo?' gofynnodd ditectif arall.

'Yn y llyn? Dydw i ddim yn gweld neb yn cymryd y risg o gael ei ddal efo'r dwylo. Cael gwared arnyn nhw cyn gynted â phosib fyddai'r peth rhesymol i'w wneud dan yr amgylchiadau,' cynigiodd Lowri. 'Dwi wedi gofyn am dîm o ddeifars i chwilio'r llyn, ac maen nhw ar eu ffordd yno. Efallai y bydd y gwaith yn cymryd dyddiau lawer, os cawn ni hyd iddyn nhw o gwbl, ond bydd yn rhaid i ni wneud pob ymdrech.'

Cliriodd Lowri Davies ei gwddw a cherdded ar draws y llwyfan cyn parhau.

'A beth am amseriad y llofruddiaeth? Yn ôl y patholegydd, cafodd y dyn ei ladd ddim mwy na thridiau cyn i'r corff gael ei ddarganfod ... ond cofiwch mai amcan ydi hynny. Mae'r tymheredd mewn lle fel Cwm Ceirw yn newid o un eithaf i'r llall yr adeg hon o'r flwyddyn. Yn y dyddiau diwethaf mae'r lle wedi gweld barrug, glaw a haul poeth, ac mae hyn i gyd wedi effeithio ar sut y bu i'r corff oeri. Dyna'r unig ffordd i amcangyfrif union amser y farwolaeth.

'Felly, lle mae hyn i gyd yn ein gadael ni? Y peth pwysicaf ar hyn o bryd ydi darganfod pwy oedd o. Mae samplau o'i DNA o wedi'u cymryd, a does 'na ddim cofnod ohonyn nhw ar y gronfa genedlaethol, sy'n golygu nad oedd ganddo record droseddol. Mae olion ei ddannedd wedi'u cymryd hefyd a bydd ymholiadau'n cael eu gwneud efo pob deintydd ym Mhrydain. Efallai y bydd raid i ni aros am wythnosau am ganlyniad yr ymholiadau hynny, cofiwch, felly yn y cyfamser mi fydda i'n gofyn i chi wneud cymaint o ymholiadau ag y medrwch chi yn yr ardal i geisio olrhain ei ddillad, a phan ddaw canlyniadau'r profion ychwanegol ar leoliad y drosedd, ymateb i'r rheiny hefyd. Unrhyw gwestiynau?'

Doedd 'run, ond gwyddai pawb yn yr ystafell faint o waith oedd o'u blaenau.

Pennod 7

'Ma' siŵr y bydd hi'n wyllt yn y stesion 'cw rŵan, gan fod ymchwiliad i lofruddiaeth wedi dechra,' meddai Meira wrth ei gŵr ar ôl swper y noson honno. Roedd hi'n deall y drefn erbyn hyn.

'Mi wyddost ti sut ma' hi, Meira bach. Mae achos o lofruddiaeth yn cael blaenoriaeth dros bob dim arall.'

'Ydi, mi wn i hynny o brofiad personol.' Doedd hi ddim yn swnio'n rhy hapus, ond anwybyddodd Jeff ei sylw. Nid hwn oedd yr amser i anghytuno a dechrau dadl.

'Lowri ydi pennaeth yr ymchwiliad eto, ac mae Sonia wedi'i phenodi'n ddirprwy iddi.' Ceisiodd newid y pwnc rywfaint trwy sôn am y dyddiau pan oedd Sonia a hithau'n gweithio efo'i gilydd yn Heddlu Glannau Merswy flynyddoedd ynghynt.

Synnwyd Jeff gan y ffaith na chymerodd Meira lawer o sylw o'r datganiad fod ei ffrind yn ôl yng nghyffiniau Glan Morfa, a phenderfynodd geisio newid y pwnc unwaith eto.

'Sut oeddat ti'n gweld ymddygiad Twm ar ôl i chi gyrraedd adra bnawn ddoe?' gofynnodd.

Oedodd Meira am ychydig cyn ateb.

'Dwi wedi bod yn trio ystyried y sefyllfa,' meddai. 'Roedd o i weld yn iawn tra oeddan ni yn y sw, yn llawn cwestiynau ac yn cymryd diddordeb yn yr anifeiliaid.'

'Oedd, dwi'n cytuno.'

'Ond pan gyrhaeddon ni'r tŷ, mi aeth o'n syth i'w stafell

heb hyd yn oed sôn am fynd â'r ci allan, sy'n wahanol iawn i'r arfer. Dwi'n tueddu i gytuno efo Heulwen – synnwn i ddim nad oes 'na rwbath ar 'i feddwl o.'

'Mi wnawn ni gadw golwg ar y sefyllfa, ac ella yr a' i'n ôl i gael gair arall efo rhywun yn yr ysgol os na fydd petha'n newid. Ond dwi ddim yn meddwl y bysa fo'n beth call i ddechra'i holi fo ar hyn o bryd.'

'Dwi wedi bod yn meddwl am ei ymddygiad o ers iddo fynd yn ôl i'r ysgol ar ôl gwyliau'r haf. Mae 'na rwbath wedi newid, ond fedra i ddim rhoi fy mys arno fo. Dydi o ddim mor gwrtais efo fi'r dyddia yma ag yr oedd o – mae o hyd yn oed wedi f'ateb i'n ôl unwaith neu ddwy. Tydan ni ddim wedi'i fagu o i ymddwyn fel'na. Mae o wedi dechra cymryd ei amser yn dod o'r ysgol pan fydda i'n mynd i'w nôl o ar ddiwedd y dydd, fel 'mod i'n gorfod aros amdano fo – mae o wedi gwneud hynny i Heulwen unwaith, medda hi. Cofia 'i fod o wedi dechra atal Mairwen rhag mynd yn agos i'w stafell wely o hefyd, ac mae hi'n teimlo hynny i'r byw.'

'Fel ro'n i'n sôn ddoe, mae o'n aeddfedu 'sti, Meira. Efallai mai dyna sy tu ôl i'r newid 'ma ynddo fo, ond dwi'n dallt pam dy fod di'n poeni. Be mae o'n neud yn ei stafell ar ei ben ei hun, ti'n meddwl?'

'Chwarae ar ei gyfrifiadur neu ar ei ffôn, am wn i, ond Duw a ŵyr be mae o'n edrych arno fo ar y we. Mae o wedi gwrthod yn lân â rhoi ei gyfrinair i mi.'

'Ella bysa'n well i mi gael gair efo fo. Ond gad lonydd iddo fo am ddiwrnod neu ddau, rhag ofn y daw petha'n ôl i drefn.'

Pennod 8

Yn gynnar y gyda'r nos ganlynol, roedd Jeff wrth ei ddesg yn darllen pob tamaid o wybodaeth oedd wedi cael ei lwytho i system gyfrifiadurol yr ymchwiliad, pan ganodd ei ffôn.

'Jeff, fedri di ddod adra?' gofynnodd Meira.

'Dria i ddod gynted ag y medra i, Meira, ond mi wyddost ti pa mor brysur ydi hi yma ar ddechrau ymchwiliad mawr i lofruddiaeth. Mae 'na gymaint o wybodaeth yn dod i mewn mor sydyn, ac ma' raid i mi gadw i fyny ...'

'Na. Rŵan, Jeff. Dwi'n poeni am Twm. Fedri di ddod adra rŵan, plis?'

'Be sy'n bod?' O fewn eiliad, roedd Jeff wedi anghofio am y gwaith ar y cyfrifiadur o'i flaen.

'Mae 'na betha wedi bod yn digwydd heddiw ... mi fu'n rhaid i mi gael gair efo Twm. Mi aeth o i'w lofft ond erbyn hyn mae o wedi diflannu, a does gen i ddim syniad lle mae o. Mae gen i ofn bod 'na rwbath mawr o'i le.'

'Dwi ar y ffordd.'

Wrth iddo ruthro am y drws, daeth wyneb yn wyneb â Lowri Davies.

'Jeff,' meddai, 'dwi angen trafod un neu ddau o bethau efo chi, os gwelwch yn dda.'

Suddodd ei galon.

'Mae'n ddrwg iawn gen i, Dditectif Uwch-arolygydd,'

meddai heb arafu, 'dwi newydd gael galwad gan Meira ac mae hi f'angen i adra.'

'Wnaiff hyn ddim cymryd yn hir iawn,' mynnodd Lowri.

'Mae'n ddrwg gen i,' meddai eto. 'Rhaid i mi fynd. Mae hyn yn bwysig. Maddeuwch i mi. Fydd raid i ni drafod yr achos yn y bore.'

Safodd Lowri yn gegagored yn y coridor wrth ei wylio'n diflannu trwy'r drws ar wib.

Roedd hi'n dechrau nosi pan gyrhaeddodd Jeff ei gartref, Rhandir Newydd, ac roedd Meira'n disgwyl amdano yn y drws. Roedd hynny'n beth anarferol ynddo'i hun, ac yn sicr yn arwydd o'i phryder. Wrth iddo nesáu ati, gwelodd Jeff fod dagrau yn ei llygaid.

'Ydi o adra?' gofynnodd yn syth.

'Na. Dim golwg ohono fo na'r ci.'

'Lle mae Mairwen?'

'Yn ei llofft. Dydi hi'n gwybod dim am y peth.'

'Gwybod dim am be?'

'Ty'd allan o'r glaw 'ma, Jeff, ac mi ddeuda i'r cwbwl wrthat ti.'

Ar ôl cyrraedd y gegin a chau'r drws, gafaelodd Jeff am ei wraig yn dyner. ''Na fo, Meira bach. Dechreua di o'r dechrau.'

'Heulwen ffoniodd fi yn fy ngwaith bore 'ma i adael i mi wybod fod ymddygiad Twm yn ei phoeni hi'n fwy nag erioed. Roedd o'n ddistaw iawn yn y car eto, medda hi, ond yn fwy na hynny, roedd o fel petai'n bell i ffwrdd, a'i lygaid yn syllu'n wag. Meddwl oedd hi ei fod o'n sâl. Ddechreuais i feddwl am bob dim sydd wedi bod yn digwydd yn ddiweddar, a dy sgwrs di efo Llion Jones yn yr ysgol. Mae 'na rwbath dwi wedi'i gadw oddi wrthat ti hefyd – wnes i ddim sôn achos nad o'n i isio coelio fy amheuon fy hun. Dwi'n amau fod Twm wedi bod yn dwyn o fy mhwrs i.'

Gwelodd Meira lygaid Jeff yn culhau a'i frest yn symud yn araf wrth iddo ochneidio'n ddistaw ond yn drwm.

'Ers faint mae hyn wedi bod yn digwydd?' gofynnodd iddi.

'Fedra i ddim bod yn sicr. Pan es i am ginio efo Heulwen chydig ddyddiau'n ôl, sylwais wrth fynd i dalu fod 'na lai nag o'n i'n feddwl o bres yn fy mhwrs i. Wnes i ddim meddwl llawer am y peth ar y pryd, ond mi wnaeth ein sgwrs ni y noson honno f'atgoffa bod yr un peth wedi digwydd ryw bythefnos yn ôl hefyd. Pan ddois i adra pnawn 'ma … o Jeff bach, roedd yn gas gen i wneud, ond mi osodais i drap iddo fo. Roedd gen i hanner canpunt yn fy mhwrs, ac mi gymrais i gofnod o rifau'r papurau degpunt i gyd cyn gadael fy mag ar y bwrdd bach ar waelod y grisiau, fel y bydda i'n arfer wneud. Ymhen yr awr, dim ond ugain punt oedd ynddo fo. Roedd Mairwen yn y stafell haul efo fi ar hyd yr amser, a Twm i fyny'r grisiau neu allan efo'r ci. Wel, cyn belled ag y gwn i.'

'Be wnest ti?'

'Es i fyny i'w stafell o yn syth, a gofyn iddo fo'n blwmp ac yn blaen oedd o wedi bod yn fy mag llaw i. Gwadu ddaru o, ond mi wyddwn i'n syth ei fod o'n deud celwydd. Roedd yr euogrwydd i'w weld yn blaen ar draws ei wyneb. Mi wnes i iddo fo wagio'i bocedi a'i fag ysgol, a dyna lle oedd y tri papur degpunt. Mi ddeudodd o fwy o gelwydd, mai wedi cael y pres gan ryw hogyn o'r ysgol oedd o, ond roedd yn rhaid iddo newid ei gân pan dynnais y darn papur o 'mhoced a chymharu'r rhifau cyfresol. Dechreuodd feichio crio a phledio efo fi i beidio deud wrthat ti am y peth.'

'Dwi wedi fy siomi. Wnes i erioed ddychmygu ... Lle mae o wedi mynd, ti'n meddwl?'

'Dim syniad. Y peth dwytha ddeudis i wrtho oedd ei fod o i aros yn ei lofft nes i ti ddod adra, ond mae o wedi mynd efo'r ci ers dros awr a dwi'n dechra poeni go iawn rŵan. Wn i ddim lle i droi wir, Jeff. Dwi wedi trio'i ffonio fo ond dydi o ddim yn ateb. Fysa'n well i ni riportio ei fod o ar goll, dŵad?'

'Na, dim eto, Meira. Mi a' i allan i chwilio amdano fo fy hun. Fydd o ddim yn bell i ti.'

Gwisgodd Jeff ei gôt law ac estyn tortsh pwerus ac un o'r chwibanau y byddai Twm yn eu defnyddio i hyfforddi'r ci. Cododd ei goler er mwyn ei arbed ei hun rhag y gwynt, a dechrau cerdded tuag at yr arfordir a'r clogwyni serth rhwng y tŷ a'r môr.

Roedd Twm yn adnabod yr ardal fel cefn ei law, ystyriodd Jeff, ond roedd y tir yn beryglus, yn enwedig ar noson fel hon. Llithrodd ar y glaswellt gwlyb wrth geisio cerdded ar hyd y llethr serth, gan deimlo'r glaw oer yn treiddio drwy ei ddillad. Estynnodd ei ffôn a deialu rhif ei fab. Dim ateb. Dechreuodd weiddi ei enw ond doedd dim llawer o bwynt iddo geisio cystadlu yn erbyn sŵn y gwynt a'r glaw. Roedd o wedi bod allan am yn agos i hanner awr yn barod, ac roedd hi wedi nosi. Dechreuodd ei feddwl grwydro, a chynyddodd ei ofn.

Nid dyma ymddygiad y Twm bach roedd o a Meira wedi'i fagu. Roedd o'n arfer bod yn fachgen annwyl, cariadus – beth oedd wedi digwydd iddo? Yn bwysicach, sut nad oedd o wedi sylwi ar y newid yn ymddygiad ei fab?

Cododd ei galon am eiliad pan ganodd ei ffôn, ond syrthiodd eto wrth weld enw Meira ar y sgrin.

'Wyt ti wedi'i ffeindio fo?'

'Na, ddim eto,' atebodd. 'Ro' i ganiad i ti y munud y gwela i o.'

'Ella 'i fod o wedi brifo, ac yn gorwedd yn rwla mewn poen. 'Sa'n well i mi alw am help Gwylwyr y Glannau neu rywun o'r stesion 'cw?'

'Dal arni am rŵan, Meira. Edrycha di ar ôl Mairwen. Mi wna inna ddal i chwilio.'

Daeth Jeff at lecyn is rhwng y creigiau mwyaf serth lle'r oedd twyni rhyngddo a'r môr. Er bod sŵn y gwynt a'r tonnau'n uchel, rhoddodd chwiban y ci yn ei geg a chwythu hynny allai o, yn union fel roedd Twm yn chwibanu ar Enfys. Cerddodd ymhellach a gwnaeth yr un peth eto. Y tro hwn, yng ngolau ei dortsh, gwelodd yr ast sbaniel fach yn rhedeg trwy'r brwyn i'w gyfarfod. Plygodd i lawr a'i chofleidio.

'Lle mae o? Lle mae o, Enfys bach? Dos â fi at Twm,' meddai yn ei chlust. 'Lle mae o? Lle mae Twm?'

Rhedodd y ci ymaith gan stopio ac edrych yn ôl bob hyn a hyn er mwyn sicrhau fod Jeff yn ei dilyn. O fewn llai na munud, yng ngolau gwan ei dortsh, gwelodd beth oedd yn edrych fel bwndel o ddillad mewn twll bas yng nghanol yr hesg.

'Twm!' gwaeddodd.

Wnaeth y bwndel bychan ddim symud.

Disgynnodd Jeff ar ei liniau wrth ei ochr a throi ei fab i'w wynebu.

'Twm bach,' meddai eto.

Agorodd y bachgen ei lygaid. 'Dwi mor sori, Dad. Dwi mor sori ...'

Gafaelodd Jeff ynddo'n dynn ac yn dyner, gan sylwi fod

y bachgen yn wlyb at ei groen ac yn crynu trwyddo. Edrychai'n gysglyd, fel petai'r oerfel wedi dechrau cael gafael arno.

'Paid di â phoeni, 'ngwas i,' meddai. 'Mi sortiwn ni hyn allan efo'n gilydd. Fedri di godi a cherdded adra efo fi?' Estynnodd Jeff damaid o siocled o'i boced a'i roi iddo. 'Bwyta hwn. Mi wnaiff o les i ti.'

Daeth deigryn i lygad Jeff, a doedd hynny ddim yn digwydd yn aml. Estynnodd am ei ffôn.

'Meira, 'dan ni ar y ffordd adra. Gwna siocled poeth iddo fo. Mi fydd o angen cawod hefyd, i gnesu.'

Bu'n rhaid i Jeff hanner cario'r bachgen blinedig am y rhan helaethaf o'r ugain munud gymeron nhw i gyrraedd y tŷ, ond doedd dim ots ganddo. Roedd ei fab yn saff, a dyna oedd yn bwysig.

Pennod 9

Roedd dagrau o lawenydd yn llygaid Meira pan gerddodd Jeff i mewn i'r tŷ efo Twm.

'Ydi Twm yn iawn? Be sy matar efo fo?' Daeth llais Mairwen o'r tu ôl i'w mam.

'Ydi siŵr,' atebodd Meira gan afael yn ei hysgwydd. 'Wedi bod allan yn y glaw yn rhy hir mae o, ac wedi oeri,' eglurodd.

Ar ôl i Twm yfed ei siocled poeth aeth Jeff â fo i fyny'r grisiau a'i helpu i dynnu'i ddillad gwlyb cyn ei hebrwng i'r gawod. Daeth y bachgen ato'i hun yn rhyfeddol o sydyn.

'Dwi mor sori am ddwyn o bwrs Mam,' meddai Twm wrth Jeff ar ôl newid i'w byjamas. 'Mewn ffordd, dwi'n falch 'mod i wedi cael fy nal. Dwi wedi bod yn poeni ers dipyn ... do'n i ddim yn gwbod sut i ddeud wrthach chi, ond mae 'na ... dwi wedi bod yn ...' Dechreuodd Twm snwffian crio.

'Yli, mae dy fam a finna yma i dy helpu di, 'ngwas i. Mi wyddost ti ein bod ni'n dy garu di ac yma i dy gefnogi di. Gei di ddeud y cwbwl wrtha i, yn dy amser dy hun, ond cyn hynny, ti angen llond dy fol o fwyd cynnes.'

Ymhen yr awr roedd Twm wedi dod ato'i hun yn iawn. Aeth Meira i gadw cwmni i Mairwen a cheisio ateb ei chwestiynau di-baid tra eisteddodd Jeff a Twm yn y lolfa. Roedd Twm yn dawel, gan chwarae efo'i ddwylo.

Jeff dorrodd ar y distawrwydd.

'Fel y deudis i wrthat ti, Twm, mae dy fam a finna'n dy garu di, ac mi wnawn ni rwbath i dy helpu di. Ond fedrwn ni 'mo dy helpu di os na ddeudi di be sy'n bod. Rhaid i ti ein trystio ni a deud y cwbwl. Ydi hynna'n deg?'

Cododd Twm ei ben i edrych ar ei dad. 'Ydi,' atebodd.

'Reit, be am i ni ddechra efo'r arian. Pam wnest ti ddwyn oddi wrth dy fam?'

'Dwi 'di bod yn defnyddio fêps, Dad. Dyna pam dwi angen pres – i dalu amdanyn nhw.'

'Wela i.' Gwnaeth Jeff ei orau i guddio'r ochenaid ysgafn o siom na allai ei hatal. 'Ers faint mae hyn wedi bod yn mynd ymlaen?' gofynnodd yn ddistaw.

'Ers cyn gwyliau'r haf. Ond cael fy nhwyllo nes i! Nes i ddim sylweddoli be oedd yn digwydd nes oedd hi'n rhy hwyr. A dyna'r gwir, Dad.'

'Be ti'n feddwl, twyllo? Lle wyt ti'n eu cael nhw? Deud y cwbwl wrtha i, o'r dechra.'

'Hogia blwyddyn un ar ddeg gynigiodd un i mi yn y lle cynta. Boi o'r enw Frankie Williams ydi arweinydd y criw. Mae o'n foi caled ac yn dipyn o fwli yn yr ysgol, yn bygwth pawb sy ddim yn gwneud fel mae o'n deud. Fo sy'n rheoli bob dim. Fo roddodd fêp i mi drio, gan ddeud ei fod o'n lot gwell na sigaréts, a bod pawb o'r criw cŵl yn eu defnyddio nhw. Ddeudis i nad o'n i rioed wedi smocio, ac nad o'n i isio dechra am 'mod i'n codi pwysau ac yn edrych ar ôl fy ffitrwydd. Ond roedd o'n mynnu, gan ddeud eu bod nhw'n ffasiynol, ac yn blasu'n dda. Do'n i ddim yn medru gwrthod.'

'Pam hynny, Twm?'

'Am mai Frankie oedd o, ac ro'n i'n gwybod y bysa fo'n troi arna i taswn i'n gwrthod.'

'Fo ydi'r unig un sy'n rhannu'r fêps 'ma?'

'Na, mae 'na blant eraill wrthi hefyd, ond gan Frankie maen nhw i gyd yn 'u cael nhw.'

'Be oeddat ti'n feddwl ar ôl cymryd y fêp cyntaf?'

Cododd Twm ei ysgwyddau. 'Blas reit neis, 'run fath â fferins, ac mi ges i drio gwahanol flasau ganddo fo wedyn.'

'Oeddat ti'n talu iddo fo amdanyn nhw?'

'Na, dim ar y dechra. Jyst cael pwff ganddo fo o'n i bob hyn a hyn. Ond ar ôl dipyn mi ddeudodd o bod angen i mi brynu un fy hun, a dewis fy hoff flas.'

'Pryd wnest ti ddechra'u prynu nhw?'

'Ar ôl i'r ysgol ddechra fis dwytha. Ro'n i'n eu licio nhw, Dad, ond wnes i ddim sylweddoli fod peryg i mi fynd yn gaeth iddyn nhw.'

'Wnest ti ddim sylweddoli fod 'na nicotin ynddyn nhw?'

'Ro'n i'n gwbod am y nicotin.' Rhoddodd Twm ei ben yn ei ddwylo fel na allai ei dad weld dagrau ei gywilydd. 'Ond dwi wedi dysgu ers hynny fod 'na ganabis ynddyn nhw hefyd. Dyna mae Frankie'n ddeud, beth bynnag.'

'Canabis?'

'O Dad, dwi'n teimlo mor ofnadwy 'mod i wedi cael fy llusgo i ganol y cwbwl.'

'Dwi'n dallt, Twm bach, ond mae'n bwysig dy fod di'n deud bob dim wrtha i.' Sylweddolodd Jeff mai'r ditectif yn hytrach na'r tad oedd yn siarad erbyn hyn.

'Ar ôl i mi fod yn prynu'r fêps ganddo fo am sbel, mi ddechreuodd Frankie godi'r pris. Er 'mod i'n eu mwynhau nhw'n ofnadwy, mi nes i drio dod allan ohoni a stopio, ond mi ddeudodd Frankie ei bod hi'n rhy hwyr. Yr adeg honno ges i wybod bod 'na ganabis yn y fêps. Roedd Frankie'n deud y byswn i'n cael fy hel o'r ysgol tasa rhywun yn dod i wybod bod gen i gyffuriau anghyfreithlon yn fy system, a bod yn rhaid i mi ddal i brynu ganddo fo neu mi fysa fo'n deud wrth bawb. Fysa fo ddim yn edrych yn dda, medda fo, tasa pobol yn cael gwybod bod mab prif dditectif Glan Morfa yn cymryd cyffuriau. Mae o'n gwybod yn iawn pwy ydach chi, Dad, a be ydi'ch gwaith chi. Do'n i ddim isio meddwl faint o gywilydd fysa hynny'n ei achosi i chi ac i Mam. Yr unig ddewis oedd gen i oedd cario mlaen.'

Roedd calon Jeff yn gwaedu dros ei fab. 'Paid â meddwl am hynny, Twm. Mi wnawn ni sortio hyn efo'n gilydd. Faint o hyn sy'n mynd ymlaen yn yr ysgol 'na?'

'Lot fawr, yn ôl yr hyn dwi wedi'i ddysgu'n ddiweddar. Mae gan Frankie rwydwaith o blant eraill sy'n defnyddio'r un math o fêps ac yn eu rhannu nhw o gwmpas yr ysgol ar ei ran o. Y dewis ydi eu gwerthu nhw ar ei ran o a gwneud dipyn o elw, a chario mlaen i'w defnyddio nhw, neu gael eu bygwth gan Frankie ... a does neb yn 'i iawn bwyll isio gwylltio Frankie. Mae rhai o'r hogia yn dwyn o siopau a gwerthu beth bynnag maen nhw'n ei ddwyn er mwyn prynu mwy ganddo fo.'

Digon tebyg i fyd cyffuriau y tu allan i'r ysgol, ystyriodd Jeff.

'Gan bwy mae'r hogyn Frankie 'ma'n cael y fêps yn y lle cynta?'

'Gan ryw foi o'r enw Syd, ond wn i ddim pwy ydi hwnnw. Boi peryg, yn ôl Frankie.'

'Rhywun o'r tu allan i'r ysgol ydi o?'

'Am wn i. Wnaiff Frankie ddim deud. Mae'n swnio'n debyg bod Frankie, hyd yn oed, ei ofn o.'

'Oes gen ti rywfaint o'r stwff 'ma yn y tŷ, Twm?' gofynnodd Jeff.

Llanwodd llygaid y bachgen eto. Er ei fod mor ifanc, gwyddai beth oedd goblygiadau bod â chyffuriau anghyfreithlon yn ei feddiant.

'Oes, ond dim yn y tŷ,' meddai mewn llais bach euog. 'Yng nghwt Enfys maen nhw.'

'Dangos nhw i mi,' gorchmynnodd Jeff.

Aeth y ddau allan i gefn y tŷ ac agorodd Twm y clo ar ddrws cwt Enfys. Aeth y ddau i mewn, ac estynnodd Twm i fyny at y silff uchel, y tu ôl i fwyd y ci, a thynnu tun bach i lawr. Tynnodd dri fêp a dwy botel fechan yn cynnwys rhywfaint o hylif ohono.

'Well i mi gadw'r rheina,' meddai Jeff. Oes gen ti fwy?'
'Na.'

Yn ôl yn y lolfa, eisteddodd y ddau i lawr.

'Be wnawn ni efo chdi, dŵad?' gofynnodd Jeff, ond wnaeth Twm ddim ateb. 'Gwranda, dwi'n siomedig dy fod di wedi bod yn dwyn o bwrs dy fam, ond dwi yn dallt be sydd wedi digwydd i ti. Mae gen i ddigon o brofiad o'r math yma o beth, ond nes i erioed ddisgwyl ...' Dewisodd beidio â gorffen y frawddeg. 'Ond 'ta waeth, mae angen meddwl am y cam nesa. Wyt ti'n ddibynnol ar y stwff 'ma? Ydi o wedi cael gafael go iawn arnat ti?'

'Wn i ddim. Dwi'n lecio'r teimlad dwi'n ei gael ar ôl ei gymryd o, ond fedra i ddim canolbwyntio ar ddim byd.'

'Reit, mi fydd yn rhaid i mi gadarnhau i sicrwydd be yn union sydd yn y fêps 'ma i ddechra, darganfod pa mor eang ydi'r broblem, ac yn bwysicach, o ble mae'r stwff yn dod. Wyt ti'n addo i mi na wnei di gyffwrdd y stwff 'ma eto? Anghofia lol Frankie am ddeud wrth pawb a chodi cywilydd arna i. Tydi hynny ddim pwt o ots.'

'Ydw, Dad. Dwi'n addo.'

Oedodd Jeff cyn gofyn y cwestiwn nesaf.

'Fysat ti'n fodlon gwneud dipyn o waith ditectif i mi, Twm? Dwi'n meddwl dy fod di'n ddigon hen erbyn hyn i fy helpu i.'

Gwelodd Jeff wên yn lledu ar draws wyneb y bachgen.

'Pryd mae'r Frankie 'ma'n disgwyl i ti brynu mwy o fêps ganddo fo?'

'Fory,' atebodd Twm. 'Dyna pam o'n i angen y pres.'

'Faint wyt ti'n dalu?'

'Ugain punt, tri deg, ella.'

Tynnodd Jeff arian papur o'i boced. 'Defnyddia hwnna,' meddai. 'A ty'd â'r feps yn syth i mi. Pryna flasau gwahanol i'r rhain sgin i yn fama, a gofynna iddo fo am rwbath roith fwy o gic i ti. Mi wna i yrru'r cwbwl i'r labordy wedyn i gael ei brofi. Mae'n bwysig dy fod di'n dal i brynu gan y Frankie 'ma rhag iddo fo amau ein bod ni ar ei ôl o. Dwi angen ffendio pwy ydi'r boi Syd 'ma, ffynhonnell y cyffuriau, a darganfod be ydi maint y broblem yn yr ysgol, a hynny heb iddyn nhw amau dim. Fedri di wneud hynny i mi, a pheidio deud gair wrth neb?'

'Medraf, Dad.'

'A chadwa dy lygaid a dy glustiau yn agored rhag ofn i Frankie ddeud rwbath am Syd fydd yn ein harwin ni ato fo.'

'Ella y medra i smalio bod yn fwy o ffrindiau efo Frankie?'

'Jyst bydda di'n ofalus. Rŵan 'ta, dwi isio i ti fynd i ymddiheuro i dy fam. Ma' hi wedi cael coblyn o sioc heddiw.'

Yn ddiweddarach y noson honno, ar ôl i'r plant fynd i'w gwlâu, esboniodd Jeff y cyfan i Meira.

'Rargian, Jeff. Ydi o'n beth call gofyn iddo fo wneud y fath beth?' gofynnodd. 'Plentyn ydi o!'

'Mae o wedi bod yn prynu'r fêps 'ma ers wythnosau – dwi ddim wedi gofyn iddo fo wneud unrhyw beth yn wahanol i hynny. Ac ar hyn o bryd, does ganddon ni ddim syniad be yn union sydd yn y poteli 'ma. Nicotin, canabis ... pwy a ŵyr. Ella'u bod nhw'n hollol gyfreithlon a bod yr hogyn Frankie 'ma wedi bod yn palu clwydda.'

Prin roedd Jeff yn credu ei eiriau ei hun.

Pennod 10

Gollyngodd Jeff ei fab y tu allan i'r ysgol am chwarter wedi wyth y bore canlynol. Wrth i Twm gamu allan o'r car rhoddodd Jeff ei law ar ei fraich.

'Ydan ni'n dallt ein gilydd, Twm?' gofynnodd, gydag awgrym o wên.

'Ydan, Dad. Peidiwch â phoeni. Mi fydda i'n iawn.'

'Siort orau. A ffonia fi os wyt ti angen rwbath, ti'n dallt?'

Gwenodd Twm yn ôl ar ei dad.

Heb ymateb ymhellach, rhedodd y bachgen i ymuno â grŵp o fechgyn eraill a oedd yn cerdded i gyfeiriad giât yr ysgol fel petai dim byd yn bod. Teimlai digwyddiadau'r noson cynt fel breuddwyd i Jeff, ond gwyddai'n iawn fod y gwirionedd yn bur wahanol. Dechreuodd ystyried a oedd gofyn i Twm barhau i brynu'r fêps yn syniad da. Byddai'n rhaid iddo gadw llygad barcud ar y sefyllfa.

Penderfynodd beidio â gwneud ymholiadau yn yr ysgol, a throdd am ei waith. Ar ôl cyrraedd gorsaf yr heddlu aeth i'r ddalfa fel arfer, gan ddiolch nad oedd llawer i gymryd ei ddiddordeb yn y fan honno. Roedd ganddo ddigon ar ei blât rhwng trafferthion Twm a'r llofruddiaeth, ystyriodd.

Cyn mynd at ei gyfrifiadur i orffen y gwaith roedd o wedi'i ddechrau y noson cynt, aeth i swyddfa Cwnstabl Oscar Ifans, Swyddog Cyswllt Ysgolion yr ardal. Roedd gan Jeff barch mawr tuag at Oscar – plismon o'r hen drefn oedd yn agosáu at oed ymddeol. Pysgota oedd ei ddiléit y tu allan i'r gwaith, a dros y blynyddoedd bu'n llwyddiannus iawn mewn cystadlaethau ledled Prydain, yn unigol ac i dîm yr heddlu. Roedd o'n ddyn tal, trwm, gyda gên a oedd yn tueddu i ymwthio allan wrth iddo siarad, a gwên frwdfrydig nad oedd byth ymhell o'i wyneb.

'Oes gen ti amser am banad sydyn yn y cantîn, Oscar?' gofynnodd Jeff iddo. ''Swn i'n lecio cael sgwrs efo chdi.'

'Os wyt ti'n talu, Jeff, mae gin inna amser,' atebodd yn ei ffordd ysgafn arferol.

Roedd y cantîn wedi dechrau llenwi, a ditectifs yr ymchwiliad a phlismyn iwnifform ar y shifft gynnar wrthi'n claddu i mewn i frecwastau llawn. Ar ôl i Jeff brynu dwy gwpaned o goffi, eisteddodd y ddau wrth fwrdd yn y gornel bellaf. Jeff ddechreuodd y sgwrs.

'Mae 'na hogyn o'r enw Frankie Williams yn Ysgol Glan y Don wedi dod i fy sylw i, Oscar. Hogyn pymtheg neu un ar bymtheg oed. Wyddost ti rwbath amdano fo?'

'Rhywfaint, ond dim llawer. Uffar bach drwg ydi o, ar gyrion bob math o ddrygioni ond erioed wedi cael ei ddal yn gwneud dim byd o'i le. Dydi o ddim o deulu da. Meddwl ei fod o'n dipyn o foi, yn ôl y sôn, ac yn lecio rheoli hogia fengach. Tydi o ddim ofn defnyddio trais i gael ei ffordd ei hun, chwaith, er nad oes neb wedi gwneud cwyn amdano, i mi fod yn gwybod. Be ydi dy ddiddordeb di ynddo fo?'

'Wedi dod i ddallt ydw i ei fod o'n gwerthu fêps a ballu yn yr ysgol, ac mae'n bosib eu bod nhw'n cynnwys sylweddau anghyfreithlon, neu niweidiol. Wn i ddim be yn union ydyn nhw eto, ond mae gen i samplau ohonyn nhw, a mwy ar y ffordd. Mi yrra i'r cwbwl i'r labordy pan ddaw'r amser.'

'Mae hynna'n canu cloch, Jeff. Dwi'n ymwybodol o sïon

fod defnyddio fêps ar gynnydd yn Ysgol Glan y Don – mae o'n fwy o broblem nag oedd smocio sigaréts ers talwm. Dwi wedi gorfod gwneud dipyn o ymchwil i'r peth, am fod smocio'r fêps 'ma, hyd yn oed y rhai heb nicotin, yn gwneud niwed mawr i blant ifanc. Ma' nhw'n amharu ar ddatblygiad yr ymennydd – gallu plant i ddysgu – pan maen nhw mewn oed mor bwysig lle mae addysg yn y cwestiwn.'

'Yn ôl be dwi'n ddallt, mae 'na rwbath heblaw nicotin yn y rhai mae'r Frankie 'ma'n eu rhannu sy'n gwneud i'r defnyddwyr awchu mwy a mwy, yn union fel y cyffuriau caletach sydd ar y strydoedd.'

'Mi fyddwn ni'n siŵr o weld dwyn o siopau yn gwaethygu yn yr ardal 'ma os ydi hynny'n wir. Rhaid i'r plant dalu amdanyn nhw rywsut, a lle arall gân nhw'r arian?'

'Mae hynny wedi dechra'n barod yn ôl be dwi wedi'i glywed, Oscar.' Doedd Jeff ddim yn barod i ymhelaethu am ei ffynhonnell.

'Be fedra i wneud i ti felly, Jeff?'

'Yn ôl be dwi'n ddallt, gan ryw ddyn o'r enw Syd mae Frankie'n cael y stwff 'ma. Ydi'r enw'n canu cloch?'

Meddyliodd Oscar cyn ateb. 'Fedra i ddim deud 'i fod o. Chlywis i rioed am neb o'r enw hwnnw yn agos i'r ysgol. Y tebygrwydd ydi mai rhywun o'r tu allan ydi o, ond mi wna i holi i ti. Mae gen i un neu ddau o gysylltiadau dibynadwy yn yr ysgol sy'n medru cadw cyfrinach, ac mi ddo' i yn ôl atat ti cyn gynted ag y medra i.'

'Diolch i ti, Oscar. Rhaid i ni roi stop ar hyn cyn i blant gael niwed parhaol, a chael gafael ar y Syd 'ma ydi'r ffordd orau o wneud hynny.'

Ar ôl cyrraedd ei swyddfa'i hun, ffoniodd Jeff y Swyddogion Cyswllt Ysgolion yn ardaloedd eraill Heddlu Gogledd Cymru. Doedd o ddim wedi disgwyl yr ymatebion a gafodd: roedd nifer o ysgolion uwchradd ar draws y gogledd wedi gweld cynnydd enfawr yn y nifer o'u disgyblion oedd yn defnyddio fêps yn ystod y misoedd blaenorol. Gofynnodd Jeff i'r swyddogion wneud ymholiadau cynnil er mwyn ceisio darganfod mwy am y sefyllfa yn eu dalgylchoedd, gan roi blaenoriaeth uchel i'r ymholiadau hynny.

Fel roedd Jeff yn rhoi'r ffôn i lawr, agorodd drws ei swyddfa a tharodd Sonia ei phen rownd y gornel. Chafodd o 'mo'r cyfarchiad cyfeillgar arferol ganddi.

'Dim ond gadael i ti wybod, Jeff,' meddai mewn llais difrifol, 'fod Lowri wedi sylwi nad wyt ti wedi bod o gwmpas y bore 'ma. Ma' hi'n gofyn lle wyt ti, a does 'na ddim tymer dda iawn arni. Well i ti wneud dy hun yn barod ar gyfer y gynhadledd.'

Edrychodd Jeff ar ei watsh a gweld ei bod hi bron yn hanner awr wedi naw, ac yn bryd i'r cyfarfod ddechrau. Brysiodd i gyfeiriad yr ystafell gynhadledd a chymryd ei sedd arferol yn y cefn ychydig eiliadau cyn i'r Ditectif Uwch-arolygydd gyrraedd, a Sonia wrth ei sodlau.

Roedd hi'n amlwg nad oedd gwybodaeth ychwanegol o werth wedi cyrraedd tîm yr ymchwiliad ers y gynhadledd ddiwethaf – doedden nhw ddim nes at ddarganfod pwy oedd y dioddefwr, a doedd neb wedi gweld unrhyw beth allan o'r cyffredin i fyny yn ardal Cwm Ceirw. Penderfynodd Lowri Davies y dylen nhw ganolbwyntio ar yr ymholiadau i'r dillad roedd y dyn yn ei wisgo, gan eu bod yn rhai o safon, a cheisio olrhain tarddiad y rhaff a ddefnyddiwyd i'w rwymo. Gofynnodd hefyd i'r ymholiadau ynglŷn â chofnodion deintyddol y corff gael eu brysio.

Wedi i'r cyfarfod orffen, brasgamodd Lowri ar ôl Jeff i'w swyddfa.

'Ble oeddech chi'n gynharach bore 'ma?' gofynnodd.

'Roedd yn rhaid i mi wneud dipyn o ymchwil i fater lleol,' atebodd Jeff.

'Rhywbeth pwysicach na llofruddiaeth?'

'Oedd.'

'Fedrwch chi ymhelaethu?'

'Mi fysa'n well gen i beidio,' atebodd Jeff. 'Mi ddeudis i neithiwr fod 'na fater personol roedd angen i mi ddelio efo fo – roedd hynny'n gysylltiedig â throseddu a allai gael effaith andwyol ar ieuenctid y dref 'ma, ac roedd yn rhaid gwneud rwbath am y peth yn syth.'

'Ond be am y ditectifs lleol sydd ddim yn rhan o'r ymchwiliad i'r llofruddiaeth? Dwi'n siŵr y bysan nhw wedi gallu gwneud beth bynnag oedd ei angen.'

'Fel ddeudis i, Ditectif Uwch-arolygydd,' atebodd Jeff mewn llais mwy pendant nag arfer, 'mater personol ddechreuodd yr holl beth, ac ar hyn o bryd, well gen i beidio ag ymhelaethu.'

Syllodd Lowri i'w lygaid. 'Dim ond i chi gofio fod mater o lofruddiaeth yn cael blaenoriaeth dros bob dim arall.'

'Roeddach chi isio gair neithiwr cyn i mi adael,' meddai Jeff. 'Ydach chi isio trafod beth bynnag oedd o rŵan?'

'Na, mi wnes i ddelio efo hynny fy hun,' atebodd Lowri wrth droi i adael. Yna, trodd yn ôl i'w wynebu. 'Ond cofiwch, Jeff, os oes 'na unrhyw fater personol yn eich poeni chi, mi wna i beth bynnag fedra i i'ch helpu chi.'

'Mi gofia i hynny,' atebodd Jeff. 'Diolch.'

Pennod 11

Wedi i Lowri adael, ystyriodd Jeff a oedd ei hysbysydd ffyddlon yn gyfarwydd â'r broblem fêps ymysg plant yr ardal. Trodd ei gyfrifiadur ymlaen a disgwyl am funud neu ddau er mwyn sicrhau bod ei fòs wedi mynd yn ddigon pell cyn ei ffonio hi.

Roedd Nansi'r Nos, fel yr oedd Jeff yn ei galw hi, wedi byw a bod yng nghanol y byd cyffuriau yng Nglan Morfa ers iddo ddod i'w hadnabod hi bron i bymtheng mlynedd ynghynt. Gwyddai Jeff o brofiad ei bod hi'n delio cyffuriau ers blynyddoedd, ond dewisodd anwybyddu hynny gan iddi fod yn hysbysydd mor ardderchog iddo. Dim ond cyffuriau meddal roedd hi'n eu rhannu, ond yn llygad y gyfraith – ac yn llygaid uwch-swyddogion y llu – fyddai hynny ddim yn rheswm o gwbl i Jeff esgusodi ei throseddau. Ond yn ei farn o, roedd hi wedi gwneud llawer iawn mwy o ddaioni na drwg yn y gymuned, er mai dim ond nhw eu dau oedd yn ymwybodol o faint ei chyfraniad. Diolchodd nad oedd hi mor brysur wrth ei gwaith anghyfreithlon y dyddiau yma – wrth iddi heneiddio roedd hi wedi trosglwyddo'r hyn a ddatblygodd yn fusnes teuluol i'w pherthnasau iau – ond er hynny, roedd hi'n dal i wybod yn union beth oedd yn mynd ymlaen yn yr ardal. Doedd 'run gram o gyffur yn symud yn nhref Glan Morfa heb iddi hi fod yn ymwybodol ohono.

Efallai fod Nansi'r Nos yn heneiddio, meddyliodd, ond doedd hi ddim i weld yn fodlon derbyn hynny. Roedd o wedi gwneud trefniadau i'w chyfarfod, ac wrth iddo'i gwylio'n brasgamu'n fywiog i gyfeiriad ei gar, ystyriodd nad oedd hi wedi newid ei steil ers degawdau. Er ei bod yn ei phumdegau, ac wedi magu dipyn o floneg dros y blynyddoedd, roedd hi'n dal i wasgu'i hun i mewn i'r dillad rhywiol roedd hi'n eu gwisgo ddeng mlynedd ar hugain ynghynt, pan oedd hi'n gymharol denau a digon tlws yn ei ffordd ei hun. Ni allai beidio â gwenu wrth i'w bronnau swmpus fownsio tuag ato, yn gwneud eu gorau i ddianc allan o'r crys T gwyn tyn. A sut ar y ddaear roedd hi'n gallu cerdded mewn sodlau mor uchel, dyfalodd, yn enwedig os oedd hi wedi cael ei dogn arferol o fodca?

Wrth i Nansi lithro i mewn i sedd teithiwr ei gar, cododd ei sgert fer i ddinoethi ei chluniau gwynion. Gafaelodd yng nghlun Jeff fel yr oedd hi wedi gwneud ddegau o weithiau o'r blaen, gan wasgu ei hewinedd cochion i'w gnawd. Ebychodd Jeff, ac ymateb yn ei ffordd arferol yntau.

'Rho'r gorau iddi, ddynas,' meddai gyda gwên. Wedi'r cwbwl, roedd o angen gwybodaeth ganddi.

'O ty'd 'laen, Jeff, yr hen hync i ti. 'Dan ni ddim am chwarae'r un hen gêm eto, nac'dan? Dwi am gael ffendio be sgin ti yn y trowsus 'na ryw ddiwrnod, coelia di fi.' Yn araf ac yn chwareus, symudodd ei llaw yn uwch, a gafaelodd Jeff ynddi i'w hatal.

'Rho'r gorau iddi – mae 'na bobol o gwmpas,' meddai. 'Dwi isio gwybodaeth gen ti.'

'Ti mor boring.' Gwnaeth geg bwdlyd a chroesi'i breichiau ar draws ei brest. 'Wel, be ti isio 'ta?'

Diolchodd Jeff fod y chwarae drosodd.

'Wedi clywed ydw i fod plant Ysgol Glan y Don yn

defnyddio fêps, ac mae'n bosib bod y rhai sy'n cael eu gwerthu iddyn nhw ar dir yr ysgol yn cynnwys canabis yn ogystal â nicotin.'

'O, ty'd 'laen, Jeff, ti rioed yn meddwl y byswn i'n gwneud y fath beth, nagwyt? Fi fysa'r cynta i riportio'r peth i ti. Dwi na neb o 'nheulu rioed wedi delio i blant ysgol, ac mae hynny'n ffaith i ti.'

'Na, mi wn i hynny, Nansi bach, ond mae'n edrych yn debyg bod rhywun yn gwneud. Mae 'na hogyn o'r enw Frankie yn eu gwerthu nhw yn yr ysgol.'

'Frankie? Dim Frankie Williams, gobeithio?'

'Pwy ydi o?' gofynnodd Jeff.

'O, ffor ffycs sêcs. Hogyn fy nghyfnither, Elsi, ydi o. Hen butain fuodd honno rioed. Hen ast ddauwynebog. Dwi'm 'di siarad efo hi ers blynyddoedd. A hen fwnci drwg ydi'r diawl bach Frankie 'na. Ro'n i'n gwbod y bysa fo'n cael ei ddal cyn hir. Hen bryd wir.' Yn amlwg, roedd Nansi'n flin. 'Mae o wedi bod yn lwcus iawn nad ydi o yn y jêl yn barod. Dwi'n synnu nad wyt ti wedi dod ar ei draws o cyn hyn.'

'Paid â gadael i neb wybod 'mod i ar ei ôl o, wir Dduw. Nid ar ei ôl o ydw i go iawn, ti'n gweld – gan ryw foi o'r enw Syd mae o'n cael y stwff, a siŵr gen i mai fo sy'n ei hudo fo i'w rhannu nhw. Fo ydi'r un dwi isio'i ddal, er mwyn cael gafael ar ffynhonnell y cwbwl. Rhaid i mi roi stop ar hyn cyn gynted â phosib.'

'Siŵr iawn, Jeff. Dwi'n cytuno efo chdi gant y cant. Jêl ydi lle pobol sy'n delio i blant ysgol. Be ti'n wybod am y boi Syd 'ma? Dydi'r enw ddim yn canu cloch.'

'Mae'n edrych yn debyg mai rhywun o'r tu allan i'r ysgol ydi o. Tu allan i'r dre 'ma, hyd yn oed, ond does gen i ddim mwy o wybodaeth na hynny.'

'Cyn belled ag y gwn i, Jeff, does neb lleol yn gwerthu fêps canabis yng Nglan Morfa. Ac mi fyswn i'n gwybod tasa 'na. Mi wna i 'ngora i ti, trystia fi. Mae hyn yn warthus o beth.'

Aeth Jeff yn ôl i'w swyddfa, ond allai o ddim canolbwyntio ar yr ymchwiliad i'r llofruddiaeth yng Nghwm Ceirw. Crwydrai ei feddwl at Twm, a'r hyn roedd o wedi gofyn i'w fab ei wneud. Oedd o'n llwyddo i glosio at Frankie Williams? Oedd o wedi darganfod mwy am Syd, pwy bynnag oedd hwnnw? Dechreuodd Jeff boeni. Ei deulu bach, Meira, Twm a Mairwen, oedd calon ei fodolaeth ac edrych ar eu holau nhw, bob un o'r tri, oedd ei flaenoriaeth. Gwae neb fyddai'n ceisio'u brifo.

Pennod 12

Erbyn pedwar o'r gloch y prynhawn hwnnw roedd Jeff wedi cael amser i daro golwg ar yr wybodaeth newydd a oedd wedi cyrraedd system gyfrifiadurol yr ymchwiliad i'r llofruddiaeth. Yn ogystal, roedd o wedi llwytho'i sylwadau ei hun iddo er mwyn dangos i Lowri bod ei feddwl ar waith. Bron â gorffen oedd o pan ganodd y ffôn ar ei ddesg. Sarjant Rob Taylor oedd yno.

'Jeff, mae 'na ddyn ifanc wrth y cownter yn fama yn mynnu cael gair efo chdi.'

'Deud wrth bwy bynnag ydi o nad oes gen i amser ar hyn o bryd, wnei di plis, Rob? Oes 'na rywun arall fedar ddelio efo fo?'

'Mae o'n mynnu cael gair efo chdi yn bersonol, Jeff. Wneith neb arall 'mo'r tro, medda fo.'

Ochneidiodd Jeff yn ddwfn. 'Pwy ydi o?' gofynnodd, braidd yn swta.

'Dyn ifanc o'r enw Twm Evans ... isio pàs adra, medda fo.'

'Wel ar f'enaid i, pam na fasat ti'n deud yn iawn, Rob bach? Ty'd â fo i fyny'r grisiau – tydi Sonia ddim yn y swyddfa ar hyn o bryd, felly dwi ar fy mhen fy hun.'

Pur anaml roedd Twm yn galw yng ngorsaf yr heddlu, a doedd hwn ddim yn ddiwrnod delfrydol iddo wneud hynny gan fod cymaint o dditectifs dieithr o gwmpas. Ond ar y llaw arall roedd Jeff yn falch fod ei fab wedi dod draw, i dawelu meddwl ei dad ar ôl y gwaith ditectif roedd o wedi'i gael. Esgus oedd y cais am lifft – gwyddai Jeff fod trefniadau wedi cael eu gwneud ar gyfer y pnawn hwnnw.

Funud neu ddau yn ddiweddarach agorodd Rob Taylor ddrws swyddfa Jeff gan dywys Twm i mewn, efo'i law dde yn ysgafn ar gefn y bachgen. Roedd gwên lydan ar wyneb Twm wrth iddo gerdded i mewn.

'Dyma fo i ti, Jeff,' meddai Rob. 'Ro'n i'n meddwl fod Heulwen yn mynd â Mairwen a chditha adra pnawn 'ma,' ychwanegodd.

'Ydi, mae hi wedi mynd â Mairwen, ond mi wnes i ddeud wrthi 'mod i angen dod i weld Dad,' meddai'r llanc, gan edrych draw ar Jeff.

Deallodd Jeff ar unwaith. Roedd gan Twm rywbeth i'w adrodd nad oedd eisiau ei rannu o flaen Rob.

'Diolch yn fawr i ti, Rob,' meddai Jeff, gan godi ar ei draed. 'Mae gen i chydig o waith i'w wneud eto, Twm,' parhaodd. 'Stedda yn fanna am dipyn nes y bydda i wedi gorffen.'

Gadawodd Rob y swyddfa, a lledodd gwên lydan ar draws wyneb Twm. Cododd Jeff i gau drws ei swyddfa. Doedd yr ymchwiliad i ddarganfyddiad y corff anhysbys ddim yn mynd i gael llawer mwy o sylw ganddo, ystyriodd.

'Mae rwbath yn deud wrtha i fod gen ti newyddion i mi, Twm,' meddai.

Estynnodd Twm i mewn i'w fag ysgol a thynnu ohono dair potel fach â labeli lliwgar, gwahanol ar bob un.

'Dyma be brynais i gan Frankie heddiw,' meddai. 'Mi ddeudodd o bod rhain yn well stwff ac yn gryfach na be ges i ganddo fo o'r blaen.'

'Da iawn ti, 'ngwas i,' meddai Jeff.

Cymerodd Jeff y poteli ganddo a'u rhoi yn nrôr ei ddesg efo'r rhai roedd Twm wedi'u cuddio yng nghwt y ci.

'Oedd ganddo fo fwy?' gofynnodd Jeff.

'Wn i ddim, Dad, ond mae gen i fwy o wybodaeth i chi.' Oedodd Twm am rai eiliadau cyn parhau, yn gwenu ar ei dad.

'Wel ty'd 'laen 'ta,' meddai Jeff. 'Paid â gwneud i mi ddisgwyl yn fama!' Edrychai'n debyg fod Twm wedi dysgu dipyn gan ei dad yn barod. Wrth edrych arno'n sefyll yn falch o'i flaen, sylweddolodd Jeff pa mor gyflym roedd ei fab yn tyfu i fyny. Erbyn hyn roedd o bron mor dal â'i dad, a'i gyhyrau yn amlwg o dan ei siwmper ysgol. Roedd o wedi dechrau edrych ar ôl ei ymddangosiad hefyd, gan steilio'i wallt yn daclus a dewis ei ddillad yn ofalus. Byddai'n tyfu'n ddyn ifanc call, roedd Jeff yn bendant o hynny, er gwaetha'i gamweddau diweddar.

'Dwi'n meddwl 'mod i'n gwybod pwy ydi'r dyn Syd 'ma.'

'Wyt ti?'

'Fo ydi gofalwr a phrif lanhawr yr ysgol.'

Cymerodd Jeff eiliad neu ddwy i ystyried yr wybodaeth.

'Felly, mae'r stwff 'ma i gyd yn dod gan rywun o fewn yr ysgol? Sut ffendist ti hyn, Twm? Dwi'n gobeithio na wnest ti ofyn i Frankie.'

'Naddo, siŵr iawn. Dim ond bod chydig yn fwy cyfeillgar nag arfer wnes i heddiw, a gadael iddo fo wybod 'mod i'n awyddus i brynu mwy o stwff ganddo. Ddeudis i fod gen i ffrindiau y tu allan i'r ysgol oedd isio trio'r fêps. Na, clywed Frankie'n siarad efo un o'i fêts, Ronnie Morris, wnes i, yn y toiledau. Ro'n i yn un o'r ciwbicls a'r ddau ohonyn nhw y tu allan yn piso. Doedd 'run o'r ddau yn gwybod 'mod i yno. Mi ddeudodd Frankie fod Syd mewn lle da, fel gofalwr yr ysgol, i fynd a dod fel mae o isio. Gan mai fo sy'n goruchwylio'r glanhawyr eraill, mae o'n cael picio allan bob hyn a hyn a chuddio'r stwff yn ei swyddfa.'

Gwenodd Jeff. Yn amlwg roedd natur ei dad wedi dechrau ymddangos yn Twm.

'Gwranda,' meddai. 'Aros di yn fama am funud. Dwi angen siarad efo rhywun.'

Aeth Jeff yn syth i swyddfa Oscar Ifans, lle'r oedd hwnnw'n gorffen gwaith papur y diwrnod.

'Wyt ti wedi darganfod rhywfaint mwy o wybodaeth am y mater 'na wnaethon ni drafod yn gynharach bore 'ma, Oscar?' gofynnodd.

'Dim eto. Dydi'r person dwi angen ei holi ddim wedi bod ar gael heddiw.'

'Wel, gwranda. Dwi wedi clywed o le da mai'r Syd 'ma ydi gofalwr yr ysgol. Fedri di wneud dipyn o ymholiadau ynglŷn â fo i mi, os gweli di'n dda?'

Edrychodd Oscar ar ei watsh.

'Ti'n lwcus,' meddai. 'Mi ddylai Glenys, ysgrifenyddes yr ysgol, fod yn ei swyddfa o hyd. Mae hi yno tan bump fel rheol, a dwi ar delerau da iawn efo hi ... nabod ei gŵr yn dda. Mi ddo' i yn ôl atat ti gynted ag y bydda i wedi cael rhywfaint o newydd.'

Ymhen deng munud, ymddangosodd Oscar yn nrws swyddfa Jeff. Cyflwynodd Jeff y swyddog i Twm.

'Gwranda Twm,' meddai. 'Dos i'r car i ddisgwyl amdana i. Mae o yn y maes parcio yn y cefn. Dau funud fydda i. Os na fedri di fynd allan o'r adeilad, dos i chwilio am Yncl Rob.'

Rhoddodd allweddi'r car iddo, a diflannodd Twm trwy'r drws.

'Be gest ti, Oscar?' gofynnodd Jeff.

'David Sydney Smith ydi dy foi di. Fo ydi gofalwr yr ysgol a phennaeth y glanhawyr. Mae o wedi bod yn gweithio yno ers bron i ddwy flynedd. Dyma'i ddyddiad geni o, y pymthegfed o Awst 1984, a'i gyfeiriad o i ti. Yn ôl Glenys, un o Fanceinion ydi o'n wreiddiol, a dyna lle roedd o'n byw cyn iddo gael ei gyflogi yn yr ysgol.' Rhoddodd Oscar damaid o bapur i Jeff gyda'r manylion arno.

Heb oedi, aeth Jeff i'r car at Twm, a chychwyn am adref.

'Wnest ti job dda yn fanna, Twm bach. Mae'r wybodaeth gest ti i mi wedi bod yn ddefnyddiol iawn yn barod. Ond paid â deud gair wrth neb am y peth, cofia.'

'Wna i ddim, Dad. Dwi'n falch 'mod i wedi bod yn rhywfaint o help i chi.'

'Mae 'na natur ditectif ynddat ti, ma' raid!'

'Ond mae un peth yn fy mhoeni fi, Dad. Be tasa Frankie'n amau 'mod i'n ei dwyllo fo?'

'Mi groeswn ni'r bont honno pan ddown ni ati, Twm. Ond paid di â phoeni. Fy job i ydi hynny.'

Ymhen ugain munud roedd Jeff yn ôl yn ei swyddfa. Edrychodd ar y tamaid papur roddodd Oscar iddo. David Sydney Smith, 12 Bron Llwyd, Glan Morfa. Gwyddai Jeff am y stryd yn iawn. Edrychodd ar y gofrestr etholiadol a gweld mai un person oedd wedi'i chofrestru yn y fan honno – dynes o'r enw Grace Hutchinson – a neb arall.

Dechreuodd ymchwilio i gefndir Smith, a dysgu bod ganddo nifer o euogfarnau ym Manceinion yn mynd yn ôl i'r amser pan oedd o yn ei arddegau. Roedd yr euogfarnau hynny'n cynnwys anafu'n ddifrifol a bwriadol, ac ymgais i ladd. Roedd o wedi treulio sawl cyfnod yn y carchar. Eisteddodd Jeff yn ôl yn ei gadair. Sut yn y byd roedd person â chefndir fel hwn wedi medru llwyddo i gael ei gymeradwyo gan y Gwasanaeth Datgelu a Gwahardd er mwyn cael gwaith yn yr ysgol? Byddai'r Cyngor Sir yn sicr wedi mynnu ei fod yn cael tystysgrif DBS cyn iddo gael ei benodi i'r swydd. Roedd hi'n rhy hwyr i wneud ymholiadau i hynny heddiw, ond roedd rhyw deimlad ym mol yr afanc yn dweud y dylai fynd i 12 Bron Llwyd i holi am David Sydney Smith. Byddai'n rhaid iddo droedio'n ofalus.

Tai digon cyffredin oedd yn Bron Llwyd, a doedd rhif 12 yn ddim eithriad. Doedd dim golwg o fywyd yn y tŷ a dim golau i'w weld yn 'run o'r ffenestri. Penderfynodd guro ar ddrws y tŷ nesaf iddo.

'Helô. Ddrwg gen i dy boeni di,' meddai wrth y dyn ifanc a agorodd y drws. 'Chwilio am Mrs Hutchinson drws nesa ydw i, a fedra i ddim cael ateb. Wyddost ti ydi hi adra?'

'Yn y stafell gefn fydd Grace yn byw ac yn bod y rhan fwya'r amser. Ma' hi braidd yn fyddar ac mae'r teledu yn bloeddio ganddi. 'Dan ni'n gwybod yn iawn pa raglenni ma' hi'n wylio bob nos.'

'Be am y dyn sy'n byw efo hi?'

'Pa ddyn? Ar ei phen ei hun mae Grace yn byw – welis i rioed ddyn yn agos i'r lle.'

Diolchodd Jeff iddo ac aeth yn ôl at ddrws rhif 12. Curodd yn galed arno, ac o fewn munud neu ddau daeth dynes oedrannus i'w agor.

'Noswaith dda, Mrs Hutchinson,' meddai. 'O'r Cyngor ydw i, yn holi faint o bobol sy'n byw yn y tŷ 'ma ar gyfer pennu Treth y Cyngor.'

'Dim ond fi, 'ngwas i, ers i mi golli fy ngŵr ddeng mlynedd yn ôl.'

'Does 'na neb wedi bod yn aros efo chi ers hynny?' gofynnodd. 'Lojar?'

'Nagoes, wir i chi.'

'Neb o'r enw Smith? David neu Sydney Smith.'

'Rioed wedi clywed yr enw.'

Dechreuodd Grace gau'r drws.

'Ddrwg gen i'ch poeni chi,' meddai Jeff cyn gadael.

Wel, roedd gofalwr Ysgol Glan y Don wedi rhoi cyfeiriad ffug wrth wneud y cais am ei swydd, felly. Diddorol. Roedd hynny'n drosedd ynddo'i hun, ond y flaenoriaeth oedd canfod ffynhonnell y fêps, nid arestio Smith am rywbeth fel darparu gwybodaeth ffug ar ffurflen swyddogol. Ond os oedd o wedi dweud celwydd am ei gyfeiriad pan ymgeisiodd am y swydd yn yr ysgol, faint mwy o gelwydd ddywedodd o, tybed?

Pennod 13

Newydd gyrraedd yn ôl yn ei swyddfa oedd Jeff pan ganodd y ffôn bach yn ei boced. Gwelodd y llythrennau N.N. ar y sgrin, ac atebodd yr alwad.

'Sut wyt ti, Nansi bach?' meddai. 'Dyma bleser annisgwyl – dwy sgwrs mewn un diwrnod!' Roedd o'n ddigon pell o'i chrafangau, felly roedd yn saff cellwair rhyw fymryn efo hi.

'Gwranda, Jeff,' meddai'n frysiog, gan anwybyddu ei ysgafnder.

Mae'n rhaid bod ganddi rywbeth o bwys i'w rannu efo fo, meddyliodd Jeff.

'Nes i ddychryn pan ddeudist ti am y busnas fêps canabis 'ma, a'r ffaith fod rhywun yn eu hwrjo nhw i blant ysgol,' parhaodd. 'Dwi wedi bod yn holi o gwmpas i ti ar hyd y dydd. Dwinna'n dipyn o dditectif pan dwi'n trio, 'sti. Wel, mae gen i fwy nag un tamaid o wybodaeth i ti, ac mi wnaiff un dy blesio di'n arw. Ond paid â gofyn i mi o lle ges i o. Mater i mi ydi hynny, yn union fel chditha a dy hysbyswyr.'

Roedd Jeff wedi'i synnu. Doedd hi ddim mor gyfrinachol efo'i ffynonellau fel arfer.

'Mi ddo' i at yr ail beth mewn munud,' parhaodd Nansi'n gyflym, fel petai allan o wynt. 'Ond ti'n iawn, Frankie Williams sy'n rhannu'r fêps 'ma yn yr ysgol, ac yn ôl y sôn mae 'na fwy na chanabis yn yr hylif – rhyw stwff arall sy'n gadael y defnyddwyr yn crefu am fwy a mwy. Gwarthus o beth i'w roi i blant. Mae 'na dipyn o'r fêps 'ma o gwmpas y dre hefyd, ers wsnos neu ddwy rŵan. Ma' nhw'n deud i mi mai o ochra Manceinion mae'r stwff yn dod, ond fedra i ddim deud mwy na hynny. Dwi wedi gofyn o gwmpas am y boi Syd 'na sonist ti amdano fo hefyd, ond does neb wedi clywed sôn amdano fo. Dyna'r cwbwl sgin i am y fêps ar hyn o bryd.'

'Ti 'di gwneud yn dda iawn, Nansi, yn enwedig y cysylltiad efo Manceinion.'

'Ond gwranda di rŵan, Jeff bach. Dyma'r ail beth, a hyn sy'n mynd i dy blesio di. Ti'n cofio'r achos 'na ryw flwyddyn a hanner yn ôl pan gafodd 'na hogan fach ei threisio ar lan y môr ddim yn bell o draeth Adwy'r Nant?'

'Cofio?' atebodd Jeff. 'Fedra i byth anghofio achos mor ofnadwy.'

Roedd yr ymchwiliad aflwyddiannus i'r drosedd ffiaidd honno wedi achosi i Jeff golli llawer o gwsg. Rachel Connelly oedd enw'r eneth, a doedd hi'n ddim ond naw oed. Roedd hi a'i theulu wedi dod i'r ardal am benwythnos o wyliau, ac ar y dydd Sadwrn, yr ail ar hugain o Fehefin y flwyddyn cynt – roedd o'n cofio'r dyddiad yn iawn – roedd hi a'i rhieni a'i brawd bach yn mwynhau diwrnod ar y traeth yn Adwy'r Nant, ryw ddwy filltir tu allan i Lan Morfa. Yng ngolau dydd, ac yng nghanol y llu ymwelwyr, cafodd y ferch ei chipio oddi wrth ei theulu. Chwiliwyd y traeth a'r ardal gyfagos am hanner awr dda, wedyn galwyd am yr heddlu a Gwylwyr y Glannau. Cymerwyd tair awr i ddod o hyd iddi, yn anymwybodol, yn noeth ac wedi hanner ei chladdu yn nhywod a brwyn y twyni mewn llecyn anghysbell tua milltir a hanner oddi wrth y traeth lle cafodd ei chipio. Roedd cleisiau ar draws ei chorff, yn bennaf o gwmpas ei gwddw a'i horganau rhywiol, ac yn ôl y doctoriaid roedd hi'n lwcus i oroesi. Byddai awr arall allan ar y traeth wedi bod yn ddigon amdani. Bu Jeff a'i gyd-weithwyr yn ymchwilio am fisoedd, ond chawson nhw ddim gwybodaeth i'w harwain at y treisiwr. Er bod samplau o DNA y troseddwr wedi'u cael ar gorff bychan Rachel, doedden nhw ddim yn cydfynd ag unrhyw gofnod ar y gronfa ddata genedlaethol. Tybiwyd ar y pryd mai rhywun oedd ar ei wyliau yng Nglan Morfa oedd yn gyfrifol, a'i fod wedi gadael yr ardal yn fuan wedyn.

Torrodd llais Nansi'r Nos ar draws ei fyfyrio.

'Wel, Jeff, Frankie Williams oedd yn gyfrifol am hynny. Mae hynna'n efengyl i ti.'

'Frankie Williams? Dim ond tua phedair ar ddeg oed oedd o bryd hynny. Pa mor sicr wyt ti?'

'Bendant, Jeff. Bendant. Dwi wedi bod yn siarad efo rhywun sydd wedi gweld fideo ohono fo yn hambygio'r beth fach, ar ffôn Frankie ei hun. Ddeudis i, do, mai hen ddiawl bach anghynnes ydi o. Wel, mae o'n waeth nag o'n i'n feddwl. A'r peth ofnadwy ydi ei fod o'n teimlo'n ddigon saff erbyn hyn na cheith o 'mo'i ddal fel 'i fod o'n dangos y fideo a brolio o flaen ei ffrindiau gorau.'

'Rhaid bod 'na ddau ohonyn nhw, o leiaf, felly ... mi oedd rhywun yn dal y ffôn i ffilmio.'

'Siŵr iawn, ond does gen i ddim syniad pwy oedd hwnnw, yn anffodus.'

Ochneidiodd Jeff yn ddistaw. Roedd hi'n rhyfeddol weithiau sut roedd un peth bach, mewn cymhariaeth, fel gwerthu fêps anghyfreithlon, yn arwain at ddatgelu rhywbeth mwy difrifol o lawer.

'Mae hyn yn swnio'n addawol iawn, Nansi. Wn i ddim sut fedra i ddiolch i ti. Ti 'di bod yn drysor i mi erioed, ond mae dipyn bach o wybodaeth fel hyn yn werth y byd yn grwn i mi.'

'Ty'd â photel o fodca draw acw ryw dro.'

'Potel? Os ydyn nhw'n ei werthu o mewn casgenni mi ddo' i ag un o'r rheiny i ti!'

'Os wyt ti isio bod mor hael â hynny, gei di roi awr neu ddwy o dy gorff i mi hefyd.'

Dewisodd Jeff beidio â dilyn y trywydd hwnnw.

Ar ôl ffarwelio â Nansi, cerddodd Jeff ar draws y coridor i swyddfa'r ditectif gwnstabliaid. Roedd Ditectif Gwnstabl Owain Owens yn eistedd y tu ôl i'w ddesg yn astudio sgrin ei gyfrifiadur.

'Sgwâr,' meddai. 'Mae gen i joban dda i ti a'r hogia y peth cynta bore fory, ac mae angen i ti baratoi.'

Cododd Sgwâr ar ei draed yn syth pan glywodd y cyffro yn llais ei fòs.

'Rachel Connelly,' meddai Jeff. Doedd dim rhaid iddo ddweud mwy na'i henw hi.

'Peidiwch â deud eich bod chi'n gwybod pwy wnaeth.'

'Newydd gael gwybodaeth ydw i. Hogyn lleol o'r enw Frankie Williams oedd yn gyfrifol, yn ôl yr hyn dwi wedi'i glywed, ac mi wnaeth rhywun ei ffilmio fo'n gwneud. Mae o wedi bod yn dangos y fideo i'w ffrindiau ar ei ffôn. Rŵan, mi wyddon ni pa mor hawdd ydi dileu deunydd oddi ar ffonau, ond weithiau mae pobol yn anghofio fod bob dim yn cael ei safio i'r cwmwl hefyd. Felly rhaid i ni gael gafael ar liniadur Williams yn ogystal â'i ffôn o.' Rhannodd Jeff y cyfan roedd o wedi'i ddysgu, heb sôn pwy oedd ei hysbysydd.

'Joban ar gyfer chwech o'r gloch bore fory 'swn i'n awgrymu,' meddai Sgwâr.

'Gwna'n siŵr fod yr hogia yma erbyn hanner awr wedi pump, ac mi wna i drefniadau i ddau blismon iwnifform fynd efo chi.'

'Lle fyddwch chi, Sarj?'

'Fydda i ddim yn bell,' atebodd.

Aeth Jeff yn syth i swyddfa Lowri, lle'r oedd Sonia a hithau'n pori dros rhyw bapurau. Dywedodd hanes yr ymosodiad ar Rachel Connelly wrthyn nhw, a rhannu'r wybodaeth ddiweddaraf a ddaeth i'w feddiant.

'Rhaid i mi symud yn gyflym,' meddai. 'Mae hwn yn fater mor ddifrifol. Mi wneith y ditectifs lleol ddelio efo'r mater, ond mi fydd raid i mi fod gerllaw er mwyn arolygu. Dim ond gadael i chi wybod be sy'n digwydd ydw i.'

'Dwi'n cytuno â'ch cynllun chi, Jeff,' atebodd Lowri.

Nodiodd Sonia hefyd. 'Mi fedrwn ni wneud hebddoch chi bore fory, siŵr gen i,' meddai hithau gan wenu.

Ar ôl cynnal cyfarfod cyfarwyddo ychydig ar ôl hanner awr wedi pump y bore canlynol, parciodd dau o geir yr heddlu y tu allan i'r tŷ roedd Frankie Williams yn ei rannu efo'i fam, Elsi, a'i ddau frawd hŷn. Edrychodd Jeff ar ei gyd-weithwyr o'i gar ei hun, oedd wedi'i barcio ar ochr arall y stryd.

Oherwydd y posibilrwydd y gallai rhywun ddileu ffeiliau a chael gwared ar gyffuriau mewn amser byr, defnyddiwyd teclyn trwm i falu'r drws ffrynt yn dipiau. Roedd y sŵn yn ddigon i ddeffro'r meirw, a rhedodd y plismyn i mewn yn syth gan ddatgan eu presenoldeb. Daethant wyneb yn wyneb â'r tri brawd ar y grisiau. Dechreuodd brodyr mawr Frankie weiddi a ffraeo, ond distawodd y ddau pan ddywedodd Ditectif Gwnstabl Owens ei fod yn arestio Frankie Williams am dreisio a cheisio lladd Rachel Connelly dros bymtheng mis ynghynt. Erbyn hynny roedd Elsi Williams wedi ymddangos, a dechreuodd wylo wrth i frodyr Frankie ei siarsio i beidio â dweud gair nes y byddai cyfreithiwr wedi cyrraedd i'w gynrychioli.

O'i gar, hanner canllath o'r tŷ, edrychodd Jeff ar Frankie Williams yn cael ei hebrwng i un o geir yr heddlu gan Ditectif Gwnstabl Owain Owens ac un o'r plismyn mewn iwnifform. Rhoddwyd ei fam yn yr un car gan fod Frankie o dan ddwy ar bymtheg oed. Ar ôl i'r car ddiflannu i gyfeiriad gorsaf yr heddlu, aeth Jeff i mewn i'r tŷ.

Gwelodd yn syth mai cartref digon tlodaidd oedd o. Yn amlwg, doedd fawr neb yn glanhau, ac roedd y dodrefn blêr i gyd wedi gweld dyddiau gwell, heblaw am y teledu anferth yng nghornel yr ystafell fyw, a'r bocs Sky oddi tano. Byddai'n rhaid gwneud nodyn o rif cyfresol y teledu cyn gadael, meddyliodd. Daeth mwy o wrthwynebiad o gyfeiriad y ddau frawd pan feddiannwyd pob teclyn electronig yn y tŷ a'u rhoi mewn bagiau plastig, yn ffonau symudol, cyfrifiaduron a theclynnau chwarae gemau – roedd y rhan fwyaf yn sicr yn perthyn i'r ddau frawd ac i'r fam, ond roedd yn rhaid archwilio popeth. Ar ôl ystyried y sefyllfa, cynigiodd y ddau frawd roi cyfrinrifau eu ffonau i'r swyddogion, yn y gobaith y bydden nhw'n cael eu dychwelyd yn gynt. Arwydd nad oedd dim byd o ddiddordeb i'r heddlu ynddyn nhw, ystyriodd Jeff. O fewn yr awr roedd y chwilio drosodd, ond synnodd Jeff nad oedd mwy na hanner dwsin o boteli o hylif fêps yn y tŷ. Roedd o wedi disgwyl darganfod mwy.

Yn ôl yn y ddalfa, trefnwyd i arbenigwr technegol yr heddlu archwilio'r holl declynnau a gipiwyd o'r tŷ. Doedd dim byd o werth ar ffonau'r ddau frawd a'u mam, nac ar eu gliniaduron chwaith. Mater arall oedd yr hyn a ddarganfuwyd ar ffôn a gliniadur Frankie Williams. Daeth yn amlwg yn syth ei fod yn hoff o bornograffi, llawer ohono'n cynnwys delweddau anweddus o blant ifanc iawn, yn fechgyn a genethod. Yna, daethant ar draws y fideo hollbwysig. Roedd y cynnwys yn ddigon i godi cyfog ar y plismyn profiadol. Nid Frankie ei hun oedd wedi gwneud y ffilmio, felly cadarnhawyd bod rhywun arall yn bresennol ar y pryd.

Ychydig cyn hanner dydd, dechreuodd Ditectif Gwnstabl Owens gyfweld Frankie Williams ym mhresenoldeb Robert Price, ei gyfreithiwr. Roedd mam y carcharor yn bresennol hefyd, a chafodd Price gyfle i gyfarfod ei gleient yn breifat cyn i'r cyfweliad ddechrau. Ar ôl i'r ditectif fynd trwy'r rhaglith a rhoi'r rhybudd swyddogol iddo, dechreuodd Williams wneud datganiad.

'Dwi'n gwadu unrhyw gyhuddiad ac wedi cael cyngor gan fy nghyfreithiwr i ddweud dim byd.'

Eisteddai Price wrth ochr ei gleient yn gafael yn ei lyfr nodiadau glas, ac roedd Elsi Williams ar gadair yng nghornel yr ystafell. Edrychai'n ofnus a nerfus, ei breichiau wedi'u plethu'n dynn ac amddiffynnol o flaen ei brest. Ni allai edrych ar ei mab.

Ar y llaw arall, edrychai ei mab pymtheg oed yn llawn hyder.

Dechreuodd Ditectif Gwnstabl Owens ar yr holi.

'Wyt ti'n gwybod pam wyt ti yma, Frankie?'

'Dim sylw.'

'Rwyt ti wedi cael dy gyhuddo o geisio lladd, a threisio merch fach naw oed yn rhywiol.'

'Dim sylw.'

'Oeddat ti ar y traeth yn agos i Adwy'r Nant ar yr ail ar hugain o fis Mehefin y llynedd?'

'Dim sylw.'

'Pwy oedd efo chdi?'

'Dim sylw.'

Parhaodd y cyfweliad ar yr un trywydd am chwarter awr. Yna, estynnodd Owens fag plastig oddi ar y llawr a thynnu gliniadur allan ohono.

Aeth wyneb Frankie Williams yn wyn fel y galchen, a diflannodd pob mymryn o hyder mewn eiliad. Roedd o wedi adnabod ei liniadur ei hun yn syth. Yn amlwg, doedd y bachgen ddim wedi ystyried y byddai'r heddlu mor drwyadl. Agorwyd y gliniadur a'i roi ymlaen.

'Dwi am ddangos fideo i ti a dy gyfreithiwr oddi ar y gliniadur yma,' meddai DG Owens.

Safodd Williams ar ei draed a gweiddi nerth esgyrn ei ben. 'Na! Na! Dim o flaen Mam. Peidiwch, plis!'

Erfyniodd Price arno i ddistewi, a gofynnodd i'r Ditectif Gwnstabl a oedd yn rhaid i'w fam aros yn yr ystafell.

Caeodd y ditectif y gliniadur, a gwnaeth drefniadau i Elsi Williams fynd i eistedd mewn ystafell arall am y tro. Yna, ailagorodd y gliniadur a dechrau chwarae'r fideo. Allai Frankie Williams ddim edrych ar y sgrin, a dim ond oherwydd bod yn rhaid iddo, fel rhan o'i gyfrifoldeb tuag at ei gleient, y trodd Robert Price ei lygaid at y gliniadur. Gellid gweld yn glir mai Williams oedd yr un a oedd yn ymosod ar yr eneth, a'i fod yn chwerthin yn uchel a chellwair efo pwy bynnag oedd y tu ôl i gamera'r ffôn wrth wneud hynny. Dangoswyd pob manylyn o'r digwyddiad erchyll.

'Rhowch o i ffwrdd, plis,' meddai Williams. 'Dach chi wedi gweld digon.'

'Be sydd gen ti i'w ddweud am gynnwys y fideo?' gofynnodd Owens.

'Be fedra i ddeud?'

'Dy fod di'n cyfaddef mai ti ymosododd ar yr eneth naw oed yma.'

'Sut fedra i wadu hynny rŵan?'

'A'i gadael hi yno i farw wedyn.'

'Mi o'n i'n meddwl ei bod hi wedi marw cyn i mi adael.'

'Pwy oedd efo chdi yn ffilmio?'

'Fedra i ddim deud.'

'Wnei di ddim deud – dyna wyt ti'n feddwl?'

'Dim sylw.'

Parhaodd yr holi am ddeng munud, ond gwrthod enwi'r sawl oedd efo fo ar y pryd wnaeth Frankie.

'Mae 'na lawer o luniau ar y gliniadur yma, ac ar dy ffôn di, sy'n anghyfreithlon. Lluniau o blant dan oed,' parhaodd Owain Owens. 'Pwy sy'n gyfrifol am lawrlwytho'r rheiny?'

'Fi.'

'Pwy ydi'r dyn ti'n ei alw'n Syd, sy'n gyfrifol am roi hylif fêpio i ti er mwyn ei werthu yn yr ysgol?'

Nid oedd Williams wedi disgwyl y cwestiwn hwn.

'Dim sylw,' atebodd eto.

Ar ôl i'r cyfweliad ddod i ben, rhoddodd Sgwâr grynodeb ohono i Jeff gan ddatgan ei siom na ddywedodd Frankie Williams pwy oedd efo fo pan ymosododd ar Rachel. Ystyriodd Jeff y sefyllfa am ennyd, a daeth yr enw Ronnie Morris i'w feddwl. Roedd Twm wedi dweud wrtho mai Morris oedd ffrind gorau Frankie. Aeth yn syth i swyddfa Oscar Ifans.

'Oscar,' gofynnodd, 'wyddost ti rwbath am hogyn o'r enw Ronnie Morris yn Ysgol Glan y Don?'

'Hen ddiawl bach drwg ydi hwnnw hefyd, Jeff, yn gwneud niwsans ohono'i hun yn dragwyddol. Y sôn ydi ei fod o wedi cael ei ddal yn trio tynnu lluniau yn stafell newid y genod yn yr ysgol. Tydi'r manylion ddim gen i, ond o be dwi'n gofio mi gafodd o'i stopio cyn llwyddo i gael unrhyw luniau na fideos.'

'Sut fath o niwsans ydi o?'

'Ar ôl genod bob gafael, petha ifanc, deud 'i fod o am eu gwneud nhw'n enwog drwy bostio'u lluniau nhw ar TikTok a ballu. Dipyn o Walter Mitty ydi o, dwi'n meddwl.'

'Gwna ffafr i mi, Oscar. Dos ag un o fy hogia i i'r ysgol efo chdi ac arestia fo ... a gwna'n siŵr dy fod di'n cael ei ffôn o.'

'Ar pa gyhuddiad?'

'Bod ganddo luniau anweddus o ferched dan oed ar ei ffôn.'

'Tystiolaeth braidd yn denau, ti'm yn meddwl?'

'Mi wnaiff y tro am rŵan,' atebodd Jeff, a gwenu. 'Mi gymera i'r cyfrifoldeb.'

Ymhen yr awr, roedd Frankie Williams wedi cael ei brosesu, wedi rhoi sampl o'i DNA ac wedi cael ei gyhuddo o geisio lladd Rachel Connelly a'i threisio'n rhywiol. Roedd cyhuddiadau eraill hefyd yn ymwneud â'r pornograffi. Ymddangosodd y llanc o flaen y Llys Ieuenctid yn ddiweddarach y prynhawn hwnnw, a chafodd ei yrru i ganolfan gadw nes iddo ymddangos gerbron Llys y Goron.

Yr un prynhawn, arestiwyd Ronnie Morris yn ôl

cyfarwyddyd Jeff. Darganfuwyd nifer o luniau anweddus o ferched ifanc, a rhai merched hŷn, ar ei ffôn. Ymysg y delweddau eraill roedd lluniau o draeth Adwy'r Nant. Doedd dim byd arwyddocaol am y lluniau rheiny, dim ond bod Frankie Williams yn rhai ohonynt, a'u bod wedi cael eu tynnu ar yr ail ar hugain o Fehefin y llynedd.

Cafodd Morris ei gyfweld ym mhresenoldeb ei dad a chyfreithiwr, a chyfaddefodd yn syth mai fo oedd wedi tynnu pob un o'r lluniau ar ei ffôn. Roedd o am fod yn ffotograffydd proffesiynol, meddai, ac ymarfer ei sgiliau oedd o. Pan ofynnwyd iddo am y lluniau a dynnwyd ar draeth Adwy'r Nant ychydig dros flwyddyn ynghynt, dechreuodd wylo. Gwyddai yn iawn beth i'w ddisgwyl nesaf. Mynnodd mai syniad Frankie oedd cipio'r eneth. Doedd o ddim eisiau bod yn rhan o'r ymosodiad, meddai, ond cytunodd i ddefnyddio ffôn Frankie i ffilmio'r fideo.

Cyhuddwyd Morris o geisio lladd Rachel Connelly ar y cyd â'i ffrind gorau, Frankie Williams, ac o gynorthwyo i'w threisio'n rhywiol. Cyhuddwyd o hefyd o dynnu lluniau anweddus o ferched dan oed, ac ymddangosodd o flaen yr un llys â Williams, a chael ei gludo i'r un ganolfan gadw.

Y noson honno, yn Rhandir Newydd, daeth Twm i eistedd wrth ochr ei dad.

'Doedd Frankie Williams ddim yn yr ysgol heddiw, Dad,' meddai.

'Na. Mi wn i,' atebodd Jeff. 'A fydd o ddim yno eto am hir, os ddeith o'n ôl o gwbwl.'

'Sut ydach chi'n gwybod?'

'Gwranda, mêt. Mae Frankie Williams wedi bod yn hogyn drwg iawn. Tydi o'n ddim byd i'w wneud efo'r fêpio 'ma, ond mae o'n rwbath llawer gwaeth, felly mae o yn y jêl. Cadw hynny i ti dy hun, wnei di? Fedra i ddim deud mwy ar hyn o bryd, ond mi wyt ti'n siŵr o glywed dy hun.'

'Iawn, Dad.'

'Does dim rhaid i ti boeni amdano fo eto, ond cadwa dy lygaid yn agored i mi, rhag ofn i rywun arall ddechra rhannu'r sothach 'na yn ei le fo.'

Gwenodd Twm ar ei dad.

Eisteddodd Jeff yn ôl yn ei gadair. Roedd Twm yn ddiogel, ac yn hapusach ei fyd. Fyddai gan Meira ddim rheswm i boeni amdano o hyn ymlaen chwaith, ac roedd Mairwen i weld yn hapusach gan fod llai o densiwn yn y tŷ. Ei gyfrifoldeb o oedd gwneud yn siŵr fod ei deulu bach yn saff, ystyriodd, ac roedd o wedi llwyddo yn y dasg honno heddiw.

Pennod 14

'Reit,' meddai Jeff wrtho'i hun pan eisteddodd tu ôl i'w ddesg y bore canlynol. Roedd Frankie allan o'r ffordd am ddigon o amser iddo allu anghofio amdano, a Ronnie Morris hefyd, yn y fargen. Ond gwyddai nad dyna ddiwedd mater y fêps anghyfreithlon. Roedd gan David Sydney Smith fynediad i holl ddisgyblion Ysgol Glan y Don, a doedd dim dwywaith y byddai'n recriwtio rhywun arall a fyddai'n fwy na pharod i rannu'r hylif ar ei ran. Ystyriodd y sefyllfa. Ddylai o arestio Smith? Byddai'n rhaid gwneud hynny yn yr ysgol oherwydd ni wyddai Jeff ble yng Nglan Morfa roedd o'n byw. Na, gwell fyddai oedi. Roedd posibilrwydd cryf fod yr hylif fêps llygredig oedd yn cael ei werthu yn Ysgol Glan y Don yn dod o'r un lle â'r stwff oedd yn cyrraedd ysgolion eraill gogledd Cymru, a byddai'n gallach ceisio darganfod y ffynhonnell er mwyn rhoi stop ar yr holl fenter. Roedd gan Smith gysylltiadau â Manceinion ... oedd o'n cael y stwff o'r fan honno, tybed?

Ei dasg gyntaf oedd canfod cyfeiriad lleol David Sydney Smith. Rhaid ei fod o'n byw un ai yn nhref Glan Morfa, neu'n agos iawn, os oedd o'n mynd a dod i'r ysgol i agor a chloi. Y ffordd rwyddaf o wneud hynny fyddai stelcian ger yr ysgol a dilyn Smith pan fyddai'n gorffen yn ei waith, ond gwyddai fod hynny'n dipyn o risg. Byddai rhywun â record droseddol fel un Smith yn debygol o fod yn wyliadwrus wrth fynd o gwmpas ei bethau, yn enwedig os oedd y 'pethau' hynny'n anghyfreithlon.

Roedd hon yn job i'r arbenigwyr. Ffoniodd yr adran oedd yn trefnu gwyliadwriaeth gudd, ac ar ôl i Jeff ddarbwyllo pennaeth yr adran fod bygythiad real i ddiogelwch plant ysgol ledled y rhanbarth, bu'n bosib gwneud y trefniadau angenrheidiol erbyn y prynhawn hwnnw.

Yn y cyfamser, dechreuodd wneud ymholiadau ar y ffôn ynglŷn â Smith, ac ar y we i ddysgu mwy am fêps canabis. Teimlai ychydig o euogrwydd nad oedd yn treulio mwy o amser ar achos y llofruddiaeth – dyna pam roedd o'n gwneud ei ymholiadau pan nad oedd Sonia o gwmpas, a doedd o ddim eisiau ei rhoi hi mewn lle cas efo Lowri Davies. Byddai'r Ditectif Uwch-arolygydd yn siŵr o weld bai arno petai'n gwybod fod cyfran helaeth o'i amser yn cael ei dreulio ar blant yn fêpio.

Wrth bori ar y we, dechreuodd ryfeddu at faint y broblem o fêps anghyfreithlon ar draws y byd. Roedd gwerth y busnes dros £2 biliwn y flwyddyn, felly roedd arian sylweddol i'w wneud o'u gwerthu, fel yn achos pob cyffur anghyfreithlon. Faint oedd yn mynd i ysgolion, tybed? A faint o gangiau mawr Prydain oedd wedi buddsoddi yn yr ymgyrch?

Yn bwysicach, roedd Jeff eisiau dysgu sut y llwyddodd Smith i gael ei gyflogi gan yr awdurdod lleol, a chanddo'r fath record droseddol. Edrychodd ar yr wybodaeth gafodd Oscar gan ysgrifenyddes yr ysgol – roedd y manylion a roddwyd gan Smith ar ei ffurflen gais yno: David Smith, dyddiad geni 15 Awst 1984, a'i gyfeiriad, 172 Acton Road, Prestwich, Manchester.

Cyn bo hir cafodd hyd i rif ffôn i'r cyfeiriad hwnnw. Deialodd, a chafodd yr alwad ei hateb gan ddynes.

'Ydi Dave adra, plis?' gofynnodd Jeff. 'Tony sy 'ma.'

'Na, mae o yn ei waith,' atebodd y ddynes.

'Wyddwn i ddim ei fod o'n gweithio,' meddai Jeff.

'Ydi siŵr. Tydi o erioed wedi bod allan o waith. Pwy ddeudist ti wyt ti?'

'Sori, dydw i ddim wedi'i nabod o'n hir. Ei gyfarfod o yn y pyb nes i, pan oedd o'n dathlu ei ben-blwydd fis Awst.'

'Amhosib,' atebodd y ddynes. 'Roeddan ni ar ein gwyliau yn Sbaen bryd hynnny.'

'Ar y pymthegfed?'

'Ia, oeddat ti allan yn Sbaen hefyd? Dwi ddim yn cofio neb o'r enw Tony.'

'Pryd fydd o adra?'

'Tua hanner awr wedi pump, fel arfer.'

'Be? Yr holl ffordd o ogledd Cymru?'

'Gogledd Cymru? Dydi o ddim yn gweithio yng Nghymru. Yli, pwy wyt ti, a be wyt ti isio efo fo?'

'Chwilio am David Sydney Smith ydw i ... yn fanna mae o'n byw, ia?'

'Sgin Dave ddim enw canol.'

'O, dwi'n meddwl 'mod i wedi cam-ddallt, felly. Sori.'

Rhoddodd Jeff y ffôn yn ôl yn ei grud.

Wel, ystyriodd Jeff, roedd David Sydney Smith, rywsut neu'i gilydd, wedi cael gafael ar fanylion David Smith a'u defnyddio i wneud y cais am swydd, ac ar ôl hynny, wedi defnyddio cyfeiriad ffug yng Nglan Morfa. Yn sicr, roedd o wedi gwneud ymdrech sylweddol i guddio'i hunaniaeth, a dim rhyfedd o ystyried y llanast roedd o'n bwriadu ei greu yn y dref. Edrychai ymlaen i ddarganfod ble fyddai'r tîm gwyliadwriaeth yn ei ddilyn yn ddiweddarach yn y dydd, ond sylweddolodd yn sydyn fod un broblem fach – doedd ganddo ddim syniad sut roedd Smith yn edrych.

Gyrrodd Jeff decst i Twm i ddweud mai fo fyddai'n ei nôl o'r ysgol y pnawn hwnnw, cyn dechrau ar y gwaith papur angenrheidiol er mwyn gyrru'r poteli hylif fêps a gafodd gan ei fab i'r labordy fforensig i'w profi. Wrth baratoi'r ffurflenni, sylweddolodd y byddai'n gorfod aros rai dyddiau, o leiaf, am y canlyniadau. Penderfynodd ffonio'r labordy yn y gobaith y byddai modd cyflymu'r broses. Cafodd afael ar un o'r gwyddonwyr mwyaf profiadol, Dr Brian Poole.

'Pnawn da, Jeff. Sut wyt ti ers talwm? A be fedra i wneud i ti heddiw?'

'Iawn, diolch, Brian. Mae gen i dipyn o broblem yn fama – rhywun yn gwerthu fêps i blant ysgol. Yn waeth na hynny, 'dan ni'n meddwl bod canabis, ac ella rhyw sylwedd arall peryglus, yn yr hylif.'

'O, paid â sôn,' atebodd y meddyg. 'Mae'r peth ar gynnydd drwy'r wlad i gyd.'

'Os yrra i samplau draw i ti heddiw, oes posib cael gwybod yn weddol handi be sy ynddyn nhw?'

'Mi gei di dy ateb, Jeff, ond ddim mor sydyn ag y bysat ti'n lecio, mae gen i ofn. Mae 'na lot o bwysau ar y labordy ar hyn o bryd, a tydi canabis ddim yn flaenoriaeth, mae gin i ofn.'

'Fedra i ddim deud nad ydw i'n siomedig,' atebodd Jeff, 'ond dwi'n dallt yn iawn. Yn y cyfamser, fedri di roi rhyw amcan i mi o be sydd yn y petha 'ma fel arfer?'

'Wel, mae fêps canabis yn gyfreithlon mewn rhai gwledydd, ond nid ym Mhrydain. Stwff o'r enw tetrahydrocannabinol sy'n cael ei roi yn yr hylif, neu THC, yn fyr. Hwn ydi'r cynhwysyn yn y canabis sy'n rhoi'r effaith mae defnyddwyr yn chwilio amdano. Pan mae hwn yn cael ei drwytho yn yr hylif ar gyfer y fêp, mae angen ei gynhesu o er mwyn ei anadlu a chael yr effaith. Does 'na ddim arogl ar y fêps, yn wahanol i smocio canabis yn y ffordd arferol, ac mae hynny'n gwneud y fêps THC yn llawer iawn llai amlwg, a mwy hwylus. Dyna pam maen nhw mor boblogaidd. Ond, wrth gwrs, maen nhw'n anghyfreithlon, ac yn gwneud niwed i'r defnyddiwr, yn enwedig plant a phobol ifanc. Does 'na ddim cynlluniau i'w cyfreithloni nhw ym Mhrydain.'

'Diddorol iawn, Brian. Mae gen i well darlun rŵan. Be am y stwff ychwanegol sydd ynddyn nhw, ar wahân i'r THC?'

'Dim syniad. Mi fysa'n medru bod yn rwbath.'

'Diolch i ti. Mi yrra i be sgin i i ti beth bynnag, yn y gobaith y gall rhywun acw droi atyn nhw gynted â phosib.'

'Gwna di hynny â chroeso, Jeff, ond paid â dal dy wynt.'

Am hanner awr wedi dau, cyrhaeddodd wyth o dditectifs o Adran Troseddau Difrifol y pencadlys, yn ddynion a merched, orsaf heddlu Glan Morfa mewn tri char. Gwisgai rhai ohonynt ddillad hamdden ac roedd dau mewn siwtiau smart. Roedd dau o'r dynion mewn oferôls: un yn las tywyll efo logo cwmni nwy arno, a'r llall yn wyn gyda logo'r Bwrdd Dŵr. Eglurodd Jeff y sefyllfa, a gadael y gweddill iddyn nhw.

Am hanner awr wedi tri roedd o y tu allan i'r ysgol yn aros am Twm.

'Sut ddiwrnod wnaeth hi, mêt?' gofynnodd.

'Iawn, Dad, diolch. Mi oedd y stori o gwmpas yr ysgol

heddiw fod Frankie Williams a Ronnie Morris wedi ymosod ar ryw hogan a bod y ddau wedi mynd i'r jêl, ond ddeudis i ddim byd am y peth wrth neb.'

Gwenodd Jeff arno heb ddweud gair.

'Reit, Twm, Fedri di gadw golwg am y Syd 'ma, a'i bwyntio fo allan i mi fel mae o'n gadael yr ysgol heddiw? Mi barcia i'r car yn ddigon pell i ddisgwyl amdano fo.'

Roedd Twm wrth ei fodd yn cael cyfle arall i wneud dipyn bach mwy o blismona cudd, ond bu'n rhaid iddo fod yn amyneddgar. Yna, am hanner awr wedi pump, rhoddodd y bachgen bwniad i'w dad.

'Dyma fo'n dŵad rŵan, Dad,' meddai'n gyffrous.

Gwelodd Jeff ddyn tal, cyhyrog, yn brasgamu o gyfeiriad yr ysgol tuag at y giât, yn gwisgo cap pêl-fas ar ben ei wallt cringoch, cyrliog. Gwisgai siaced ddu dros grys T llwyd, a jîns glas. Gafaelodd Jeff yn y meicroffon radio a oedd wedi'i guddio dan ei grys, a rhoi disgrifiad ohono i'r tîm gwyliadwriaeth, lle bynnag roedden nhw.

Clywodd leisiau gwahanol bobl yn cydnabod y neges, i gyd yn ateb yn yr un modd.

'Copi,' meddai pob un yn ei dro.

'Dyna ni, Twm. Mi wyt ti wedi gwneud dy ran di rŵan. Adra â ni.'

'Pwy oedd y rheina i gyd?'

'Does 'na ddim rheswm i ti fod yn gwybod hynny, Twm bach.' Trodd y radio cudd i ffwrdd.

Gwenodd ei fab arno, ac fel yr oedd Smith yn cerdded un ffordd, gyrrodd Jeff y ffordd arall, i gyfeiriad Rhandir Newydd.

Ymhen chwarter awr roedd Jeff yn ei ôl yng nghanol y dref, ac wedi rhoi ei radio yn ôl ymlaen. Yn ôl pob golwg roedd y tîm gwyliadwriaeth wedi dilyn Smith o'r ysgol i un o archfarchnadoedd y dref, lle prynodd ddau lond bag o fwyd. Wrthi'n ei ddilyn o'r fan honno roedden nhw. Roedd lleisiau'r tîm yn newid yn aml wrth i'r naill gymryd drosodd gan y llall rhag i Smith amau ei fod yn cael ei ddilyn. Ceisiodd Jeff ddyfalu i ba gyfeiriad roedd o'n cerdded, ac ymhen ychydig funudau daeth y cadarnhad ei fod wedi mynd i mewn trwy ddrws tŷ rhif 14 Y Rhos, Glan Morfa, nid nepell o ganol y dref. Gwyddai Jeff am y stryd ond doedd o ddim yn gyfarwydd â 'run o'r trigolion. Yn ôl adroddiadau'r tîm roedd o wedi defnyddio allwedd o'i boced i ddatgloi'r drws, felly roedd hi'n rhesymol i gymryd mai'r tŷ hwn oedd ei gartref.

Ar ôl iddo ddiolch i'r tîm gwyliadwriaeth, gyrrodd heibio Y Rhos. Wnaeth o ddim oedi – doedd fawr ddim o bwys i'w weld yno.

'Ditectif Sarjant Evans!'

Clywodd Jeff lais Lowri yn galw arno wrth iddo basio'i swyddfa hi. Roedd hi'n swnio'n flin.

'Dewch i mewn i fama, rŵan.'

Cerddodd i mewn a gwelodd fod Sonia yn y swyddfa hefyd. Ni chafodd wahoddiad i eistedd yn y gadair wag, a wnaeth yntau ddim ymdrech i wneud hynny. Dywedodd rhywbeth wrtho nad oedd hon yn mynd i fod yn sgwrs gyfeillgar.

'Lle roeddach chi pan oedd y gweddill ohonon ni yn y gynhadledd am bump o'r gloch?' gofynnodd Lowri.

'Mae'n ddrwg gen i,' atebodd Jeff. 'Roedd gen i rwbath arall i'w wneud.'

Gwelodd Sonia yn ciledrych ar Lowri, yn datgelu'r ffaith

fod y ddwy wedi amau nad oedd o'n rhoi ei holl amser a sylw i'r ymchwiliad mawr.

'Oedd y "rwbath arall" 'ma yn ymwneud a'r tîm gwyliadwriaeth gudd ddaeth yma o'r pencadlys pnawn 'ma er mwyn cadw golwg ar rywun yn yr ysgol?'

'Oedd,' atebodd Jeff. Byddai wedi bod yn annoeth iddo fod yn gynnil efo'r gwir.

'Ymhelaethwch, os gwelwch yn dda,' gorchmynnodd Lowri, fymryn yn sinigaidd.

'Mae'r achos yn rwbath ro'n i'n gweithio arno cyn yr ymchwiliad mawr 'ma. Rwbath pwysig roedd yn rhaid i mi ei ddilyn i fyny.' Dywedodd yr holl hanes wrthi, ond heb ddatguddio'r ffaith fod Twm yng nghanol y miri.

'Wela i,' meddai Lowri. 'Dydach chi ddim yn meddwl y bysa wedi bod yn syniad deud wrth un ai Sonia neu fi o flaen llaw? Wedi'r cwbwl, mi ydach chi mewn safle arbennig yn yr ymchwiliad 'ma – dwi'n eich trystio chi i weithio fel cerdyn gwyllt ar eich liwt eich hun, ac mae'n rhaid i chitha, yn eich tro, adael i mi wybod yn rheolaidd be yn union rydach chi'n wneud bob dydd. Ond rydach chi, am ryw reswm, yn gwrthod gwneud hynny, a dwinna'n dechra blino gofyn.'

'Mae hynny'n ddigon gwir, Ditectif Uwch-arolygydd, a dwi'n ymddiheuro. Mi wna i'n well o hyn ymlaen.'

'Os fydd 'na dro nesa, Ditectif Sarjant. Fyddai hi ddim yn anodd i mi eich trin chi fel pob ditectif arall a rhoi ymholiadau penodol i chi eu cwblhau bob dydd.'

'Dwi'n dallt,' atebodd. Gwyddai nad hwn oedd yr amser i ddadlau.

Wrth gerdded allan o'r swyddfa, meddyliodd am y rhybudd roedd o newydd ei gael. Byddai'n rhaid iddo fod yn fwy gwyliadwrus. Yna, newidiodd ei feddwl. Trodd ar ei sawdl, a cherdded yn ôl i mewn i swyddfa Lowri.

'Waeth i mi ddeud wrthoch chi rŵan ddim,' dechreuodd. 'Dwi wedi gwneud mwy o drefniadau ynglŷn â'r mater yma, ac mi fydd petha'n dechra digwydd cyn gynted â phosib. Mae'n amlwg i mi fod Smith ynghlwm â'r busnes gwerthu fêps 'ma yn Ysgol Glan y Don, ac mewn ysgolion eraill ar draws gogledd Cymru hefyd. Dwi wedi gofyn i'r tîm sy'n defnyddio drôns ei ddilyn o, er mwyn cael gweld gawn ni fwy o wybodaeth am ei symudiadau o. Ond wna i ddim treulio mwy o amser nag oes raid yn ymdrin â hynny.'

Edrychodd Lowri ar Sonia, gan ochneidio.

'Wn i ddim pam rydach chi'n meddwl fod hyn yn bwysicach na dal llofrudd, Ditectif Sarjant.'

'Am fod bywydau plant a phobol ifanc, cannoedd ohonyn nhw, o bosib, yn cael eu dinistrio gan y sothach stwff. Rhaid i ni ddod o hyd i ffynhonnell y fêps 'ma cyn gynted â phosib. Pa reswm arall sydd ei angen?'

'Iawn. Ond dwi isio eich holl sylw chi ar y llofruddiaeth wedi hynny.'

'Diolch yn fawr,' atebodd Jeff, gan ddewis bod dipyn yn sinigaidd ei hun.

Yn ystod y gyda'r nos, ar ôl i'r plant fynd i'w gwlâu, eisteddodd Jeff a Meira ym mreichiau'i gilydd i adlewyrchu ar y dyddiau diwethaf.

'Wyddost ti,' meddai Meira, 'do'n i ddim wedi sylwi ar y newid yn ymddygiad Twm nes i Heulwen sôn am y peth. Oedd, mi oedd o wedi bod yn ateb yn ôl, ac ella na wnes i roi cymaint o sylw i hynny ag y dylwn i. Ond mae o'n fwy fel fo'i hun ers ddoe, a dwn i ddim sawl gwaith mae o wedi dod ata i i ymddiheuro.'

'Mae 'na bwysau wedi codi oddi ar ei ysgwyddau o, a dwi'n gobeithio i'r nefoedd bod hyn i gyd wedi bod yn wers iddo fo,' meddai Jeff. 'Mae'r cwbwl drosodd rŵan cyn belled â'i fod o yn y cwestiwn.' Dywedodd wrthi sut roedd ei ymholiadau ynglŷn â Frankie Williams wedi'i arwain i ddatrys yr achos o drais ger traeth Adwy'r Nant.

'O, dwi'n cofio'r hanes ofnadwy hwnnw. Ti rioed yn deud mai Frankie Williams oedd yn gyfrifol am hynny?'

'Mae'n edrych yn debyg. Fo a rhyw hogyn arall o'r enw Ronnie Morris. Mae'r ddau dan glo rŵan, a dwi ddim yn credu y byddan nhw'n cael gweld golau dydd am sbel go lew ar ôl y treial.'

'Be am y dyn oedd yn cyflenwi'r stwff iddyn nhw?'

'Dwi'n amau bod yr hylif fêps yn dod o Fanceinion, a'i fod o'n cael ei werthu nid yn unig i blant Glan Morfa ond i ddisgyblion ysgolion eraill ar hyd gogledd Cymru. Efo help Twm, dwi wedi medru darganfod pwy ydi'r dyn Syd 'ma sy'n dod â'r stwff i'r ysgol. Mae o'n byw yn Y Rhos – wedi symud i'r ardal o Fanceinion ers blwyddyn neu ddwy, ac yn ofalwr yn yr ysgol.'

Rhyddhaodd Meira'i hun o freichiau Jeff. 'Be ydi'i enw llawn o?'

'David Sydney Smith,' atebodd ei gŵr. 'Uffar drwg ydi o, anifail o ddyn yn ôl pob golwg. Llwyth o euogfarnau i'w enw – rhai ohonyn nhw'n ymwneud â thrais brwnt.'

Sythodd Meira. 'Ac yn byw yn rhif 14 Y Rhos.'

'Ydi. Sut gwyddost ti rif y tŷ? Ddeudis i 'mo hynny wrthat ti.'

'Dyna lle mae fy nghleient i'n byw ... y ddynes ddeudis

i wrthat ti amdani, sy'n cael ei churo gan ei phartner. Dwi'n gwybod amdano fel Dave Smith – dyna mae hi'n ei alw fo, beth bynnag.'

'Wel, wel. Dave Smith ydi'r dyn Syd 'ma felly. Mae o'n gweithio fel gofalwr yn yr ysgol. Cofia di, does ganddon ni ddim tystiolaeth ar hyn o bryd mai fo sy'n gwerthu'r hylif fêps gan fod Frankie Williams wedi gwrthod ei enwi fo, ond dim ond mater o amser ydi hynny. Deuda fwy wrtha i am ei berthynas o efo dy gleient di. Be ydi'i henw hi?'

'Fedra i ddim ei henwi, na rhannu manylion ei sefyllfa. Cha' i ddim, Jeff. Mi wyddost ti hynny. Mae pob cysylltiad dwi'n ei gael efo cleientiaid yn gyfrinachol. Dyna un o amodau ein gwaith ni yn Coledd. Mi fysa'r merched yn colli pob hyder ynddon ni petaen nhw'n gwybod – neu'n amau, hyd yn oed – ein bod ni'n pasio gwybodaeth mor gyfrinachol i'r heddlu.'

'Ond ar f'enaid i, Meira, mae'r ddynes 'ma mewn peryg ofnadwy. Fysat ti'n sylweddoli hynny tasat ti'n gweld be wnaeth o yn is-fyd Manceinion.'

'Does dim rhaid i ti ddeud wrtha i pa mor dreisgar ydi'r dyn, Jeff. Dwi wedi gweld y briwiau ar gorff y gryduras.' Roedd Meira wedi codi'i llais erbyn hyn.

'Nid dim ond hi sydd mewn peryg erbyn hyn, Meira, ond plant ysgol yr ardal 'ma hefyd. Mi welist ti be wnaeth y fêps i Twm – dy fab di dy hun. Jyst meddylia am rieni'r plant sy'n dal i ddefnyddio'r diawl stwff 'na mae o'n ei rannu.' Roedd y sgwrs bron iawn yn ffrae bellach. 'Os ddigwyddith rwbath, un ai iddi hi neu i ryw blentyn, yna mi fydd yn rhaid i ti fyw efo'r peth.'

Atseiniodd geiriau olaf Jeff yn y distawrwydd, nes i Meira ochneidio'n uchel ac yn ddwfn.

'Dwi wedi gwneud fy mhenderfyniad, Jeff. Fedra i ddim trafod y mater efo chdi heb ganiatâd fy nghleient, na chaniatâd fy mhenaethiaid. Ond paid â meddwl am funud nad ydw i'n gwerthfawrogi dy safbwynt di. Mi a' i i'w gweld hi fory, siarad efo hi, ond dydw i ddim yn addo dim.'

'Digon teg, Meira. Digon teg. Reit, dyna ddigon o drafod am heno. Dwi angen wisgi bach cyn mynd i 'ngwely. Ti isio gwydraid bach?'

'Oes, ond paid â'i wneud o'n rhy fach.'

Pennod 15

Y bore canlynol, dechreuodd Meira gadw golwg ar rif 14 Y Rhos, Glan Morfa, am hanner awr wedi saith er mwyn sicrhau y byddai Annie Goodwin ar ei phen ei hun yn y tŷ pan oedd hi'n galw yno. Roedd Annie wedi sôn fod ei phartner yn picio i'r gwaith yn gynnar, tua saith, ac yn dod yn ôl wedyn am sbel – mae'n rhaid mai agor yr ysgol ar gyfer y glanhawyr oedd o, ystyriodd Meira. Eisteddodd yn ei char tua chanllath o'r drws ffrynt, fel y gallai weld plant a phartner Annie yn gadael. Wrth eistedd yno, dechreuodd hel atgofion am wneud yr un math o waith tra oedd hi'n blismones yng Nglannau Merswy. Gwenodd wrth gofio'i blynyddoedd yn y swydd honno – roedd Lerpwl wedi bod yn dipyn o addysg i ferch ifanc o Ffestiniog! A dyma hi, ar ôl dros bedair blynedd ar ddeg o fagu plant, yn ôl yn gwneud gwaith digon tebyg. Roedd hi wedi dechrau cael blas ar ei chyfrifoldebau yn Coledd, a cheisiodd gofio pam nad oedd hi wedi ailddechrau gweithio flynyddoedd ynghynt.

Plant Annie ddaeth allan o'r tŷ gyntaf, a hynny ychydig funudau wedi wyth o'r gloch, ac yr un pryd, gwelodd Meira gip ar Smith yn y drws. Roedd hi braidd yn gynnar i'r plant gychwyn am yr ysgol, ystyriodd, ond mae'n rhaid mai dyna oedd y drefn. Cyn belled ag y gwyddai, felly, dim ond Annie a Dave – neu Syd – Smith oedd ar ôl yn y tŷ. Rhyfedd mai Smith, yn hytrach nag Annie, ddaeth i'r drws efo'r plant, meddyliodd.

Wnaeth Smith ddim ymddangos eto nes roedd hi bron yn naw o'r gloch. Gwyliodd Meira'r dyn mawr yn camu allan o'r tŷ, gan edrych i bob cyfeiriad cyn iddo ddechrau cerdded i gyfeiriad yr ysgol. Gyrrodd i'r cyfeiriad arall, gan gymryd lôn arall i'r ysgol rhag iddi basio Smith. Ar ôl parcio'r car, cerddodd tuag at giatiau'r ysgol gan sgwrsio â hwn a'r llall. Cyn hir, trwy gornel ei llygaid, gwelodd Smith yn brasgamu tuag ati, gan droi drwy'r giât ac i mewn i'r ysgol. Aeth Meira yn ôl i'w char a disgwyl yn y fan honno am awr er mwyn rhoi digon o amser i'r bwli brysuro'i hun wrth ei waith. Yna, gyrrodd yn ôl i'r Rhos a pharcio'i char yn ddigon pell o rif 14 er mwyn sicrhau nad oedd cysylltiad rhwng ei char a'r tŷ. Wyddai hi ddim pwy oedd yn gwylio o'r tai eraill, na ble roedd eu teyrngarwch.

Cerddodd at y drws, ac ni allai beidio â theimlo'n nerfus. Y tro hwn, roedd hi'n fwy ymwybodol fyth o gymeriad brwnt David Sydney Smith, a'i hanes treisgar. Disgwyliodd ar ôl cnocio'r drws, ond chafodd hi ddim ateb. Cnociodd yn uwch, ac aros eto. Ceisiodd wrando am unrhyw arwydd o symudiad yn y tŷ, a dychmygodd ei bod hi'n clywed sŵn mewian. Oedd gan Annie gath? Agorodd y twll llythyrau a gwyro i lawr ato. Roedd y sŵn yn uwch erbyn hyn, ond nid mewian oedd o. Llais Annie, yn ddryslyd ac yn aneglur. Gwyddai ar unwaith fod rhywbeth o'i le.

Ystyriodd ffonio'r swyddfa, ond roedd ganddi deimlad y byddai ufuddhau i'r drefn drwy aros am help yn cymryd gormod o amser. Brysiodd rownd i gefn y tŷ, gan gamu dros y llanast yn yr ardd gefn. Curodd ar ffenest y gegin. Clywodd yr un sŵn eto: llais dynes fel petai'n galw o rywle pell i ffwrdd. Roedd rhywbeth wedi digwydd i Annie, roedd Meira'n siŵr o hynny erbyn hyn.

Doedd dim amdani ond ceisio mynd ati. Edrychodd o'i chwmpas i wneud yn siŵr nad oedd neb yn ei gwylio, cyn codi carreg fechan i falu gwydr ffenest y gegin. Diolchodd nad oedd gwydr dwbl ynddi. Rhoddodd ei llaw drwy'r ffrâm i agor y glicied, ac ar ôl agor y ffenest, dringodd yn ofalus i mewn ac ar draws top y sinc cyn neidio i'r llawr.

'Annie!' galwodd. Sylwodd fod cynnwys yr ystafell wedi cael ei droi ben i waered – roedd golwg yno fel petai rhywrai wedi bod yn cwffio, yn gyferbyniad llwyr i'r gegin daclus roedd hi wedi eistedd ynddi lai nag wythnos ynghynt.

Unwaith eto, clywodd y llais, a dilynodd y sŵn. I'w syndod, arweiniwyd hi i'r twll dan grisiau, oedd â chadwyn a chlo trwm yn cloi'r drws. Gafaelodd Meira yn y gadwyn a'i hysgwyd, ond doedd dim gobaith y gallai ei thorri.

'Annie?' galwodd, a chlywodd wylo tawel.

Rhuthrodd yn ei hôl i'r gegin i chwilio am arf addas, ac o dan y sinc daeth ar draws morthwyl grafanc. Defnyddiodd honno i falu'r handlen oedd yn dal y gadwyn yn ei lle, a phan agorodd y drws, dychrynodd Meira, gan gymryd cam yn ôl. Roedd Annie Goodwin ar ei chwrcwd yn gwisgo dim byd ond crys nos tenau, ac yn crynu fel deilen. Roedd ei harddyrnau wedi'u rhwymo tu ôl i'w chefn gyda thamaid o ddefnydd, a darn arall o'r un defnydd wedi'i rwymo o amgylch ei cheg a'i bochau i'w thewi. Er gwaethaf tywyllwch y twll dan grisiau, gallai Meira weld bod golwg erchyll ar y ddynes o'i blaen. Roedd ei dau lygad wedi chwyddo a'r croen yn las tywyll, a phan dynnodd Meira'r defnydd yn ofalus oddi ar ei hwyneb, gallai weld bod ei cheg a'i gên wedi chwyddo, a bod gwaed lle bu ei dannedd blaen. Doedd hi erioed wedi gweld y fath anafiadau.

Yn gyflym, rhyddhaodd freichiau Annie a mynd i chwilio am ddillad i'w rhoi am ei chorff rhynllyd. Wrth ei helpu i godi allan o'i charchar, sylwodd pa mor wan oedd y ddynes druan. Gafaelodd ynddi'n dynn, i geisio atal y cryndod oedd yn ysigo'i chorff.

Yr eiliad honno, gwnaeth Meira benderfyniad. Er ei bod yn gwybod yn iawn nad oedd hi, yn rhinwedd ei swydd, i fod i ddweud wrth un o'i chleientiaid am adael partner treisgar, doedd Annie ddim mewn ffit stad i feddwl yn glir. Ffoniodd y swyddfa, a gofyn i drefniadau brys gael eu gwneud i fynd ag Annie a'i phlant i gartref lloches. Trefnodd i rywun gasglu Adam a Claire o'r ysgol a'u hebrwng i'r un lle, gan bwysleisio cyfrinachedd yr ymgyrch a mynnu bod angen i'r cyfan ddigwydd ar unwaith, heb yn wybod i bartner Annie oedd yn ofalwr yn yr ysgol. Ar ôl trefnu popeth efo staff Coledd, galwodd Meira am gefnogaeth yr heddlu, rhag ofn i Smith ddod adref o'i waith yn annisgwyl.

Ymhen ychydig funudau, roedd Meira wedi llenwi tri bag efo digon o ddillad i Annie a'i phlant am ychydig ddyddiau.

'Lle mae'r ffôn 'na rois i i ti, Annie?' gofynnodd Meira.

'Mi wnaeth o'i ffeindio fo. Dyna oedd achos hyn i gyd bore 'ma. Mi falodd o'r ffôn yn rhacs pan wrthodais i roi'r rhif pin iddo, a gwrthod deud o lle ges i o. Mae o'n meddwl mai rhyw ddyn roddodd y ffôn i mi. Taswn i wedi cyfadda 'mod i wedi cysylltu â Coledd, mae'n debyg na fyswn i yma rŵan.'

'Mi wna i'n siŵr y byddi di'n saff, Annie, chdi a'r plant. Dwi wedi trefnu i ni alw i weld doctor ar y ffordd i'r cartref lloches. Gawn ni feddwl am y dyfodol unwaith y bydd heddiw allan o'r ffordd. Iawn?'

Heb air, nodiodd Annie ei phen i gytuno.

Cofnododd y meddyg bob un o anafiadau Annie. Yn ogystal â'r briwiau a'r cleisio o gwmpas ei phen a'i chorff, roedd asgwrn ei gên wedi cracio a dau ddant ar goll. Gwnaeth nodyn o'r hen anafiadau hefyd – yr esgyrn toredig oedd wedi cael eu gadael heb driniaeth feddygol, a'r creithiau a'r cleisiau hŷn.

Bu'r awr o daith i'r lloches yn dawel, heb fath o sgwrs rhwng y ddwy. Syllai Annie'n fud i ryw wagle o'i blaen, a doedd dim mynegiant ar ei hwyneb wrth i'r car nesáu at yr adeilad mawr urddasol yng nghanol y wlad – un o nifer o lochesau ar gyfer dioddefwyr camdriniaeth ddomestig.

Ar ôl paned a sgwrs i'w chroesawu gan reolwraig y tŷ, aethpwyd â hi i ystafell wely ar y llawr cyntaf. Pan edrychodd Annie trwy'r ffenest gwelodd ei bod yng nghanol tir amaethyddol.

Roedd hi wedi pasio sawl merch ar y ffordd i'r llofft, a gwenodd pob un yn gydymdeimladol arni er na wnaeth Annie sylwi arnynt. Roedd pawb yn yr un cwch.

Sylwodd yn sydyn fod tri gwely yno – un dwbl a dau sengl.

'Lle mae'r plant?' gofynnodd, mewn panig. 'Lle mae Adam a Claire? Mi fydd hi'n amser iddyn nhw ddod o'r ysgol cyn bo hir ... dwi ddim isio iddyn nhw fod yn y tŷ efo Dave.'

'Paid â phoeni, Annie,' atebodd Meira. 'Maen nhw newydd gyrraedd efo un o fy nghyd-weithwyr – mi fyddan nhw i fyny yma mewn dau funud.'

'Am faint fyddwn ni yma? Be os ydi Dave yn dod o hyd i ni? O, dwi 'di achosi cymaint o drafferth i ti, Meira. Mi wnes i adael Manceinion oherwydd bod cymaint o drais o gwmpas ym mhob man – ro'n i isio i Adam a Claire gael tyfu i fyny mewn lle distaw, braf, a drycha arna i rŵan, yng nghanol fy nhrafferthion fy hun!' Dechreuodd y dagrau gronni yn ei llygaid.

'Wneith Dave byth ddarganfod y lle 'ma, Annie,' ceisiodd Meira ei chysuro, 'ac mi gei di a'r plant aros yma nes y byddwn ni'n siŵr ei bod hi'n hollol saff i ti adael. Mi gei di wybod be fydd yn debygol o ddigwydd bob cam o'r ffordd, a dy ddewis di fydd pob peth.'

'Ond mi fydd Dave yn siŵr o'u dilyn nhw o'r ysgol i fama.'

'Na, Annie. Fydd y plant ddim yn mynd i ysgol Glan y Don o hyn ymlaen. I ddechrau, mi fydd trefniant yn cael ei wneud i yrru gwaith iddyn nhw ei wneud yma, nes y bydd modd eu cofrestru nhw mewn ysgol yn yr ardal hon. Ac mae un o fy nghyd-weithwyr i wedi troi'r lleoliad i ffwrdd ar eu ffonau nhw, ac ar Snapchat ac ati, fel na fedar o'u tracio nhw.'

'Dim ond newydd gyrraedd ydan ni, a dwi'n teimlo'r un mor gaeth ag yr o'n i pan oedd Dave yn fy nghloi i yn y tŷ. Fy mai i ydi hyn i gyd, yn gadael i'r diawl dyn 'na ddod yn agos ata i. Dwi wedi sbwylio bywydau'r plant druan.' Dechreuodd wylo'n drwm.

'Yli, Annie, trefniant dros dro ydi hwn, nes bydd popeth wedi'i sortio allan. Mi a' i lawr i nôl Adam a Claire rŵan, a gewch chi'ch tri gyfle i siarad.'

Yn ddiweddarach y prynhawn hwnnw dychwelodd David Sydney Smith i rif 14 Y Rhos. Roedd o wedi trefnu bod

Adam a Claire yn mynd i dai ffrindiau o'r ysgol, felly doedd o ddim yn disgwyl iddyn nhw fod adref, ond pan agorodd ddrws y tŷ sylweddolodd fod rhywbeth o'i le. Gwelodd yn syth fod drws y twll dan grisiau ar agor, a bod y clo roedd o wedi'i roi ar y drws wedi'i falu.

Fflachiodd ei dymer. Roedd rhywun cryf wedi helpu Annie i ddianc ... roedd o wedi amau fod ganddi ddyn arall, a dyma'r prawf. Pwy oedd y diawl? Trodd ei wyneb yn goch wrth i'r llid lifo trwy'i gorff. Gwaeddodd ei henw ar dop ei lais wrth lamu i fyny'r grisiau i chwilio amdani. Doedd dim golwg ohoni, ac roedd dipyn o'i dillad wedi mynd. Rhedodd i lawr y grisiau a gweld bod ffenest yn y gegin wedi malu – dyna sut roedd o, pwy bynnag oedd ei bastad o gariad, wedi torri i mewn i'r tŷ.

Cydiodd yn ei ffôn er mwyn gwneud yn siŵr fod Adam a Claire yn nhai eu ffrindiau, ond doedd eu lleoliad ddim yn weladwy. Rhedodd yn ôl i fyny'r grisiau – roedd peth o stwff y ddau wedi mynd. Rhaid bod y cariad wedi cytuno i fynd â nhw hefyd. Eisteddodd ar y landin a'i ben yn ei ddwylo. Y gnawes anniolchgar. Cododd, a dringodd i'w guddfan yn yr atig i nôl ei gyllell Zombie.

Aeth i eistedd ar y soffa yn y lolfa yng nghanol y llanast a adawyd ganddo y bore hwnnw. Edmygodd lafn hir, miniog y gyllell oedd yn sgleinio yn haul gwan diwedd y prynhawn. Roedd y llafn dros droedfedd o hyd, a thyllau hwylus yn yr handlen er mwyn i fysedd allu gafael yn dynn ynddi. Yr handlen i daro, a'r llafn i drywanu.

Y noson honno, arhosodd Jeff nes roedd Twm a Mairwen yn eu gwlâu cyn trafod digwyddiadau'r dydd efo'i wraig.

'Mi glywis i fod ein cwnstabliaid ni wedi cael eu galw

gan Coledd i dŷ dynes o'r enw Annie Goodwin yn Y Rhos heddiw, i'w gwarchod rhag ofn i'w phartner ddod adra cyn iddi gychwyn i gartref lloches. Dwi'n cymryd mai chdi oedd yno efo hi? Sut aeth petha?'

'Wel, mae hi'n saff rŵan, a'r plant hefyd. Doedd gen i ddim dewis, Jeff – roedd y diawl Smith 'na wedi'i churo hi a'i chloi hi yn y twll dan grisiau yn hanner noeth. Ddrwg gen i os ydi hynny wedi chwalu dy gynlluniau di i'w ddilyn o'n ddistaw, ond allwn i 'mo'i gadael hi yno. Be ddigwyddith iddo fo rŵan? Geith o ei arestio? Os felly, fyddi di ddim callach pwy sy'n dod â'r fêps llygredig 'ma i'r ardal.'

'Gad i mi boeni am hynny. Sut wyt ti ar ôl y ffasiwn ddiwrnod?'

'O, mi fydda i'n iawn. Dwi'n teimlo'n llawer iawn gwell rŵan ei bod hi'n saff o'i afael o.'

'Fydd hi'n fodlon gwneud cwyn yn ei erbyn o rŵan, ti'n meddwl?'

'Dwi ddim wedi gofyn iddi eto – ma' hi'n rhy gynnar. Rhaid iddi gael amser i brosesu'r hyn ddigwyddodd heddiw gynta.'

Pennod 16

Y bore wedyn, aeth Meira yn ôl i'r lloches i weld Annie Goodwin. Roedd Annie wedi bod drwy brofiad ysgytwol, ac roedd Meira am iddi gael cymaint o gefnogaeth â phosib gan wyneb cyfarwydd. Dyna'r lleiaf roedd hi'n ei haeddu ar ôl iddi ddioddef cymaint. Ond roedd hi hefyd angen mwy o wybodaeth gan Annie am ei phrofiad er mwyn gallu bod yn gefn iddi wrth symud ymlaen – sut oedd gwneud hynny heb i'r sgwrs swnio fel cyfweliad? Dyma'r tro cyntaf i Meira orfod cyfweld dioddefwr trais yn y cartref mewn lloches, ac er iddi gael hyfforddiant trylwyr a darllen llu o adroddiadau am achosion tebyg, roedd hi'n nerfus ynglŷn â'r holl beth. Beth petai hi'n dweud y peth anghywir, neu'n pwyso gormod ar Annie cyn iddi fod yn barod i siarad? Hi oedd unig bwynt cyswllt Annie â'r byd mawr y tu allan, ac roedd y cyfrifoldeb yn ei dychryn.

Roedd Annie'n eistedd yn ffenest ei llofft pan gyrhaeddodd Meira, yn syllu ar y caeau a'r goedwig brydferth o'i blaen, eu dail eisoes yn aur hydrefol. Er bod y drws yn agored, cnociodd Meira'n ysgafn arno a chlirio'i gwddf cyn mynd i mewn, rhag iddi ddychryn Annie druan.

Edrychai Annie rywfaint yn well, er bod y briwiau ar ei hwyneb yn dal yn amlwg, ac edrychai ei llygaid yn fwy bywiog. Roedd Meira wedi dod â phaned o de bob un iddyn nhw, a gwenodd Annie wrth gymryd un o'r mygiau ganddi. Eisteddodd Meira ar gadair wrth ei hymyl, gan ddewis peidio â'i hwynebu'n uniongyrchol rhag rhoi pwysau arni. Ni ddywedodd yr un o'r ddwy air am funud neu ddau.

Ymhen hir a hwyr, dechreuodd Meira'r sgwrs drwy esbonio ei bod yn awyddus i gael y stori i gyd gan Annie am ei phrofiadau efo Smith, a gofyn am gael recordio'r cyfan gan ei bod yn hanfodol fod popeth yn cael ei gofnodi'n iawn. Cytunodd Annie drwy amneidio â'i phen.

'Sut wyt ti'n teimlo, bore 'ma, Annie?' gofynnodd.

'Dipyn yn gymysglyd,' atebodd, ar ôl dewis ei geiriau'n ofalus. 'O leia ges i rywfaint o gwsg neithiwr, ond dwi'n methu ymlacio. Be dwi'n mynd i neud rŵan?'

'Dyna pam rydw i yma, Annie. I dy gefnogi di efo'r cam nesa.' Oedodd Meira am ennyd. 'Sut mae'r plant?'

'Mi gysgodd y ddau yn iawn, meddan nhw. Ma' nhw wedi cael brecwast, ac ma' nhw efo'r plant eraill yn gwneud eu gwaith ysgol. Dwi'n meddwl eu bod nhw'n trin yr holl beth fel dipyn o antur ar hyn o bryd.'

'Ydyn nhw wedi holi am dy anafiadau di?'

'Ar ôl i bawb fynd o'ma neithiwr, mi gafodd y tri ohonan ni sgwrs. Mae'n amlwg fod y ddau yn gwybod ers tro bod Dave yn fy nghuro i, ond doeddan nhw ddim wedi sylweddoli pa mor ddifrifol oedd y sefyllfa gan 'mod i wedi bod yn trio cuddio'r peth rhagddyn nhw.'

'Sut wnaethon nhw ymateb?'

'Dwi'n meddwl bod y cwbwl wedi taro Adam yn fwy na Claire. Fo ydi'r hynaf, wrth gwrs, ac mi oedd o'n teimlo'n euog am beidio â sylwi be oedd yn digwydd, ac am beidio helpu. Roedd Claire yn ddistaw iawn – dwi'm yn meddwl ei bod hi wedi cymryd y cwbwl i mewn eto.'

'Wyt ti mewn cysylltiad efo'u tad nhw – all o helpu i'w cefnogi nhw drwy hyn?'

'Mae o'n byw ym Manceinion, a tydi o ddim yn cymryd fawr o ddiddordeb, i fod yn onest.'

'Ym Manceinion y gwnest ti gyfarfod Dave, ia? Oeddat ti mewn perthynas efo fo cyn symud i Lan Morfa?'

'Na. Nabod ein gilydd drwy bobol eraill oedden ni. Wnes i ddim deud wrth lot o bobol i lle ro'n i'n symud gan 'mod i isio dechra efo llechen lân, ond ma' raid bod rhywun wedi sôn, achos mi wnaeth o landio ryw ddiwrnod, chydig wythnosau ar ôl i mi symud.'

'Dod i lawr yn unswydd i dy weld di ddaru o?'

'Am wn i. Wel, ella ddim. Ella 'i fod o yn digwydd bod yn yr ardal 'ma ... fedra i ddim cofio.'

'Be oeddat ti'n feddwl o'r ffaith ei fod o wedi troi i fyny heb gysylltu efo chdi gynta?'

'Dim llawer ar y pryd, a deud y gwir. Doeddan ni ddim yn agos o gwbwl ym Manceinion, dim ond yn gweld ein gilydd o gwmpas weithia.'

'Sut wnaeth o dy ffeindio di yng Nglan Morfa?'

'Fysa hynny ddim wedi bod yn anodd. Mi o'n i wedi rhoi fy nghyfeiriad newydd i ambell un – doedd o ddim yn gyfrinach. Ro'n i jyst wedi cael digon ar fywyd yn y ddinas, ac isio camu i ffwrdd oddi wrth rai pobol tocsig ... rhoi gwell bywyd i Adam a Claire. Dwi'n cofio'r pnawn – mi ges i sioc o'i weld o, ond mi wnes i ei wadd o i mewn am baned. Ar ôl sgwrs fach reit ddifyr, mi adawodd o. Ymhen ugain munud, daeth 'na gnoc arall ar y drws, a dyna lle roedd o, yn ei ôl efo bwnsiaid anferth o flodau i mi. Do'n i rioed wedi cael y fath flodau gan neb cynt, dim hyd yn oed gan dad y plant.'

'Be oeddat ti'n feddwl o hynny?'

'Ro'n i wrth fy modd, yn teimlo'n sbesial. Do'n i ddim wedi arfer efo'r fath sylw.'

'A be ddigwyddodd nesa?'

'Ddeudodd o ei fod o'n dod i lawr i'r ardal 'ma bob hyn a hyn efo'i waith.'

'Sut fath o waith oedd yn dod â fo i lawr i Lan Morfa o Fanceinion?'

'Ddaru o ddim deud, a wnes inna ddim gofyn. Beth bynnag, awgrymodd ein bod ni'n mynd allan am fwyd pan oedd o i lawr nesa. Wnes i ddim meddwl ddwywaith cyn derbyn. Doedd gen i ddim byd i'w golli – dyna o'n i'n feddwl. Wnes i erioed ddychmygu ar y pryd faint fyswn i'n golli go iawn.'

'A dyna sut ddechreuodd dy berthynas di efo Dave?'

'Ia. Mi oedd bob dim mor lyfli. Roedd o'n ŵr bonheddig, yn dod â phresantau i mi bob tro, a rwbath bach i'r plant hefyd, a gyrru cardiau i mi drwy'r post yn aml. Fydda fo byth yn dod i'r drws heb flodau, ac un tro mi ddaeth â thedi bêr i mi, bron i bum troedfedd o uchder – ma' siŵr ei fod o wedi costio ffortiwn! Roedd y plant wrth eu boddau yn ei weld o'n cyrraedd ... a finna hefyd.' Cymerodd Annie lymaid araf o'i the, gan edrych i mewn i'w mwg, fel petai'r atgofion yn arnofio ar wyneb yr hylif.

'Am faint barodd hynny, Annie?'

'Tri neu bedwar mis, a dim ond bryd hynny wnaethon ni gysgu efo'n gilydd. Ro'n i'n teimlo mor lwcus, a'r diwrnod ar ôl iddo fo aros draw am y tro cynta, mi wnaethon ni ddechra trafod y posibilrwydd y bysa fo'n medru symud i mewn. Mi fysa'n hawdd iddo fo gael gwaith mewn lle fel Glan Morfa, medda fo, am ei fod o'n weithiwr da.'

'Pryd ddaru petha ddechra newid, Annie?'

Sylwodd Meira ar fymryn o gryndod yn dychwelyd i'w chorff a'i llais wrth ystyried yr ateb.

'Wrth edrych yn ôl heddiw, mi fyswn i'n deud bod petha wedi dechra newid unwaith iddo fo symud i mewn, ond wnes i ddim sylwi ar y peth ar y pryd, gan mai fesul chydig bach roedd y newid yn digwydd. Bryd hynny, ro'n i'n gweithio'n rhan amser yng ngwesty Plas Llifon, ac mi oedd raid i mi fynd i gyfarfod staff un noson. Pan ddois i adra, mi ddechreuodd o holi am y cyfarfod. Pwy oedd yno, faint o ferched a faint o ddynion. Fel roedd hi'n digwydd bod, fi oedd yr unig ferch yn y cyfarfod, a hanner dwsin o reolwyr y gwesty. Mi newidiodd ei agwedd, a'r diwrnod wedyn mi holodd pam oedd angen i mi wisgo cymaint o golur i fynd i 'ngwaith gan 'mod i'n ddigon tlws hebddo fo.'

'Sut wnaeth ei agwedd o newid?' gofynnodd Meira'n dyner.

'Mae'n anodd egluro. Ddaru o ddim codi ei lais, ond mi oedd tôn ei lais o'n wahanol. Yn fwy ymosodol, yn hollol wahanol i'r arfer.'

'Be ddigwyddodd wedyn?'

'Mi o'n i wedi dechra defnyddio llai o golur ar ôl y noson honno, ond fel ro'n i'n gwneud fy hun yn barod am shifft chydig ddyddiau wedyn, mi ddaliodd o fi'n gwneud fy wyneb. Cipiodd y colur o 'ngafael i a'i daflu o i'r bin, a deud wrtha i am folchi cyn gadael y tŷ.'

'Wnest ti?'

'Do. Doedd gen i ddim dewis. Roedd o wedi bod yn reit frwnt wrth gymryd y colur gen i, felly wnes i ddim dadlau.'

Lapiodd Annie ei breichiau amdani'i hun fel petai'n ceisio gwarchod ei hun rhag yr atgofion.

'Be oedd yn mynd trwy dy feddwl di?'

'Do'n i ddim yn dallt ei agwedd, ddim yn dallt be o'n i wedi'i wneud i'w wylltio fo. Ond wnes i ddim gwisgo colur ar ôl hynny – roedd o'n mynd drwy fy mag i wneud yn siŵr nad o'n i'n cuddio stwff i'w roi ar fy wyneb ar ôl gadael y tŷ. Ar ôl hynny, mi ddechreuodd o wneud sylwadau am be o'n i'n ei roi ar Facebook ac Instagram, pwy o'n i'n ei ddilyn a lluniau pwy o'n i'n eu lecio. Dros gyfnod o fisoedd ddigwyddodd hyn i gyd, felly wnes i ddim rhoi dau a dau at ei gilydd am hir. Mi wnaethon ni ddechrau ffraeo. Doedd hi ddim yn hir wedyn cyn iddo fo fy nharo i. Dwi'n cofio'r slap gynta'n iawn – mi darodd o fi ar draws fy wyneb efo cledr ei law. Mae o'n ddyn cryf, ac mi oedd 'na ddigon o nerth y tu ôl iddi i wneud i mi syrthio'n ôl a tharo fy mhen.'

'Oedd o'n rhoi rheswm am hyn i gyd, Annie?'

'Yr unig beth fedra i feddwl ydi mai cenfigen oedd y tu ôl i bob dim. Mi oedd o wedi cymryd yn ei ben 'mod i'n cael affêr efo dyn arall, wastad yn gofyn i mi pwy oedd o – neu nhw – a deud y bysa fo'n eu sortio nhw allan.'

'Oes 'na rywun arall yn dy fywyd di?'

'Na,' atebodd Annie'n bendant, ond cafodd Meira ryw deimlad nad oedd yn dweud y gwir i gyd.

'Yn ei ddychymyg o oedd y cwbwl,' parhaodd Annie. 'Mi ddaeth o adra am ginio'n annisgwyl un diwrnod a fy nal i ar fy ffôn. Dyna pryd y tynnodd o fo allan o fy llaw, ei daflu ar lawr a sathru arno nes roedd o'n deilchion. Mi ddechreuais i weiddi arno fo, deud nad oedd ganddo fo hawl i ddeud wrtha i sut i fyw fy mywyd, ac mi wnaeth o ddechrau fy nharo i, dro ar ôl tro, nes o'n i'n gorwedd ar lawr y gegin yn gwaedu. Tynnodd fi gerfydd fy ngwallt o un ochr y stafell i'r llall, a thrio 'nghrogi fi. Mae o wedi bod yn fy nghuro i'n gyson ers hynny, ond mi oedd o fel arfer yn trio gwneud yn siŵr nad oedd o'n gadael marciau ar fy ngwyneb, er mwyn y plant.' Roedd Annie wedi dechrau wylo go iawn erbyn hyn.

'Oeddat ti'n dal i weithio yn y gwesty bryd hynny?'

'Na – roedd o wedi rhoi stop ar hynny ers tro. Doedd o ddim hyd yn oed yn gadael i mi fynd allan i siopa erbyn y diwedd. Ond drwy bob dim, roedd o'n dal i ddeud ei fod o'n fy ngharu fi, a'i fod o'n mynd i edrych ar fy ôl i. Roedd o'n deud sori yn syth, bron, ar ôl fy nghuro i ... eistedd wrth fy ochr a 'nghysuro i, a finna'n gwybod yn iawn y bysa'r un peth yn digwydd eto ymhen chydig ddyddiau. Does gen i ddim ffrindiau ar ôl, wedi i mi wneud cymaint o esgusodion am beidio cysylltu efo nhw, felly doedd gen i nunlla i droi.

'Oeddat ti ddim yn teimlo y gallet ti gysylltu efo'r heddlu, Annie?'

'Mi o'n i ofn iddyn nhw beidio â nghoelio fi. Mi wnes i gofnod o rif ffôn Cymorth i Ferched pan o'n i yn nhoiledau Tesco un diwrnod, ond mi oedd yn wythnosau cyn i mi fagu digon o hyder i ffonio.'

'Sut hynny?'

'Am 'mod i gymaint o'i ofn o. Mae ganddo fo anferth o gyllell yn y tŷ – y Zombie mae o'n ei galw hi, ac mae o'n ei hestyn hi allan bob hyn a hyn i sbio arni a rhoi min arni.'

'Ydi o wedi ei defnyddio hi i dy fygwth di, Annie?'

'Dim yn uniongyrchol.'

'Be ti'n feddwl?'

'Fin nos, wedi i'r plant fynd i'w gwlâu, yn enwedig os o'n i wedi gwneud rwbath y diwrnod hwnnw i'w wylltio fo, mi oedd o'n mynd i nôl y gyllell ac yn eistedd o 'mlaen i efo hi, yn ei thynnu hi allan o'i chas yn araf a'i mwytho hi. Ro'n i'n trio peidio sbio, ond mi oedd o'n troi'r llafn fel ei bod hi'n sgleinio ar fy wyneb i, yn fy nallu i weithia. Wedyn, wrth ei hogi hi, mi fydda fo'n sbio yn syth arna i ac yn chwerthin. Pan o'n i'n codi i adael y stafell roedd o'n gorchymyn i mi eistedd yn ôl i lawr – perfformiad creulon oedd y cwbwl.'

Rhedodd ias drwy gorff Meira wrth iddi ddychmygu'r olygfa.

'Mi wnest ti ofyn i mi pam nag es i at yr heddlu,' parhaodd Annie, yn fwy hyderus erbyn hyn. 'Fysa riportio Dave ddim wedi newid dim. Does ganddyn nhw ddim adnoddau, dim amser ... dwi wedi clywed am achosion fel hyn yn cymryd hyd at bum mlynedd i fynd i'r llys. Be dwi i fod i neud yn y cyfamser?'

Ochneidiodd Meira. Gwyddai fod mwy na mymryn o wir yng ngeiriau Annie.

'Ond mi wyt ti'n saff rŵan, a dwi'n addo i ti y gwna i fy ngorau i ti.' Meddyliodd Meira am yr hyn ddywedodd Jeff. 'Wyt ti'n meddwl dy fod di'n barod i wneud adroddiad i'r heddlu? Mi wn i y cei di'r gwasanaeth gorau posib yng Nglan Morfa. Ond dy benderfyniad di ydi hynny, a neb arall.'

Ystyriodd Annie am eiliad.

'Fedra i ddim gweld y bysa hynny'n helpu llawer arna i, ond gad i mi feddwl am y peth.'

Pennod 17

'Sut aeth petha efo Annie heddiw?' gofynnodd Jeff i Meira ar ôl swper.

Rhoddodd Meira fraslun o'r cyfweliad hir, ond dim manylion. Gwyddai'n iawn nad oedd ganddi hawl i rannu gwybodaeth gyfrinachol, ond roedd Jeff wedi dysgu enw Annie ar ôl iddo ddarganfod cyfeiriad Smith, ac roedd hi'n ymddiried ynddo i gadw popeth iddo'i hun nes y byddai Annie'n rhoi caniatâd iddi i fynd â'r mater ymhellach. Gorffennodd y braslun drwy ddweud wrth ei gŵr am fodolaeth y gyllell Zombie – os oedd yr heddlu'n amau Smith o ddelio sylweddau anghyfreithlon i blant ysgol, roedd yn iawn iddyn nhw fod yn ymwybodol o'r arf.

'Mae o'n ddyn peryg,' ychwanegodd. 'Duw a ŵyr be wneith o efo'r gyllell 'na.'

'Dyna'n union dwi'n boeni amdano. Ydi Annie Goodwin am wneud cwyn amdano i ni?' gofynnodd Jeff.

'Ma' hi'n dal i feddwl am y peth.'

Ochneidiodd Jeff, a gallai Meira glywed y rhwystredigaeth ynddi.

'Nid dy gyfrifoldeb di, fel pennaeth CID Glan Morfa, ydi'r achos yma 'sti, Jeff.' Roedd Meira yn eitha rhwystredig ei hun. 'Dwi'n dallt dy fod di isio dal y diawl, ond cyn belled ag y mae Annie Goodwin yn y cwestiwn, fy mlaenoriaeth i ydi ei lles hi a'i phlant. Mae'r ffordd 'dan ni'n dau yn sbio ar yr achos yma yn hollol wahanol, ac ma' raid i ti barchu'r ffaith nad dy ffordd di ydi'r ffordd orau bob tro.'

'Dwi'n sylweddoli hynny, ond cofia y bysa cael gwared ar David Sydney Smith am flwyddyn neu ddwy yn ein siwtio ni'n dau, yn ogystal ag Annie Goodwin a'i phlant, ti'm yn meddwl? A meddylia am y cyffuriau sy'n cael eu gwerthu i blant y dre 'ma.'

'Ia, ond fedra i ddim gorfodi ...'

'Ond dim byd, Meira. Mae Smith yn sylweddoli erbyn hyn fod Annie wedi mynd a'i adael o. Ydi o'n mynd i chwilio amdani? Neu ydi o'n mynd i ddiflannu, am ei fod o'n gwybod y gallai Annie fod wedi siarad efo ni'r heddlu am yr ymosodiadau arni, a'i fod o'n disgwyl cnoc ar ei ddrws ganddon ni unrhyw funud? Dwi'n gwybod be 'swn i'n neud yn ei sgidia fo. Ac os wneith o'i heglu hi, fysa ganddon ni ddim syniad sut i ddod o hyd iddo fo na ffynhonnell yr hylif fêps afiach 'na. Cofia 'mod i'n trio delio efo hyn yng nghanol ymchwiliad i lofruddiaeth erchyll, ac yn cael fy meirniadu am roi mwy o amser i'r busnes Smith 'ma nag y dylwn i.'

'Yli,' meddai Meira. 'Os ydi Smith yn dal yn nhŷ Annie, dros bedair awr ar hugain ers iddi adael, mae'n amlwg nad ydi o'n meddwl ei bod hi wedi mynd at yr heddlu. Ma' hi'n tynnu am naw rŵan, a'r plant yn barod am eu gwlâu. Mi ddeuda i wrthyn nhw ein bod ni'n picio allan am hanner awr, ac mi awn ni'n dau heibio'r tŷ er mwyn gweld oes 'na olwg o unrhyw symudiadau yno.'

'Syniad da,' cytunodd Jeff. Roedd cydweithio'n well na dadlau.

Jeff oedd yn gyrru, ac yng ngolau'r stryd sylwodd Meira ei fod yn gwenu.

'Be 'di'r jôc?' gofynnodd.

'Meddwl am y tro cyntaf i ni gyfarfod o'n i, pan oeddat ti'n gweithio yn Lerpwl. Cadw golwg oeddan ni ar ryw ddyn o'r ardal 'ma oedd yn hel ei din yng nghanol y ddinas. A dyma ni eto yn gwneud rwbath tebyg, dros bymtheng mlynedd yn ddiweddarach. Mae 'na lot wedi digwydd ers hynny.'

Gwenodd Meira. 'Oes, mae 'na lot fawr iawn o ddŵr wedi llifo dan y bont.'

'Ac mae ganddon ni ddau o blant sy'n werth y byd ... ti'n gwybod mai edrych ar eich holau chi ydi'r peth pwysicaf i mi, yn dwyt? Bob amser, cofia di hynny.' Meddyliodd Jeff am yr adegau lle roedd ei waith wedi rhoi ei deulu bach mewn peryg, a theimlodd frath euogrwydd.

'Ydw siŵr,' atebodd Meira wrth i Jeff droi llyw'r car i mewn i'r Rhos ac anelu am rif 14. 'Yli,' meddai, 'mae 'na olau yn y stafell fyw, ac yn un o'r llofftydd hefyd.'

Gyrrodd Jeff y car i fyny'r lôn, ac ar ôl aros am ddeng munud aethant yn eu holau heibio'r tŷ o'r cyfeiriad arall. Erbyn hyn, roedd y golau yn llofft rhif 14 wedi'i ddiffodd.

'Wel, mae o adra,' meddai Meira. 'Sgwn i lle mae o'n meddwl mae Annie a'r plant?'

Wrth i Jeff a Meira yrru am Rhandir Newydd, roedd David Sydney Smith yn eistedd yn ei hoff gadair yn lolfa 14 Y Rhos, yng nghanol y llanast roedd o wedi'i greu yno ddeuddydd ynghynt. Mwythai'r gyllell Zombie fawr, gan ddefnyddio carreg hogi i roi'r min gorau posib arni. Roedd o'n paratoi i ddial, i ddelio efo'r diawl, pwy bynnag oedd o, a oedd wedi dwyn Annie oddi arno.

Roedd yr ymgyrch i ddilyn Smith yn ei le erbyn saith o'r gloch y bore Llun canlynol.

Yn groes i'r arfer, wnaeth Smith ddim cerdded i'w waith y diwrnod hwnnw. Yn hytrach, gyrrodd yno yn ei fan Ford Transit wen.

Roedd Jeff yn eistedd yn sedd gefn fan yr heddlu gerllaw, a gwnaeth nodyn o blât cofrestru'r Transit: MC68 CXR. Wrth ei ymyl roedd yr holl gyfarpar technegol roedd ei angen i hedfan ac i ddilyn y drôn roedden nhw am ei ddefnyddio i ddilyn Smith. Y cynllun oedd bod y drôn a'i gamera pwerus yn cadw golwg ar gerbyd Smith o'r awyr, ac y byddai lluniau'r drôn yn arwain cerbydau Adran Troseddau Difrifol y llu, oedd yn rhan o'r ymgyrch, i'r cyfeiriad cywir. Roedd dronau eraill gerllaw hefyd, rhag ofn y byddai eu hangen. Doedd Jeff erioed wedi gweithio efo'r dechnoleg newydd hon o'r blaen, ac roedd yn agoriad llygad iddo.

'Wyddwn i ddim fod gan Smith fan Transit,' meddai Jeff wrth y plismon oedd yn rheoli'r drôn. 'Cerdded i'r ysgol fydd o fel rheol.'

Ddigwyddodd dim byd o bwys y bore hwnnw. Gyrrodd Smith y fan i'r ysgol a'i pharcio ym maes parcio'r staff. Yn ystod y bore, er mwyn gwneud eu gwaith yn haws, cuddiwyd dyfais dracio oddi tan y Transit fel bod modd dilyn y cerbyd heb ddefnyddio drôn petai angen.

Amser cinio, daeth gair i adrodd bod Smith wedi dod allan o'r ysgol, a'i fod yn cerdded i gyfeiriad y maes parcio a'r fan. Roedd o'n siarad ar ei ffôn wrth gerdded, ac ar ôl diffodd yr alwad dringodd i mewn i'r fan a'i gyrru i faes parcio ger y traeth, un a oedd yn boblogaidd gydag ymwelwyr yn ystod yr haf. Dilynodd y drôn o bell. Roedd y maes parcio bron yn wag, ond roedd un car arall, BMW llwyd, yn y pen draw, mor bell o'r ffordd fawr â phosib.

O fan yr heddlu dri chan llath i ffwrdd, ac ymhell allan o olwg Smith, roedd Jeff a'i gyd-weithwyr yn syllu ar sgrin y gliniadur o'u blaenau oedd yn dangos lluniau camera'r drôn yn fyw. Gwelsant Smith yn gyrru i gyfeiriad y BMW a pharcio wrth ei ochr. Roedd hyn yn addawol, meddyliodd Jeff.

Daeth Smith allan o'i fan a dringo i sedd gefn y BMW, y tu ôl i sedd y teithiwr. Edrychai'n debyg felly bod o leiaf dau berson eisoes yn y car. Bron i ddeng munud yn ddiweddarach, agorwyd tri drws y BMW ar yr un pryd. Dringodd y gyrrwr allan, yn ogystal ag un teithiwr o'r sedd flaen, a Smith o'r sedd gefn, ac agorwyd bŵt y car. Roedd y ddau ddyn arall wedi gwneud dipyn o ymdrech i guddio'u hwynebau – roedd un yn gwisgo cwfl, a'r llall â'i goler uchel o gwmpas ei glustiau. Tynnwyd tri bocs gweddol fawr o fŵt y BMW a'u rhoi yng nghefn fan Smith. Edrychai'r bocsys yn weddol drwm, yn ôl yr ymdrech a oedd angen i'w codi.

'Ro' i fet mai mwy o'r hylif fêps sydd yn y bocsys 'na,' meddai Jeff.

'Be wnawn ni? Arestio'r tri?' gofynnodd un o'r plismyn eraill.

'Na. Dim peryg,' atebodd Jeff. 'Fedrwch chi wneud trefniadau i ddilyn y BMW? Dwi isio gwybod lle eith o ar ôl gadael Glan Morfa, gan obeithio y gwneith o ein harwain ni i ffynhonnell y stwff afiach 'ma.'

'Fydd hynny ddim yn broblem. Mae'n bois ni wrth eu boddau'n gwneud y math yna o beth.'

'Wnawn ni ddim taclo Smith heddiw chwaith, dim nes i ni ddarganfod o lle mae'r cwbwl yn dod,' ychwanegodd Jeff. 'Os wnawn ni ei arestio neu ei holi o, mi fydd pawb sy'n gysylltiedig â'r fenter yn gwybod.' Gwyddai'n iawn y byddai ei benderfyniad yn rhoi mwy o ryddid i Smith rannu'r llwyth newydd, ond roedd cymaint mwy nag un llond fan yn y fantol.

Ychydig funudau oedd eu hangen i'r trefniadau gael eu gwneud. Gwnaethpwyd nodyn o rif cofrestru'r BMW – MS70 PYA – a'i basio ymlaen i reolwyr y drôns eraill ac i hofrennydd yr heddlu, er mwyn iddyn nhw gymryd drosodd cyn gynted â phosib. Doedd dim rhaid i'r drôn ddilyn Smith gan fod dyfais dracio wedi'i gosod ar ei gerbyd o.

'Oes ganddoch chi unrhyw wrthwynebiad i ni adael y tracyr ar fan Smith?' gofynnodd Jeff i'r tîm oedd yn dilyn y cerbydau. 'Dwi'n rhag-weld y bydd gwybod am ei symudiadau o ddiddordeb i ni yn y dyfodol agos.'

Caniatawyd hynny, ac yn well byth, rhoddwyd mynediad i Jeff i'r wybodaeth gan mai ei gyfrifoldeb o fyddai unrhyw droseddau lleol, yn cynnwys gwerthu'r hylif fêps.

Am deirawr, dilynwyd y BMW gan ddrôns a hofrennydd Heddlu Gogledd Cymru, a phan groesodd y ffin â Lloegr ar yr A55, bu i heddluoedd Swydd Caer a Manceinion roi eu cymorth drwy gymryd drosodd. Doedd dau gar yr Adran Troseddau Difrifol ddim ymhell, chwaith. Yn hwyr yn y prynhawn, daeth y BMW i stop y tu allan i floc o swyddfeydd yn John Gilbert Way, Trafford Park, Manceinion. Ymhen dim, llwyddodd Jeff i ddarganfod bod yr adeilad yn cael ei ddefnyddio gan gwmni o'r enw Systems Security Ltd. O'i swyddfa yng Nglan Morfa, dechreuodd Jeff wneud ei ymholiadau.

Pennod 18

Ystyriodd Jeff roi crynodeb i Lowri a Sonia o ddigwyddiadau'r diwrnod, ond gwelodd fod drws swyddfa Lowri wedi'i gau yn dynn. Roedd hynny'n anarferol, felly dewisodd ddisgwyl nes y byddai hi'n rhydd.

Yn ei swyddfa ei hun, parhaodd Jeff â'i ymholiadau trwy geisio darganfod pwy oedd ceidwad y BMW. Dynes o'r enw Elizabeth Bradshaw, o 43 Mellington Street, Didsbury, Manceinion, oedd y perchennog, a sylwodd Jeff nad oedd y cyfeiriad hwnnw yn bell iawn o John Gilbert Way yn Trafford Park. Byddai'n rhaid iddo ddarganfod mwy amdani hi, ac am Systems Security Ltd hefyd.

Penderfynodd ffonio un o dditectifs yr Adran Troseddau Difrifol, a wnaeth waith mor dda yn ystod y dydd o ddilyn y BMW.

'Ger, mae gen i un joban fach i ti ym Manceinion cyn i ti droi am adra, os gweli di'n dda. Ei di draw i 43 Mellington Street, Didsbury? Dyna lle mae perchennog y BMW yn byw – rhywun o'r enw Elizabeth Bradshaw. 'Swn i'n ddiolchgar iawn tasat ti'n cael golwg fach o gwmpas y lle.'

'Wyt ti isio i ni wneud dipyn o ymholiadau amdani?'

'Na, cadw'n glir fysa orau.'

'Be ti isio i ni wneud, felly?'

'Cymryd dipyn o luniau, rhag ofn y byddwn ni isio neidio ar y lle yn gyflym ryw dro.'

Cadarnhaodd Ger ei fod yn deall.

Dechreuodd Jeff ar ei waith drwy ffonio swyddfa Tŷ'r Cwmnïau yng Nghaerdydd i holi am Systems Security Ltd, ac ymhen ugain munud roedd copi o ffeil y cwmni wedi cyrraedd ei gyfrifiadur. Dechreuodd bori trwy'r wybodaeth – cwmni gweddol ifanc oedd o, wedi'i sefydlu ddwy flynedd ynghynt, a dau gyfranddaliwr yn unig oedd iddo. Walter Brennan oedd un, a swyddfa ffyrm o gyfreithwyr ym Manceinion o'r enw Brennan & Co oedd y cyfeiriad a nodwyd ar ei gyfer. Yr ail gyfranddaliwr oedd dyn o'r enw Benjamin Adams, a'i gyfeiriad oedd swyddfeydd Systems Security Limited yn John Gilbert Way. Oedd o'n byw a gweithio o'r un adeilad?

Eisteddodd Jeff yn ôl yn ei gadair. Benjamin Adams. Roedd yr enw'n canu cloch. Daeth yr ateb fel mellten. Benjamin Adams oedd enw'r Ditectif Brif Uwch-arolygydd o Heddlu Manceinion y daeth Jeff ar ei draws dair blynedd a mwy ynghynt. Roedd o'n blismon llygredig, ac yn cydweithio â'r is-fyd troseddol er ei les ei hun. Ond na, roedd yn amhosib i'r Adams hwnnw fod yn gyfarwyddwr ar gwmni newydd, ystyriodd. Dair blynedd yn ôl, cyn sefydlu Systems Security Ltd, roedd Jeff wedi trosglwyddo llwyth o dystiolaeth yn ei erbyn i Heddlu Manceinion ar gof bach – digon i ysgogi ymholiad enfawr a fyddai'n debygol o fod wedi'i yrru i'r carchar am flynyddoedd lawer.

Yn ystod ei ymholiadau i achos o lofruddiaeth bryd hynny, roedd Jeff wedi dod ar draws cof bach a oedd yn cynnwys enwau nifer fawr o blismyn llwgr yn ninas Manceinion, yn cynnwys Adams. Yn naturiol, roedd Adams hefyd yn awyddus i gael ei ddwylo ar y cof bach, ac un noson, ger traeth Glan Morfa, roedd Adams wedi bygwth saethu Jeff er mwyn dwyn y cof bach oddi arno. I arbed ei fywyd ei hun, taflodd Jeff y cof bach at Adams, a diflannodd hwnnw i dywyllwch y nos. Ond yn ddiarwybod i Adams roedd Jeff wedi ffeirio'r cof bach am un arall, a'r cyfan oedd ar y teclyn a gafodd Adams oedd recordiad o Dafydd Iwan yn canu 'Yma o Hyd' ymysg caneuon eraill. Trosglwyddodd Jeff y cof bach cywir i Heddlu Manceinion, er mwyn iddyn nhw allu cynnal ymchwiliad mawr i lygredd ar raddfa aruthrol yn y llu hwnnw.

Na, meddyliodd Jeff. Rhaid mai Benjamin Adams arall oedd hwn. Edrychodd ymhellach drwy ffeil y cwmni a dysgodd fod Systems Security Ltd yn gwarchod systemau cyfrifiadurol cwmnïau eraill rhag cael eu hacio. Ymysg eu cleientiaid roedd cwmnïau preifat a sefydliadau yn y sector gyhoeddus, ac roedden nhw'n cynghori ysbytai, cynghorau sir ac ysgolion ar ddiogelwch seibr. Edrychai'n gwmni eitha llwyddiannus, er ei fod yn weddol newydd.

Ond roedd yr enw Benjamin Adams yn dal i'w boeni. Roedd o wedi disgwyl clywed am ymchwiliad mewnol ar raddfa fawr ar ôl trosglwyddo'r wybodaeth i benaethiaid llu Manceinion – wedi'r cwbwl, roedd y peth yn dipyn o sgandal – ond doedd o ddim wedi clywed gair am y peth ar y newyddion. Ar y llaw arall roedd yr wybodaeth mor sensitif, byddai canlyniad unrhyw ymholiad yn siŵr o fod yn sensitif hefyd, ac efallai na fyddai'n cael ei ddatgelu'n gyhoeddus. Ystyriodd gysylltu â swyddfa Prif Gwnstabl Heddlu Manceinion, ond camgymeriad fyddai hynny, beryg. Roedd y llygredd yno wedi treiddio'n uchel iawn i fyny'r rhengoedd, a wyddai o ddim pwy allai o ymddiried ynddyn nhw yno. Yn ogystal, doedd ganddo 'mo'r awdurdod i ofyn y fath gwestiwn. Cododd y ffôn ar ei ddesg.

'Ysgrifenyddes y Dirprwy Brif Gwnstabl,' atebodd y llais.

'Ydi'r Dirprwy ar gael, os gwelwch yn dda?' gofynnodd. 'Ditectif Sarjant Jeff Evans, Glan Morfa, sy 'ma.'

'Arhoswch funud, Ditectif Sarjant, mi edrycha i ydi o ar gael.'

Nid oedd yn rhaid i Jeff ddisgwyl yn hir.

'Jeff Evans, mi wyt ti fel rhyw hen geiniog ddrwg sy'n troi fyny ym mhoced rhywun bob hyn a hyn.' Roedd y Dirprwy yn cellwair, fel y byddai'n gwneud yn aml.

'A dwinna'n gobeithio eich bod chithau'n cadw yn dda ac yn iach, syr,' atebodd Jeff, a chwarddodd y ddau.

'Rhaid bod rwbath mawr yn bod, Jeff, i ti fy ffonio i fel hyn. Sut fedra i fod o gymorth i ti?'

'Ydach chi'n cofio'r mater 'na ym Manceinion tua thair blynedd yn ôl? Y busnes 'na efo'r cof bach yn cynnwys enwau'r plismyn llwgr. Chi ddaru gysylltu efo'r Dirprwy yn y fan honno ar y pryd, yntê? Roeddach chi'ch dau yn nabod eich gilydd, os dwi'n cofio'n iawn.'

'Oes, mae gen i ryw gof. Ond chlywais i ddim byd am y peth wedyn chwaith.'

Rhoddodd Jeff fraslun o'r hyn roedd o wedi'i ddysgu am berchnogaeth Systems Security Ltd. 'Mae'n debygol fod 'na fwy nag un Benjamin Adams ym Manceinion, a bod yr un y bu i mi ddod ar ei draws o yn pydru mewn carchar erbyn hyn, ond 'swn i'n lecio petai modd cadarnhau nad yr un person ydi o. Meddwl o'n i ...'

'Gad o efo fi, Jeff. Mi wna i'r ymholiad i ti efo'r Dirprwy ym Manceinion cyn gynted ag y medra i, a dod yn ôl atat ti. Ond i ddechrau, wnei di f'atgoffa fi o'r cefndir?'

'Llofruddiaeth dynes o'r enw Glenda Hughes oedd yr achos. Mi gafodd hi ei saethu'n farw yma yng Nglan Morfa. Roedd ei chariad, dyn o'r enw Des Slater, yng nghanol yr is-fyd ym Manceinion a'i deulu o mewn rhyw fath o ryfel efo gang arall. Yn ôl pob golwg roedd gan y ddau gang nifer o blismyn llwgr ar eu llyfrau, dwsinau ohonyn nhw, ac fel yswiriant roedd brawd Slater, cyfrifydd busnes y teulu, wedi creu rhestr o enwau'r plismyn. Dyna oedd ar y cof bach roedd Benjamin Adams mor awyddus i gael ei ddwylo arno.'

'Pwy oedd dy gyswllt di, Jeff?'

'Un o swyddogion Adran Safonau Proffesiynol yr heddlu ym Manceinion. Chi ddaru drefnu i mi ei gyfarfod o yng Nghaer i drafod y mater, os dwi'n cofio'n iawn.'

'Ia, mae hyn yn dechrau canu cloch, rŵan. Roedd o'n gof bach gwerthfawr, yn enwedig yn y dwylo anghywir,' meddai'r Dirprwy.

'Yn union. Gan Des Slater oedd o ar y pryd, ond roedd arweinydd y gang arall a'r Ditectif Brif Uwch-arolygydd Benjamin Adams am gael eu dwylo arno hefyd, am resymau amlwg.'

'Ac mi gest ti afael arno, a'i drosglwyddo i Heddlu Manceinion er mwyn iddyn nhw ddechrau ymchwiliad. Mi fedra i fentro fod nifer fawr o blismyn ofn bod eu henwau arno fo.'

'Dyna pam roedd Benjamin Adams mor awyddus i gael ei ddwylo budron arno fo – mi wnaeth o fy mygwth efo pistol Browning rhannol awtomatig er mwyn ei gael o. Diolch i'r nefoedd fod gen i gof bach arall yn fy mhoced i'w roi iddo yn ei le. 'Swn i wedi lecio gweld wyneb Adams pan sylweddolodd o mai caneuon Dafydd Iwan oedd ar y cof bach gafodd o.'

'Ac mi wnaethon ni drosglwyddo'r cof bach cywir i Heddlu Manceinion, medda chdi.'

'Do, ond chlywis i ddim byd wedyn.'

'Reit,' meddai'r Dirprwy. Gad o efo fi, ac mi wna i fy ngorau i ddarganfod be ddigwyddodd.'

Rhoddodd Jeff y ffôn i lawr. Tybed oedd o wedi gwneud môr a mynydd o'r sefyllfa? Byddai'n teimlo embaras mawr os mai rhyw Benjamin Adams arall oedd yn gysylltiedig â Systems Security Limited.

Cafodd ei ateb ymhen yr awr.

'Blydi llanast, Jeff,' gwaeddodd y Dirprwy dros y ffôn. 'Llanast, a dim byd arall. Dim rhyfedd na chlywson ni ddim byd o Fanceinion ar ôl trosglwyddo'r cof bach iddyn nhw. Doedd 'na ddim ymchwiliad. Dim o gwbl, ac mae Benjamin Adams mor rhydd heddiw ag y bu o erioed.'

'Be?' atebodd Jeff. 'Sut felly?'

'Penodwyd uwch-swyddog o lu arall i arwain yr ymchwiliad efo tîm o swyddogion profiadol o'i lu ei hun. Erbyn iddo fo dderbyn y cof bach, doedd 'na ddim byd arno fo. Hollol lân. Dim tamaid o wybodaeth. Roedd rhywun wedi dileu holl gynnwys y peth. Doedd 'na ddim gwybodaeth i ddechrau unrhyw ymchwiliad!'

'Rhywun mewnol oedd yn gyfrifol am hynny, wrth gwrs.'

'Ia, a rhywun uchel ei reng hefyd. Mi oedd amheuaeth mai'r Ditectif Brif Uwch-arolygydd Adams ei hun oedd yn gyfrifol, ond doedd dim digon o dystiolaeth i brofi hynny.'

'Mi fysa Adams wedi sylweddoli'n reit handi 'mod i wedi rhoi'r cof bach anghywir iddo fo, a chasglu, wedyn, y bysa'r cof bach cywir yn gwneud ei ffordd i Heddlu Manceinion yn eitha cyflym. Mi fysa swyddog o'i reng o yn medru cael gafael ar y teclyn yn hawdd er mwyn gwneud yr hyn roedd o wedi'i gynllunio o'r dechrau, sef dwyn yr wybodaeth oddi arno.'

'Un ai efo rhywun arall neu heb gymorth o gwbl.'

'Mae'n anodd coelio'r peth. Biti na wnes i gopi o'r wybodaeth oedd arno fo cyn ei yrru. Os cofiwch chi, mi ges i orchymyn o le uchel iawn i beidio â gwneud y fath beth am fod y cwbwl mor sensitif.' Doedd Jeff ddim am bwyntio bys at neb.

'Do, dwi'n cofio hynny hefyd. Mae'n ddrwg gen i, ond dyna'r cais ges i gan y Dirprwy ym Manceinion. Fel y gelli di dychmygu, mae hyn i gyd wedi bod yn embaras mawr iddyn nhw.'

'Be ddigwyddodd i Adams?' gofynnodd Jeff.

'Fel ddeudis i, doedd 'na ddim digon o dystiolaeth i'w gyhuddo fo o ymyrryd â'r cof bach, a dechreuwyd ymchwiliad trwyadl i mewn i'w ymddygiad o, yn mynd yn ôl flynyddoedd. Ond cyn i hwnnw godi stêm, cynigiodd Adams ymddeol a gadael y llu yn syth. Derbyniwyd ei gynnig o, er mwyn cael gwared arno fo am byth, am wn i.'

'Felly mae o wedi ymddeol ers tair blynedd ar bensiwn llawn, ac wedi cael get-awê efo'r cwbwl lot.'

'Ac mi oedd pawb yn yr heddlu wedi anghofio amdano fo – tan heddiw, pan wnest ti gysylltu ei fusnes newydd o, Systems Security Ltd, â'r busnes gwerthu hylif fêps yn cynnwys canabis.'

'Mi hoffwn i gael caniatâd i ymchwilio ychydig ymhellach i mewn i'w fusnes o, er mai yn Trafford Park mae hwnnw. Fyswn i ddim yn trystio'r heddlu ym Manceinion i wneud joban dda ohoni, ac fel y gwyddoch chi, mae 'na gysylltiad rhwng unrhyw drosedd yn fanno o safbwynt creu neu fewnforio'r hylif, a ni yng ngogledd Cymru lle mae'r hylif yn cael ei ddosbarthu.'

'Rwyt ti wedi 'mherswadio i, Jeff. Gad i mi wybod sut

mae petha'n mynd, a ti'n gwybod lle ydw i os wyt ti angen unrhyw gymorth arbennig. Gyda llaw, sut mae'r ymchwiliad i'r llofruddiaeth i fyny yng Nghwm Ceirw yn dod yn ei flaen?'

'Hyd yma, wyddon ni ddim pwy ydi'r dioddefwr. Mae canlyniad pob un o'n ymholiadau ni wedi bod yn negyddol.'

Ar y pryd, ni wyddai Jeff fod ei ddatganiad ymhell iawn o'r gwir.

Ymhen yr awr, cafodd Jeff alwad yn ôl gan Ger a oedd ar fin gadael ardal Manceinion.

'Gwranda, Jeff,' meddai hwnnw. 'Mae 'na rwbath yn doji ynglŷn â'r BMW 'na. Aethon ni draw i'r cyfeiriad 'na yn Didsbury ges i gen ti, ac mi oedd y BMW y tu allan i'r tŷ, a ninnau ddim ond wedi'i adael o yn ardal Trafford awr ynghynt. Mi aethon ni'n syth yn ôl yno i wneud yn siŵr, a dyna lle roedd y BMW – yr un lliw a'r un plât cofrestru. Mae rhywun wedi rhoi platiau ffug ar un o'r ddau gar.'

'Dwi'n meddwl bod gen i syniad pa un. Wedi cael ei glonio mae car y ddynes o Didsbury, dwi'n sicr o hynny, rhag ofn i'r BMW ddaeth yma i Lan Morfa gael ei weld mewn amgylchiadau amheus.'

Y munud hwnnw, cerddodd Lowri Davies yn frysiog i mewn i'w swyddfa, a Sonia ar ei hôl. Rhoddodd Jeff y ffôn i lawr.

'Lle ydach chi wedi bod trwy'r dydd, Ditectif Sarjant Evans?' gofynnodd, gan ddefnyddio ei deitl llawn. Doedd hynny byth yn arwydd da.

'Yn gwneud yr ymholiadau y soniais i wrthoch chi amdanyn nhw ddeuddydd yn ôl,' atebodd.

'Be, ar hyd y dydd? Ylwch, dydi hyn ddim yn ddigon da.

Ro'n i'n meddwl mai gwneud y trefniadau yn unig oedd eich bwriad chi bore 'ma, nid mynd i galifantio ar hyd y wlad. Mi oeddach chi i fod i roi eich holl egni a'ch amser i ymchwiliad y llofruddiaeth. Dwi'n teimlo'n siomedig iawn eich bod chi wedi cymryd mantais ar y rhyddid dwi wedi'i roi i chi. Mae Ditectif Arolygydd McDonald a finnau wedi gwneud archwiliad o'ch gwaith chi yn ystod y dyddiau diwetha, a darganfod mai chydig iawn rydach chi wedi'i wneud i geisio datrys y llofruddiaeth. Tydach chi ddim wedi llwytho unrhyw wybodaeth i'r system, sy'n dangos diffyg ymdrech dybryd. Mae'n glir i mi eich bod chi'n mynnu parhau efo'ch ymchwil eich hun i ryw fân-droseddau. Tydi hyn ddim yn ddigon da, a does gen i ddim dewis ond rhoi tasgau dyddiol i chi eu gwneud, yn union fel pob un o'r ditectifs eraill.'

Safai Sonia wrth ochr Lowri heb ddweud gair o'i phen, a golwg o embaras ar ei hwyneb. Allai hi ddim edrych i lygaid Jeff.

Gwyddai Jeff fod rhywfaint o wirionedd yng ngeiriau Lowri, ond ar y llaw arall, teimlai ei fod wedi ymddwyn yn hollol briodol er mwyn cyflawni ei holl gyfrifoldebau fel heddwas. Ystyriodd ddweud wrth Lowri ei fod wedi bwriadu ei briffio hi'n gynharach pan oedd drws ei swyddfa ynghau, ond gwyddai nad oedd pwynt dadlau.

'Reit,' parhaodd Lowri. 'Mae hi'n amser am y gynhadledd hwyr, a dwi isio chi yno efo pawb arall. Mae 'na ddatblygiadau pwysig i'w trafod, ac mi ddylai pob heddwas sy'n gysylltiedig â'r ymchwiliad fod yn bresennol.'

Heb air arall, cerddodd y ddwy allan o'r swyddfa i gyfeiriad yr ystafell gynhadledd. Ochneidiodd Jeff yn uchel, a'u dilyn.

Pennod 19

Roedd ystafell y gynhadledd yn orlawn pan gerddodd Jeff i mewn tu ôl i Lowri Davies a Sonia McDonald. Cymerodd ei sedd arferol yng nghefn yr ystafell. Doedd o ddim mewn hwyliau da iawn ar ôl gorfod gwrando ar gerydd Lowri, ond sylweddolodd ar unwaith fod rhyw awyrgylch arbennig, ddisgwylgar yn yr ystafell. Roedd pawb ar binnau. Fel rheol byddai wedi bod yn nes at yr achos ac yn gwybod am unrhyw ddatblygiadau arwyddocaol o flaen y ditectifs eraill, ond fel roedd Lowri wedi'i atgoffa'n ddigon plaen ychydig funudau ynghynt, doedd ei fys o ddim wedi bod ar y pwls yn ddiweddar.

Bu distawrwydd pan gododd Lowri ar ei thraed.

'Mae 'na ddatblygiadau wedi digwydd heddiw sydd wedi'n harwain ni i allu adnabod y corff. Diolch i Dr Thwaite, y patholegydd, ac i Ditectif Gwnstabl Phil Guile am ei waith campus yn dilyn yr wybodaeth a ddaeth i law. Mi ddechreua i efo canfyddiadau'r patholegydd. Trwy ddefnyddio'i brofiad helaeth, a dipyn o lwc, darganfu fod y dioddefwr wedi torri'i fraich chwith bron i ugain mlynedd yn ôl. Roedd y toriad yn un cymhleth – mor gymhleth fel bod angen rhoi platiau a sgriwiau yn ei fraich er mwyn cryfhau asgwrn yr wlna. Wyddwn i ddim cyn heddiw fod pob plât sy'n cael ei gynhyrchu ledled y byd ar gyfer y math yma o driniaethau yn cael ei stampio â rhif arbennig sy'n dynodi ei darddiad. Ditectif Gwnstabl Guile, wnewch chi egluro'r gweddill, os gwelwch yn dda?'

Cododd Phil Guile ar ei draed yn anfoddog, fel petai ddim wedi disgwyl cael ei alw ymlaen. Wrth iddo wneud hynny, sylwodd Jeff fod Lowri yn ciledrych arno. Tybed oedd hi'n ceisio'i atgoffa fod nifer o dditectifs eraill yn y tîm fyddai'n barod i weithio fel cerdyn gwyllt yn ei le?

'Fel roedd y Ditectif Uwch-arolygydd yn deud,' dechreuodd Ditectif Gwnstabl Guile, 'mae'r platiau 'ma i gyd yn cario cyfeirnod y cwmni cynhyrchu. Mae 'na gronfa ddata enfawr yn rhestru pob rhif, a doedd hi ddim yn anodd darganfod manylion y platiau ym mraich ein corff ni ac i ba ysbyty y cawson nhw eu cyflenwi. Mi wyddon ni felly mai yn Ysbyty Brenhinol Manceinion y defnyddiwyd y plât yma i drin toriad ym mraich dyn o'r enw Victor McVey ar yr ail o Ebrill, 2005.'

Tarodd y datganiad Jeff fel gordd. Syrthiodd ei geg yn agored. Dim ond ychydig funudau ynghynt roedd o wedi bod yn siarad â'r Dirprwy Brif Gwnstabl am McVey – fo oedd y ditectif o Adran Safonau Proffesiynol yr heddlu ym Manceinion roedd o wedi'i gyfarfod yng Nghaer i drafod Benjamin Adams a phlismyn llwgr eraill Manceinion. Dewisodd aros yn ddistaw am y tro er mwyn clywed mwy, a chadarnhau ei amheuaeth.

'Ar ôl cael ei enw, llwyddais i ddarganfod deintydd y dioddefwr, a dysgu fod cyflwr dannedd McVey yn cyd-fynd â'r corff a ddarganfuwyd yng Nghwm Ceirw.'

'Sut lwyddoch chi i wneud hynny mor gyflym, Phil?' gofynnodd Lowri, er ei bod hi eisoes yn gwybod yr ateb.

'Am mai plisman wedi ymddeol oedd Mr McVey,' atebodd. 'Cyn-dditectif sarjant yn heddlu Manceinion.'

Ni allai Jeff gadw'n ddistaw. Cododd ar ei draed heb wahoddiad.

'Ro'n i efo Vic McVey pan dorrodd o ei fraich,' meddai.

Mewn syndod, trodd pob pen rownd i'w wynebu ac edrychodd pob llygad arno.

'Ro'n i ar gwrs CID efo Vic yn Wakefield ym mis Ebrill y flwyddyn honno. Torri'i fraich wrth ddisgyn yn y gampfa ddaru o. Mi gafodd o'i yrru yn nes i'w gartref am driniaeth, a dyna'r tro olaf i mi ei weld o tan ryw dair blynedd yn ôl. Mae 'na bosibilrwydd bod y datblygiad hwn yn cysylltu'r llofruddiaeth â digwyddiadau eraill diweddar o gwmpas Glan Morfa.' Doedd Jeff ddim yn credu mewn cyd-ddigwyddiadau, ac roedd y ffaith fod enwau Adams a McVey wedi codi o fewn ychydig oriau i'w gilydd wedi tanio'i chwilfrydedd.

'Dwi'n edrych ymlaen i glywed beth sydd ar eich meddwl chi, Ditectif Sarjant,' meddai Lowri, 'ond rŵan, ble yn union mae hyn yn ein gadael ni? Rydan ni'n gwybod mai cyn-blismon ydi'n dioddefwr ni – nid o'r llu yma, fel y clywsoch chi, ond o Heddlu Manceinion. Bu i Ditectif Sarjant Victor McVey ymddeol o'r llu bron i ddwy flynedd yn ôl, ar ôl treulio tri deg a thri o flynyddoedd yn y job. Ditectif oedd o am y rhan fwyaf o'i yrfa, un a enillodd barch ei gyd-weithwyr. Cafodd ei gymeradwyo gan ei Brif Gwnstabl a'r llysoedd saith o weithiau yn ystod ei gyfnod yn y job. Plisman da, yn ôl pob golwg, ond bydd angen gwneud ymholiadau eang i'r achosion mawr y bu'n gweithio arnyn nhw, yn ogystal â'i fywyd personol. Efallai fod cysylltiad rhwng ei lofruddiaeth a'i yrfa, efallai ddim. Ond bu Ditectif Sarjant McVey yn dditectif gwnstabl a ditectif sarjant mewn sawl ardal o Fanceinion. Bu'n sarjant ar Gangen Dwyll y llu, ac yn ddiweddarach yn dditectif sarjant yn Adran Safonau Proffesiynol Heddlu Manceinion, cyn iddo ymddeol. Dychmygwch faint o elynion y gallai o fod wedi'u gwneud dros y blynyddoedd.'

Roedd datganiad Lowri wedi hoelio sylw pawb yn y gynulleidfa. Cymerodd y Ditectif Uwch-arolygydd eiliad i fwrw golwg yn araf o amgylch y gynhadledd. Edmygodd Jeff ei dawn i hoelio sylw llond ystafell o dditectifs profiadol – roedd hi'n sicr yn arweinydd da, a dechreuodd deimlo'n euog am esgeuluso'i waith ar yr ymchwiliad.

'Felly, lle mae hyn i gyd yn ein gadael ni?' parhaodd Lowri. 'Mi fydda i'n gyrru timau i Fanceinion er mwyn gwneud ymholiadau i waith y cyn-Dditectif Sarjant Vic McVey, ynghyd ag ymholiadau i'w fywyd personol, ei ffrindiau, ei deulu ac ati. Mi fydd y gweddill ohonoch chi'n parhau i weithio yn ardal Cwm Ceirw, yn delio â chanlyniadau'r profion yn dilyn ymdrechion y tîm Lleoliadau Trosedd. Unrhyw gwestiynau?'

Cododd Jeff ei fraich o gefn yr ystafell, a chafodd wahoddiad i siarad.

'Nid cwestiwn ydi hwn,' dechreuodd, 'Ond gair o rybudd.'

Trodd pawb er mwyn edrych yn ôl arno'n chwilfrydig.

'Mi gwrddais i â Vic McVey tua thair blynedd yn ôl, yn ystod ymchwiliad mawr. Daeth yn amlwg i ni'r adeg honno fod nifer fawr o blismyn a swyddogion anonest ym Manceinion – roedd Vic wedi bod yn ymchwilio i'w hymddygiad yn ystod ei amser yn Adran Safonau Proffesiynol y llu. Chredwch chi byth faint o blismyn o bob rheng oedd yn cael eu hamau o fod yn llwgr. Bydd angen i mi drafod y busnes hwnnw efo chi, Dditectif Uwch-arolygydd, ond hoffwn i bwy bynnag sy'n mynd i wneud yr ymholiadau ym Manceinion fod yn ymwybodol o'r trafferthion mewnol yno. A deud y gwir, does dim posib gwybod pwy fedrwch chi'u trystio.'

'Cyngor da,' meddai Lowri. 'Ac os fydd gan rywun achos i amau hygrededd unrhyw blismon yn llu Manceinion, dewch i fy ngweld i ar unwaith, os gwelwch yn dda. Diolch yn fawr i chi.'

Ar ôl cloi'r gynhadledd, trodd Lowri at Jeff.

'Ditectif Sarjant Evans. I'm swyddfa fi ar unwaith, os gwelwch yn dda.'

Yn ei swyddfa eisteddodd Lowri a Sonia i lawr a gwnaeth Jeff yr un fath.

'Reit, Ditectif Sarjant Evans. Gobeithio i'r nefoedd fod ganddoch chi rwbath gwerth chweil i'w ddeud.'

Sythodd Jeff yn ei gadair ac edrych ar Sonia a Lowri o'r naill i'r llall.

'Heddiw, mae fy ymchwiliad i'r "fân drosedd", fel y galwoch chi hi, o werthu fêps canabis i blant ysgol, a'r ymchwiliad i lofruddiaeth Vic McVey, wedi uno. Wel, yn fy marn i, beth bynnag.'

Edrychodd Lowri a Sonia ar ei gilydd.

'Rydan ni'n glustiau i gyd,' meddai Lowri.

'Mi gofiwch chi'r ymchwiliad i lofruddiaeth dynes o'r enw Glenda Hughes yma yng Nglan Morfa dros dair blynedd yn ôl bellach – chi oedd pennaeth yr ymchwiliad.'

Nodiodd Lowri ei phen mewn cadarnhad.

'Dyna pryd y des i ar draws dyn a oedd, bryd hynny, yn Dditectif Brif Uwch-arolygydd ym Manceinion. Benjamin Adams oedd ei enw o.'

'Mae'r achos yn dod yn ôl i mi,' meddai Lowri. 'Fo ddaru fy ffonio fi yng nghanol yr ymchwiliad i fy rhybuddio i gadw draw oddi wrth ryw achos roedd o'n ymchwilio iddo ym Manceinion. Doedd o ddim yn gais bonheddig iawn ei natur, os dwi'n cofio'n iawn.'

'Roedd o'n llai bonheddig byth efo fi yn hwyr un noson ar y traeth, pan bwyntiodd o wn at fy mhen i er mwyn cael ei ddwylo ar gof bach oedd yn llawn gwybodaeth am blismyn llwgr Manceinion. Roedd ei enw o ar y rhestr, mwy na thebyg.'

'Mi roddoch chi gof bach gwahanol iddo, os dwi'n cofio'n iawn, a rhoi'r un cywir i uwch-swyddogion Heddlu Manceinion.'

'Dyna chi,' atebodd Jeff, gan rannu'r hyn ddywedodd y Dirprwy wrtho i esbonio pam nad oedd ymchwiliad mewnol wedi bod i ymddygiad Adams yn Heddlu Manceinion.

Nodiodd Lowri. 'Ond be sydd gan hyn i'w wneud â chorff Victor McVey?'

'Mi wnes i gyfarfod â Vic yn ystod yr ymchwiliad hwnnw, a ganddo fo y ces i'r wybodaeth am y gangiau ym Manceinion. Mi eglurodd o fod nifer o swyddogion yr heddlu ar eu llyfrau, a bod gan un o'r gangiau restr o'r cwbwl ar gof bach. Mi oedd McVey ac Adams yn siŵr o fod wedi dod ar draws ei gilydd yn eu hamser yn yr heddlu.'

'Be ydi'r cysylltiad efo corff McVey?'

'Enw'r dyn sy'n gwerthu'r fêps yn Ysgol Glan y Don ydi David Sydney Smith, a fo roeddan ni'n ei ddilyn heddiw. Mi ddaru o gyfarfod car arall, BMW llwyd â'r rhif cofrestru MS70 PYA, ger y traeth amser cinio heddiw, a throsglwyddwyd tri bocs gweddol fawr o fŵt hwnnw i mewn i fan Transit Smith. Fyswn i'n meddwl mai mwy o fêps oedd yn y bocsys. Wnaethon ni ddim ymyrryd, er mwyn gallu olrhain ffynhonnell wreiddiol y fêps drwy ddilyn y BMW. Mi aeth hwnnw o Lan Morfa yn ôl i Fanceinion, yn syth i swyddfeydd yn John Gilbert Way, Trafford Park, sy'n cael eu defnyddio gan gwmni o'r enw Systems Security Ltd. Cwmni Benjamin Adams ydi hwnnw.'

'Wel, mae 'na gysylltiad, dwi'n derbyn hynny, ond dydi o ddim yn un cryf,' meddai Lowri.

Roedd Jeff wedi disgwyl ymateb mwy positif. 'Wel, o leia mae 'na gysylltiad rhwng McVey a'r ardal 'ma rŵan – un na fedrwn ni ei anwybyddu. I fod yn berffaith onest efo chi, mi fysa'n annoeth anwybyddu'r cysylltiad.'

'Dwi'n cytuno,' meddai Sonia. 'Fel hyn mae ymchwiliadau'n agor allan i bob math o gyfeiriadau, a does wybod be ddaw o ddilyn y trywydd yma.'

'Reit, dyna wnawn ni, felly. Jeff, dwi'n rhoi caniatâd i chi ymchwilio ymhellach i'r posibilrwydd bod cysylltiad yn y fan yma. I ffwrdd â chi.'

Cododd Jeff a cherddodd allan heb air arall. Gwenodd wrth fynd trwy'r drws. Roedd y cerdyn gwyllt yn ôl yn ei le. Roedd Lowri wedi'i alw'n 'Jeff' hefyd – cam arall ymlaen.

'Be dach chi'n feddwl?' gofynnodd Sonia, ar ôl i Jeff adael.

'Welais i rioed ddyn yr un fath â fo,' atebodd Lowri. 'Tasa Jeff Evans yn disgyn i mewn i bwced o faw, mi fysa fo'n dod allan yn lân.'

Chwarddodd y ddwy.

Pennod 20

Roedd Meira wedi treulio rhan o'r prynhawn yn y cartref lloches. Pan gyrhaeddodd hi yno, roedd Annie a thair o ferched eraill yn sgwrsio yn y lolfa, felly dewisodd beidio â tharfu arni. Aeth i chwilio am reolwr y cartref, Gwenda Lloyd – roedd Meira wedi dod ar draws Gwenda yn ystod ei hyfforddiant, ond dyma'r tro cyntaf i'r ddwy gael cyfle i gydweithio, ac roedd Meira'n edrych ymlaen i gael elwa ar brofiad helaeth y rheolwr. Eisteddodd y ddwy ym mhen pellaf y lolfa fawr, allan o glyw'r merched eraill.

Edrychodd Meira o'i chwmpas, gan edmygu'r ffordd roedd yr ystafell wedi'i gosod, efo'r cadeiriau cyfforddus mewn clystyrau fel bod modd cael sgwrs breifat, trafodaeth grŵp neu lonydd i fyfyrio.

'Sut wyt ti'n setlo yn dy swydd newydd, Meira?' gofynnodd Gwenda. 'Mae'n syndod sut mae'r misoedd yn fflio heibio – ro'n i wedi gobeithio cael cyfle i sgwrsio efo chdi'n gynt na hyn i weld sut wyt ti'n ymdopi efo'r gwaith.'

'Da iawn, dwi'n meddwl. Mi oedd yn anodd ar y dechra, gan 'mod i wedi bod adra efo'r plant mor hir, ond wedi deud hynny dwi wir yn mwynhau. Dwi 'di cael agoriad llygad ers i mi ddechra gweithio i Coledd faint o gamdriniaeth ddomestig sydd o'n cwmpas ni. Ges i rywfaint o brofiad o'r peth pan o'n i'n plismona yn Lerpwl, ond wnes i erioed feddwl fod cymaint ohono'n digwydd mewn ardal fel Glan Morfa.'

'Ti'n iawn. Dwi'n siŵr dy fod di wedi clywed yr ystadegau yn ystod dy gyfnod prawf – un allan o bob pum person yn y wlad 'ma yn diodda camdriniaeth ddomestig o ryw fath, a merched ydi'r rhan fwyaf ohonyn nhw. Mae'r hyn sy'n digwydd y tu ôl i ddrysau caeedig yn ddychrynllyd, ac fel ti wedi gweld erbyn hyn, dwi'n siŵr, tydi pob dioddefwr ddim yn ffitio i'r stereoteip o rywun sy'n cael ei gam-drin. Y mwya llwyddiannus ydi dynes, yn aml iawn, y lleia tebygol ydi hi o ddeud be sy'n mynd ymlaen, hyd yn oed wrth deulu a ffrindiau.'

'Pam hynny, tybed? Ai cywilydd ydi'r rheswm?'

'Ella wir,' atebodd Gwenda. 'Ond cofia, tydi camdriniaeth ddim bob amser yn golygu ymosodiad corfforol, fel y dysgist ti o dy hyfforddiant. 'Dan ni'n gweld mwy a mwy o reolaeth drwy orfodaeth a chamdriniaeth ariannol y dyddia yma, sydd weithia yr un mor niweidiol â chleisiau. Mae Annie druan yn esiampl o bob un o'r elfennau hynny.'

'Ydi, druan ohoni. Ond o leia ma' hi'n saff rŵan.'

'Diolch i ti mae hynny. Yli, ella y cei di alwad i fynd i weld un o'r rheolwyr yn y pencadlys wsnos nesa, i drafod achos Annie a sut y daeth hi yma. Mi fyddi di'n siŵr o gael row am dorri i mewn i'r tŷ heb ffonio am yr heddlu i ddod i dy gefnogi di gynta. Jyst ymddiheura a deud y gwnei di sticio at y rheolau y tro nesa. Ond mi wnest ti'r peth iawn, 'sti. 'Dan ni angen staff fel chdi sy ddim ofn torri rhyw reol neu ddwy er lles y bobol 'dan ni i fod i'w gwarchod.'

Fel Jeff, ystyriodd Meira, gan wenu iddi'i hun.

'Diolch, Gwenda. Dwi'n falch 'mod i wedi medru gwneud gwahaniaeth.' Edrychodd Meira o'i chwmpas. 'Faint o ferched sydd yn fama ar hyn o bryd?' gofynnodd.

'Tair ar ddeg, yn cynnwys Annie. Merched o bob oed – pedair ar bymtheg ydi'r fenga yma ar hyn o bryd, a'r hynaf yn ei chwedegau. Mae 'na saith o blant yma hefyd – fel y gwyddost ti o achos Annie, rydan ni'n ddigon parod i dderbyn plant y dioddefwyr. Ond tasa Adam ddwy flynedd yn hŷn, fysan ni ddim wedi medru gadael iddo fo ddod yma efo'i fam a'i chwaer – tydan ni ddim yn derbyn hogia dros un ar bymtheg, am resymau amlwg. Ma' nhw'n dechra edrych fel dynion yn yr oed hwnnw, ac mi fedri di feddwl sut fysa hynny'n dychryn ac ypsetio rhai o'n cleientiaid ni, a hwn i fod yn lle saff.'

'Ond plant ydyn nhw o hyd, ar ddiwedd y dydd, 'de? Ac yn yr achos yma, ma' raid i ni eu gwarchod nhw rhag ofn i bartner Annie gael gafael arnyn nhw. Sôn am Annie, sut mae hi'n setlo? Mae hi wedi bod yma am ddeuddydd erbyn hyn, yn do?'

'Yn araf, fel y rhan fwya sy'n dod yma. Mae'r newid, er mai newid da ydi o, yn anodd ym mhob ystyr. Mae penderfynu gadael cartref treisgar yn cymryd lot fawr o nerth, ac mae'r cleientiaid yn aml yn teimlo'n gaeth yma i ddechra. Ond mi ddaw hi. Dwi'n falch o'i gweld hi'n dechra sgwrsio – mae hynny'n beth da, gan fod pawb yma wedi mynd drwy brofiad tebyg. Mae siarad efo rhywun sy'n dallt be ti wedi bod drwyddo yn aml yn bwysicach na chwnsela ffurfiol.'

'Faint ohonyn nhw sy'n fodlon gwneud cwyn i'r heddlu am eu partneriaid, Gwenda?'

'Canran fechan, gin i ofn, am sawl rheswm. Ofn, a diffyg hyder yn yr heddlu a'r llysoedd ydi'r ddau reswm pennaf. Dwi wedi gweld achosion lle mae'r heddlu'n deud na fedran nhw wneud dim heb brawf corfforol o ymosodiad, ac ma' hi'n aml yn cymryd misoedd neu hyd yn oed flynyddoedd i'r achos ddod o flaen y llys. Ti'n gweld pam nad ydi'r merched isio mynd drwy hynny tra maen nhw'n trio adeiladu bywyd newydd iddyn nhw'u hunain.'

'Sut fedra i annog Annie i wneud cwyn i'r heddlu yn erbyn Smith? Mi wn i nad ydan ni i fod i ddylanwadu ar y cleientiaid, ond mae'r boi Smith 'na'n haeddu cael ei gloi i fyny am be wnaeth o iddi.'

'Fedri di ddim. Ma' hi angen amser, ac o 'mhrofiad i, mae siarad efo dynes sydd wedi gwneud cwyn am ei phrofiad ei hun yn help i berswadio rhywun i gymryd y cam. Mae 'na un neu ddwy yma sy'n mynd drwy'r broses ar hyn o bryd – mi wna i'n siŵr fod Annie'n cael digon o gyfle i dreulio amser efo nhw. Fedra i ddim gwneud mwy na hynny, sori, Meira.'

'Dwi'n dallt,' atebodd Meira. 'Ma' hi'n sefyllfa rwystredig ...'

'Yli, be am i ni fynd draw at Annie a'r lleill,' awgrymodd Gwenda.

Annie oedd yr unig un o'r merched oedd ag olion amlwg trais ar ei chorff, ond gwyddai Meira nad oedd hynny'n golygu dim.

'Gawn ni ymuno â chi?' gofynnodd Gwenda.

Wrth eistedd yn gwrando ar y merched yn sgwrsio, penderfynodd Meira beidio â cheisio cael sgwrs efo Annie ar ei phen ei hun y diwrnod hwnnw. Doedd hi ddim am bwyso arni i wneud unrhyw fath o gŵyn yn erbyn Dave Smith, waeth beth roedd Jeff am iddi ei wneud.

Pennod 21

Yn ddiweddarach y noson honno ceisiodd Jeff ddadansoddi digwyddiadau'r diwrnod. Oedd marwolaeth Vic McVey yn gysylltiedig â'r ymholiadau roedd o wedi'u gwneud i fusnes y fêps a David Sydney Smith? Roedd gormod o gyd-ddigwyddiadau, a doedd Jeff ddim yn credu yn y fath bethau. Dim fel rheol, beth bynnag.

Roedd tair blynedd ers iddo gyfarfod Ditectif Sarjant Vic McVey mewn caffi archfarchnad ar gyrion Caer. Y diwrnod hwnnw roedd Vic wedi bod yn ofalus iawn i sicrhau nad oedd o wedi cael ei ddilyn yno, a hynny oherwydd ei fod yn ymwybodol fod y gwaith ymchwil roedd o'n ei wneud yn ddamniol iawn i nifer o blismyn ac uwch-swyddogion ei lu, yn cynnwys y Ditectif Brif Uwcharolygydd Benjamin Adams. Yr un Adams oedd, erbyn hyn, yn gysylltiedig â Systems Security Ltd yn Trafford Park.

Doedd Jeff ddim yn hapus ar ôl y cyfarfod cyntaf hwnnw â McVey. Roedd o wedi cael rhyw deimlad y dylai fod yn wyliadwrus ohono – roedd ei ymddygiad wedi'i wneud o'n amheus, ond amheus o be, doedd Jeff dim yn siŵr. Oedd McVey ei hun yn un o'r plismyn anonest? Chafodd o ddim rheswm i ddrwgdybio McVey yn ystod yr ymchwiliad hwnnw. Benjamin Adams oedd y drwg yn y caws, ond doedd o ddim wedi wynebu unrhyw gyhuddiadau. Lle oedd hynny wedi gadael McVey? Oedd McVey yn un o ddynion Adams drwy'r adeg? Yn dilyn ei lofruddiaeth roedd yn rhaid gofyn y cwestiwn hwnnw.

A beth am y cysylltiad rhwng David Sydney Smith ac Adams? Roedd y BMW llwyd wedi mynd yn syth oddi wrth Smith at ddrws cwmni yr oedd Adams yn berchen arno. Oedd hynny'n golygu bod Adams ynghlwm â'r ymgyrch i gyflenwi'r hylif fêpio i blant ysgol?

Trodd meddwl Jeff at Annie Goodwin. Roedd hi, yn ogystal â Smith, wedi dod i ardal Glan Morfa o Fanceinion, ac roedd posibilrwydd cryf fod y tri yn adnabod ei gilydd ym Manceinion ar un adeg. Er gwaethaf sefyllfa argyfyngus Annie druan, roedd yn rhaid iddo'i chynnwys hithau yn ei ymholiadau. Sut fyddai Meira'n ymateb i hynny, tybed? A sut fyddai ei phenaethiaid yn Coledd yn cymryd y newyddion, o gofio bod gwaith Meira'n gyfrinachol? Mi fydden nhw'n sicr o sylweddoli goblygiadau'r ffaith fod un o'u swyddogion nhw yn briod â ditectif, ac yn siŵr o ddyfalu faint roedd y ddau ohonyn nhw'n drafod ar waith pan oedden nhw adref. Wedi deud hynny, roedd angen darganfod llofrudd Vic McVey, a dyna oedd y flaenoriaeth.

Yn ddiweddarach y noson honno, Meira ddechreuodd y sgwrs fyddai'n debygol o arwain at ddadl.

'Wela i ddim llawer ohonat ti, na wnaf, rŵan dy fod di'n gorfod canolbwyntio ar yr ymchwiliad i'r llofruddiaeth 'ma.'

Anadlodd Jeff yn drwm. Dyma'r ail waith iddi godi'r mater.

'Fedra i ddim gwneud llawer ynglŷn â hynny,' atebodd. 'Ac fel dwi wedi deud o'r blaen, ti'n gwybod yn iawn fod yr achos yn cael blaenoriaeth dros bob dim arall ...'

'Ydi, mi wn i, a hynny'n cynnwys dy deulu di.'

Anwybyddodd Jeff ei sylw. 'Yn enwedig gan mai

plisman ydi'r dioddefwr,' ychwanegodd. Roedd o wedi amau y byddai datganiad o'r fath yn dal ei sylw hi, ac roedd o'n iawn.

'Plisman? Rargian, Jeff, wnest ti ddim sôn mai plisman oedd wedi cael ei fwrdro.' Roedd ei syndod hi'n amlwg.

'Heddiw ddaeth hynny i'r amlwg. Nid un o'r llu yma oedd o,' ychwanegodd, 'ond ditectif sarjant o Fanceinion. Rhywun ro'n i wedi gweithio chydig efo fo, fel mae'n digwydd. Mi gafodd o'i saethu yn ei dalcen.' Penderfynodd beidio â sôn am gyflwr gweddill y corff. 'Gyda llaw, mae Sonia'n ymddiheuro nad ydi hi wedi bod yma'n dy weld di eto. Ma' hi'n deud y daw hi draw cyn gynted â phosib.'

'Druan o deulu pwy bynnag ydi'r plisman anffodus. Mi fydda i'n meddwl am yr heddlu fel rhyw fath o gymuned, a bob tro mae 'na rwbath fel hyn yn digwydd dwi'n teimlo drostyn nhw. Ma' hi'n gallu bod yn job beryg, fel dwi'n gwybod yn iawn ar ôl blynyddoedd o boeni amdanat ti.'

'Mae hynny'n ddigon gwir. Ond mae 'na dda a drwg yn yr heddlu, yn enwedig yn y dinasoedd mawr 'ma, cofia.'

'Be ti'n feddwl?'

'Wel, mae'n bosib y bydd cysylltiad rhwng yr achos yma a phlismyn anonest ym Manceinion. Ac yn fwy na hynny, ella bod 'na gysylltiad rhwng y llofruddiaeth ac Annie Goodwin. Wn i ddim ar hyn o bryd sut bydd petha'n datblygu, ond mae 'na bosibilrwydd y bydd raid i ni ei chyfweld hi er mwyn dysgu be mae hi'n wybod am faterion ym Manceinion sy'n mynd yn ôl i'r amser pan oedd hi'n byw yno.'

'Sut felly?' gofynnodd Meira, wrth geisio dadansoddi'r datganiad.

'Mae 'na gysylltiad posib rhwng David Sydney Smith ac un o'r plismyn anonest ym Manceinion. 'Dan ni'n amau mai o safle un o gwmnïau'r plisman hwnnw mae'r hylif canabis yn dod. Ac mi oedd gan y dyn a laddwyd gysylltiad efo'r plisman anonest hefyd.'

'Swnio i mi, Jeff, fel tasat ti'n trio tynnu Annie Goodwin i mewn i hyn ar sail wan iawn.'

'Gwan neu beidio, Meira, mae o'n ddigon i ni ofyn am gael gair efo hi.'

Cymerodd Jeff ugain munud i esbonio'r cyfan roedd o wedi'i ddysgu am bawb: y ffeithiau, y dybiaeth, y dyfaliadau a'r syniadau. Gwrandawodd Meira yn astud heb dorri ar ei draws.

Wedi iddo orffen, ochneidiodd Meira. Roedd ganddi ddigon o brofiad i sylweddoli'r goblygiadau.

'Dwi'n teimlo'n hynod o anghyfforddus yng nghanol hyn i gyd, Jeff. Dim ond ers rhai misoedd dwi'n gweithio i Coledd, a dwi mewn lle cas yn barod oherwydd bod dy waith di a 'ngwaith i'n tynnu'n groes.'

'Be 'di'r ateb felly, Meira?'

'Wn i ddim.' Oedodd am hir, gan rwbio'i thalcen. 'Dwi'n gweld dy bwynt di,' meddai o'r diwedd. 'Mi ga' i air efo Annie fory i drio'i pharatoi hi, ond dim ond os ydi fy mhennaeth i'n cytuno.'

'Mae hynny'n ddigon da gen i. Diolch.'

Canodd ffôn Jeff, a gwelodd enw Oscar Ifans, Swyddog Cyswllt yr ysgolion.

'Ddrwg gen i dy boeni di gyda'r nos fel hyn, Jeff. Dydw i ddim wedi cael cyfle i dy ffonio di tan rŵan, ond ro'n i'n meddwl y bysat ti'n lecio cael gwybod bod y boi Smith 'ma mae gen ti ddiddordeb ynddo fo wedi bod yn holi rownd yr athrawon yn yr ysgol am Adam a Claire, plant Annie Goodwin. Wrth gwrs, chafodd o ddim ateb gan neb. Mae o wedi bod yn gweld un neu ddwy o ffrindiau Annie yn y dre hefyd, i ofyn lle maen nhw, a bod yn reit fygythiol efo nhw pan gafodd o "na" fel ateb. Ar ben hynny, mae o wedi bod yn gwneud niwsans ohono'i hun yng ngwesty Plas Llifon, lle roedd Annie'n arfer gweithio.'

'Dydi hynny ddim yn fy synnu fi, Oscar. Mae ganddo fo hanes digon anghynnes.'

'Dydi o ddim wedi bod yn ei waith drwy'r dydd ers chydig ddyddiau chwaith. Gan mai fo ydi'r gofalwr mae o'n cael rhyddid i fynd a dod, ond mae'n amlwg ei fod o'n diflannu i rwla bob hyn a hyn.'

'Siŵr gen i mai mynd i chwilio am Annie a'r plant mae o. Diolch i ti am yr wybodaeth, Oscar. Os clywi di ragor, cofia adael i mi wybod.'

Gorffennodd yr alwad, a throi at ei wraig. 'Glywaist ti hynna?'

'Dwi'n meddwl 'mod i wedi dal y rhan fwya. Mae o'n gwneud ei orau i gael gafael arni.'

'Well i ti riportio hynny i dy bennaeth ac i'r lloches,' awgrymodd Jeff. 'Mae David Sydney Smith yn ddyn peryg iawn, felly dwi isio i ti fod yn ofalus. Coelia fi, does dim angen fawr o ddychymyg iddo fo roi dau a dau at ei gilydd a sylweddoli be sydd wedi digwydd i Annie a'r plant. Fedra i 'mo'i arestio fo, ddim heb gŵyn gan Annie, ond mi wna i fy ngorau i'w gael o am fusnes y fêps. Yn y cyfamser, mi fydd ei draed o'n rhydd. Gwna dy orau i berswadio Annie, wir.'

'Mi wna i, ond paid â chodi dy obeithion. Lles Annie Goodwin ydi'n blaenoriaeth ni o hyd.'

Pennod 22

Cyrhaeddodd Jeff yr orsaf yn gynnar y bore canlynol. Fel arfer, treuliodd ddeng munud cyntaf y dydd yn y ddalfa ac yn yr ystafell reoli, ac roedd ar fin gorffen darllen am achosion y noson cynt pan dynnwyd ei sylw gan adroddiad am ddigwyddiad yng ngwesty Plas Llifon yng nghanol y dref am hanner awr wedi un ar ddeg. Gwnaeth y staff alwad frys i'r heddlu i adrodd bod dyn wedi dod i mewn i'r gwesty ac yn bygwth y staff. Darllenodd Jeff yr adroddiad: enw'r dyn oedd David Sydney Smith, ac roedd o wedi gadael y safle cyn i'r heddlu gyrraedd. Yn anffodus doedd dim mwy o wybodaeth yn y ffeil, ac roedd y plismyn a ddeliodd â'r mater wedi gorffen eu shifft. Oedd o'n cofio'n iawn fod Smith wedi bod yn creu niwsans ohono'i hun yn y gwesty o'r blaen, wrth holi am Annie Goodwin? Byddai'n rhaid iddo ddarganfod mwy am y peth, ond roedd yn rhaid i hynny aros gan fod ganddo fwy na digon ar ei blât heddiw.

Ni ddigwyddodd llawer yn y gynhadledd y bore hwnnw – roedd pawb yn ymwybodol o'r darganfyddiadau newydd, a phenderfynwyd pa dimau fyddai'n mynd i Fanceinion i wneud ymholiadau.

Ar ôl i'r cyfarfod orffen aeth Lowri i swyddfa Jeff, oedd yn brysur yn llwytho popeth a wyddai am David Sydney Smith ar system gyfrifiadurol llofruddiaeth Vic McVey.

'Dwi wedi bod yn effro am y rhan fwya o'r nos neithiwr yn meddwl am y cysylltiadau dach chi wedi'u gwneud rhwng McVey, Adams, Smith a phwy bynnag oedd yn y BMW,' meddai wrtho.

'Dwi'n falch o glywed bod ganddoch chi gymaint o ddiddordeb,' atebodd Jeff gyda gwên.

'Pa mor dda oeddach chi'n nabod McVey, Jeff?' gofynnodd Lowri.

'Dim yn dda iawn. Mi wnes i ei gyfarfod o tua ugain mlynedd yn ôl ar y cwrs hyfforddi y soniais i amdano fo, pan dorrodd o'i fraich, ac yna yng nghyffiniau Caer yn ystod yr ymchwiliad i lofruddiaeth Glenda Hughes.'

'Wnaethoch chi gysylltu efo'ch gilydd ar ôl i chi ei gyfarfod o yng Nghaer?'

'Dim ond ar y ffôn. Roedd o'n mynnu 'mod i'n ei ffonio ar ei ffôn symudol yn hytrach na rhif ffôn ei swyddfa, oedd yn synhwyrol o ystyried be roedd o'n ymchwilio iddo yn ei waith bob dydd. Mi ges i'r teimlad ei fod o'n gwneud pwynt o symud oddi wrth unrhyw un arall oedd o fewn ei glyw bob tro ro'n i'n ei ffonio.'

'Dwi'n meddwl fod hynny'n beth naturiol i rywun yn yr Adran Safonau Proffesiynol ei wneud. Ydach chi'n meddwl ei bod yn debygol ei fod o ei hun yn llwgr?'

'Dwi wedi bod yn ystyried hynny. Mi wnaeth y peth groesi fy meddwl i ar y pryd, ond wn i ddim. Yr unig beth ddeuda i ydi bod ei ymddygiad o yng Nghaer wedi 'nharo fi'n od. Ro'n i wedi cyrraedd maes parcio'r archfarchnad lle roeddan ni wedi trefnu i gyfarfod o'i flaen o, felly mi welais i o'n gyrru i mewn. Mi yrrodd ei gar o gwmpas y maes parcio sawl gwaith, yn ôl ac ymlaen, cyn parcio.'

'Mesurau gwrth-wyliadwriaeth?' awgrymodd Lowri.

'Ia, yn sicr, ond pam?' atebodd Jeff. 'Doedd neb arall yn gwybod ein bod ni'n mynd i gyfarfod yno. Roedd o'n nerfus iawn yn ystod ein cyfarfod ni hefyd, yn edrych i bob cyfeiriad wrth i ni siarad, a sibrwd oedd o ar hyd yr amser, fel tasa fo'n trio gwneud yn siŵr nad oedd neb yn gwrando arnon ni.'

'Be oeddech chi'n ei drafod?'

Rhoddodd Jeff grynodeb o'r cyfarfod i Lowri.

'Ddigwyddodd 'na rwbath yn ddiweddarach yn yr ymchwiliad i wneud i chi amau ei onestrwydd?'

'Naddo, dim byd.'

'Reit. Dwi'n cofio'r alwad ffôn honno ges i gan y Ditectif Brif Uwch-arolygydd Benjamin Adams o'r Adran Droseddau Difrifol pan aeth rhai o'n ditectifs ni i Fanceinion. Chawson nhw ddim llawer o groeso yno, ac mi wnaeth Adams fy rhybuddio i gadw'n glir. Yr un achos oedd hwnnw, yntê?'

'Ia, ac Adams sydd wedi dod i'n sylw fi eto y tro yma.' Treuliodd Jeff rai munudau'n esbonio'r hyn ddywedodd y Dirprwy wrtho'r diwrnod cynt ynglŷn â'r achos, a pham na chafodd Adams ei gyhuddo.

'A chofiwch,' parhaodd Jeff, 'er bod McVey yn gweithio i'r Adran Safonau Proffesiynol pan wnes i ei gyfarfod o yng Nghaer y diwrnod hwnnw, roedd o wedi bod yn aelod o Sgwad Troseddau Difrifol y llu cyn hynny.'

'A mwy na thebyg wedi gweithio dan arweinyddiaeth Adams yn fanno.'

'Yn union. Ydach chi'n gweld rŵan pam 'mod i'n cysylltu Smith ac Adams? McVey, oedd yn gweithio efo Adams ar un cyfnod, yn cael ei ladd yn yr ardal hon, a Smith, sy'n byw yng Nglan Morfa, yn cyfarfod dau ddyn sy'n gyrru'n syth i adeilad y mae Adams yn gysylltiedig â fo yn ochrau Manceinion.'

'Ond mae'r cysylltiad rhwng Smith a McVey yn denau iawn, a does 'na ddim tystiolaeth fod McVey ac Adams wedi cyfarfod ei gilydd ar ôl i'r ddau ohonyn nhw ymddeol o'r heddlu. Gawn ni droi at Smith, felly. Oes 'na bosibilrwydd y gwnaiff Annie Goodwin gŵyn yn ei erbyn, er mwyn cael y diawl oddi ar y strydoedd?'

'Mae hi wedi gwrthod hyd yma, ond mae Meira'n mynd i'w gweld hi yn rhinwedd ei swydd ryw dro heddiw er mwyn gofyn ydi hi wedi ailystyried gwneud datganiad yn ei erbyn. Y teimlad dwi'n ei gael ydi na wneith hi ddim.'

'Os felly,' awgrymodd Lowri, 'be am arestio Smith dan amheuaeth o gael ei gyflogi gan yr ysgol a'r Cyngor Sir trwy dwyll? Mi wnaeth o roi manylion ffug er mwyn osgoi profion y Gwasanaeth Datgelu a Gwahardd. Fysa hynny'n rhoi rheswm i ni chwilio trwy ei dŷ a'i eiddo fo am yr hylif fêps llygredig 'ma, ac ella y cawn ni rwbath arall yno tra 'dan ni wrthi.'

'A chyfle i'w holi am Adams ella,' atebodd Jeff. 'Dwi'n cytuno, ond be am aros i weld be fydd gan Meira i'w ddeud gynta? Fysa datganiad gan Annie Goodwin yn rhoi llawer mwy o sylwedd i unrhyw ymchwiliad ... digon i'w gyhuddo fo a'i gadw ar remand, ella? O leia mi fysa fo allan o'r ffordd wedyn. Mi yrra i Ditectif Gwnstabl Owain Owens i holi adran Adnoddau Dynol y Cyngor Sir am y gwaith papur sy'n cynnwys y manylion ffug ddefnyddiodd David Sydney Smith i wneud cais am y swydd.'

Pennod 23

'Sut wyt i'n teimlo erbyn hyn, Annie?' gofynnodd Meira.

Roedd Meira wedi dechrau holi Annie Goodwin yn syth ar ôl cyrraedd y lloches ganol y bore, ond roedd wedi cael gorchymyn gan ei phenaethiaid yn Coledd i beidio â phwyso gormod arni. Gwyddai nad oedd ganddi ddewis ond ufuddhau, waeth beth roedd Jeff eisiau iddi ei wneud.

Doedd dim golwg o Annie yn y lolfa pan gyrhaeddodd Meira, a gwrthododd ddod i lawr y grisiau. Pan gnociodd Meira yn ddistaw ar ddrws ei hystafell wnaeth hi ddim ateb chwaith, a bu'n rhaid iddi gnocio'n uwch a galw enw Annie cyn penderfynu agor drws yr ystafell yn araf. Eistedd mewn cadair esmwyth yn edrych allan drwy'r ffenest oedd Annie, a wnaeth hi ddim hyd yn oed codi'i phen pan gerddodd Meira i mewn. Doedd hi, yn amlwg, ddim mewn hwyl i sgwrsio.

'Yn union fel carcharor,' meddai ar ôl oedi'n hirach nag oedd angen.

'Carcharor?' Cofiodd Meira fod Gwenda, rheolwr y lloches, wedi sôn nad oedd hyn yn beth anghyffredin.

'Ia. Dwi a'r plant yn teimlo fel tasan ni'n cael ein cosbi drwy gael ein cloi i fyny yn y lle 'ma tra mae Dave, yr un sydd wedi achosi hyn i gyd, yn mwynhau ei fywyd fel tasa 'na ddim byd o'i le.'

'Mi wyt ti yma er mwyn gwneud yn siŵr dy fod di'n saff, Annie,' atebodd Meira mor dyner ag y gallai. 'Dyna'r peth pwysicaf ar hyn o bryd. Dwi'n meddwl ein bod ni'n dwy'n dallt hynny.'

Roedd Meira wedi dysgu drwy ei hyfforddiant fod profiad pob dioddefwr o gam-drin domestig yn wahanol, a bod y dyddiau cyntaf mewn lloches yn ysgogi emosiynau pwerus. Roedd dod i delerau efo'r ffaith fod ei bywyd wedi'i droi ben i waered dros nos yn mynd i fod yn anodd i Annie druan, heb sôn am symud ymlaen i ddadansoddi popeth oedd wedi digwydd iddi dros y blynyddoedd diwethaf a pham. Gwyddai Meira fod ei chefnogaeth hi yn mynd i fod yn allweddol yn adferiad Annie, ond eto, roedd hi'n ymwybodol na allai hi gynnig ateb i bob cwestiwn. Beth petai Annie'n gofyn beth oedd yn mynd i ddigwydd iddi pan fyddai'n bryd iddi adael y lloches, neu sut roedd hi'n mynd i sicrhau nad oedd Smith yn cael dod yn agos ati hi a'r plant? Fyddai ganddi ddim ateb i'r cwestiynau hynny.

'Dwi ofn,' meddai Annie o'r diwedd, yn ddistaw ac yn ansicr. 'Dwi ddim yn ddigon cryf i sefyll i fyny yn y llys, a fo yno'n edrych arna i.'

'Mae 'na fodd i ni wneud yn siŵr na fysa hynny'n digwydd,' atebodd Meira. 'Ond does 'na ddim angen i ti fod ofn. Ti'n saff yn fama – chdi a'r plant – ac mae gen ti gyfle i gryfhau a dod atat dy hun, yn feddyliol ac yn gorfforol. Ar ôl hynny, mi gawn ni siarad am y dyfodol.' Oedodd Meira i atgyfnerthu ei phwynt. 'Does 'na ddim brys o gwbwl,' ychwanegodd, ac er ei bod yn ysu i'w hannog i roi datganiad i'r heddlu fyddai'n arwain at garcharu Smith, gwyddai nad oedd Annie yn barod i wneud hynny eto.

Ochneidiodd Annie'n uchel, ac edrychodd ar Meira am y tro cyntaf. 'Paid â gweld bai arna i, plis Meira,' meddai, 'ond fedra i ddim meddwl ymhellach na heddiw ar hyn o bryd.'

'Dwi'n dallt yn iawn, ac yn parchu hynny. Ond tybed fysat ti'n fodlon i mi dy holi di am dy fywyd ym Manceinion? Y cyfnod cyn i ti symud i Lan Morfa.'

Edrychodd Annie'n ddryslyd arni. 'Do'n i ddim yn nabod Dave yn dda iawn cyn i mi ddod i Gymru,' meddai.

'Na, mi wn i hynny,' atebodd Meira. 'Dwi isio gwybod ydi'r enw Vic McVey yn golygu rwbath i ti.'

'Dwi'm yn meddwl. Pam? Ddylai o wneud?'

'Meddwl o'n i ella dy fod di wedi clywed Dave yn sôn amdano fo.'

'Does gen i ddim cof. Pam ti'n gofyn?'

'Oedd Dave yn nabod dyn o'r enw Des Slater ym Manceinion?'

'Oedd. Boi busnes pwerus, ond boi caled, a Duw a helpo unrhyw un oedd yn ei groesi o.'

'Pa mor dda oeddat ti'n ei nabod o?'

Edrychodd Annie drwy'r ffenest, fel petai'n ceisio dewis sut i ateb.

'Yn reit dda,' atebodd. 'Ro'n i'n gweithio iddo fo ar un adeg.'

'Yn gwneud be?'

'Gwaith papur. Ateb y ffôn a ballu.'

'Oedd 'na gysylltiad rhwng Dave a Des?'

'Roedd Dave yn gwneud dipyn o waith i Des hefyd ar un adeg – dyna sut wnes i gyfarfod Dave i ddechra. Ar ôl i mi adael Manceinion mi gafodd Des ei ladd ... rwbath i neud efo'r heddlu os dwi'n cofio'n iawn, ond nid ym Manceinion ddigwyddodd hynny chwaith, o be glywis i gan rywun.'

'Sut fath o waith oedd Dave yn wneud i Des?'

'Trefnu petha ... rhyw fath o *Mr Fix It*.'

'Petha cyfreithlon?'

Gwenodd Annie am y tro cyntaf y bore hwnnw. 'Doedd 'na ddim llawer yn gyfreithlon ym myd Des Slater, nac ym myd Dave chwaith, ar y pryd. Pam ti'n holi am Des?' gofynnodd yn chwilfrydig.

'Ti'n cofio fi'n gofyn i ti am Vic McVey?'

Nodiodd Annie'n ddryslyd.

'Wel, cafodd corff McVey ei ddarganfod yn yr ardal 'ma chydig ddyddiau'n ôl. Mi gafodd o ei lofruddio.'

Ni ddangosodd Annie unrhyw emosiwn.

'A be ydi'r cysylltiad rhwng hwnnw a Des Slater, a Dave?'

'Dyna mae'r heddlu'n trio'i ffendio ar hyn o bryd. Ti'n gweld, Annie, plisman oedd Vic McVey. Ditectif sarjant ym Manceinion.'

Gwelodd Meira arwydd o gyffro yn llygaid Annie.

'Oes 'na bosibilrwydd bod gan Dave rwbath i'w wneud â'i farwolaeth o?' gofynnodd.

'Wn i ddim wir, ond ella bydd yr heddlu'n gofyn am gael dod yma i siarad efo chdi am y peth, rhag ofn bod 'na gysylltiad.'

'Os oes 'na gysylltiad rhwng Dave a mwrdwr y McVey 'ma, ella bysa hynny'n cael gwared ar Dave heb i mi orfod gwneud cwyn amdano i'r heddlu.'

'Paid â rhoi'r drol o flaen y ceffyl, Annie. Ma' hi'n lot rhy fuan i feddwl am hynny.'

'Wel, mi wna i rwbath i helpu'r heddlu os oes 'na jans i hynny ddigwydd. Ond dwi ddim yn dallt be ydi'r cysylltiad rhwng y ditectif sarjant 'ma a Dave.'

'Ydi'r enw Benjamin Adams yn golygu rwbath i ti, Annie?'

Gwelodd Meira fod y cwestiwn wedi gwneud argraff ar Annie, ond wnaeth hi ddim dweud gair.

'Cyn-blisman o reng uchel oedd Benjamin Adams. Ella fod 'na gysylltiad rhyngddo fo a McVey, ac ella Dave Smith hefyd. Mae'r heddlu'n chwilio am bosibiliadau.'

'Na, dydw i ddim yn meddwl y medra i fod o help i'r heddlu, wedi meddwl,' meddai Annie o'r diwedd, gan ysgwyd ei phen.

'Oedd 'na reswm neilltuol pam y gwnest ti ddewis symud o Fanceinion i Lan Morfa, Annie?'

Oedodd Annie eto. 'Dim ond isio lle gwell i fyw o'n i, cael dechrau newydd tu allan i Fanceinion. Fedra i ddim deud mwy na hynny.'

Roedd newid wedi bod yn ei hagwedd, meddyliodd Meira. Pam, tybed? Dewisodd beidio â holi mwy.

'Wel, os wnei di newid dy feddwl am siarad efo'r heddlu, gad i mi wybod. Hyd yn oed os nad wyt ti'n meddwl fod gen ti wybodaeth iddyn nhw, ella bydd rhyw atgof ti'n ei ystyried yn ddibwys yn help iddyn nhw ffendio pwy laddodd McVey.'

Wrth yrru o'r lloches, ystyriodd Meira awydd Annie i helpu'r heddlu, a'r newid yn ei hagwedd ar ôl iddi glywed enw Benjamin Adams. Roedd ei hwyneb wedi newid pan glywodd yr enw am y tro cyntaf – mae'n rhaid ei bod hi'n ei nabod, neu o leia'n gwybod amdano. Oedd enw Adams wedi'i dychryn hi?

Ar ôl cyrraedd pencadlys Coledd, rhoddodd Meira grynodeb i'w rheolwr o'i chyfarfod efo Annie Goodwin. Penderfynodd y ddwy mai peidio rhoi pwysau arni fyddai orau – am y tro, beth bynnag – er y gallai hi fod â gwybodaeth a fyddai o fudd i ymchwiliad troseddol. Ar ôl y cyfarfod, camodd Meira allan o'r swyddfa i wneud galwad ffôn.

'Jeff, gwranda,' meddai, 'does 'na ddim gobaith bod Annie Goodwin am wneud cwyn yn erbyn Smith.'

'Damia. Ond mae 'na fwy nag un ffordd o gael Wil i'w wely, does? Mi ddeudodd Smith gelwydd wrth wneud y cais am ei swydd yn yr ysgol – mae hynny ynddo'i hun yn drosedd, felly dwi wedi gyrru un o'r hogia i hel y dystiolaeth yn ei erbyn. Mi ddown ni â fo i mewn i'w holi cyn gynted ag y medrwn ni. Ond yn y cyfamser mae 'na ddatblygiad ynglŷn â llofruddiaeth McVey. Mi gadwa i mewn cysylltiad.'

'Gwranda, cyn i ti fynd, mi wnes i ddechrau ei holi hi ynglŷn â Manceinion. Doedd yr enw Vic McVey yn golygu dim iddi, ond mi fu hi'n gweithio i Des Slater am gyfnod, yn ei swyddfa. Roedd hi'n awyddus i helpu'r heddlu drwy siarad am hynny pan oedd hi'n meddwl y bysa'i thystiolaeth hi'n help i gloi Smith i fyny, ond pan wnes i enwi Benjamin Adams, mi gaeodd ei cheg. Mae 'na ryw gysylltiad yn fanna, saff i ti.'

'Diddorol iawn,' atebodd Jeff, 'ond ma' raid i mi ...'

'Yli, Jeff, ydi'r datblygiad 'ma ynglŷn â McVey yn golygu y byddi di'n hwyr yn dod adra heno? Dwi angen gwneud trefniadau ynglŷn â'r plant efo Heulwen.'

'Na, wneith o ddim effeithio llawer arna i. Mae'r tîm archwilio i fyny yng Nghwm Ceirw wedi cael gafael ar y fwled gafodd ei defnyddio i saethu Vic, ac mae hi ar y ffordd i'r labordy.'

'Swnio'n addawol,' meddai Meira. 'Cam i'r cyfeiriad cywir.'

'Wel os ydi'r gwn ddefnyddiwyd i saethu Vic wedi cael

ei ddefnyddio i gyflawni trosedd arall ryw dro, mi gawn ni wybod cyn diwedd y dydd.'

Eisteddodd Jeff yn ôl yn ei gadair. Be oedd Annie Goodwin yn ei wybod am Des Slater a'i gang? Oedd David Sydney Smith yn aelod o'r gang honno? Ac yn bwysicach, be oedd hi ofn ei ddweud am Benjamin Adams?

Ar ôl edrych ar ei watsh, penderfynodd Jeff fod ganddo ddigon o amser i bicio'n sydyn i westy Plas Llifon i holi ynglŷn â'r digwyddiad yno y noson cynt. Cafodd ei hebrwng i swyddfa rheolwr y gwesty, Malcolm Lynes, ac ymunodd yr is-reolwr, Sam Jones, â nhw gan mai fo oedd ar ddyletswydd ar y pryd. Yn ôl pob golwg, roedd Smith wedi cyrraedd y gwesty i chwilio am Annie Goodwin – nid am y tro cyntaf – gan wthio'i ffordd i swyddfa Malcolm Lynes. Er i'r rheolwr ddweud wrtho nad oedd Annie wedi bod ar gyfyl y lle ers iddi orffen gweithio yno fisoedd ynghynt, doedd gan Smith ddim bwriad o dderbyn yr ateb hwnnw. Dechreuodd frasgamu drwy'r gwesty i chwilio amdani.

'Dyna pryd y dechreuodd petha fynd yn flêr,' eglurodd Lynes. 'Mae rhywun yn dod ar draws ambell gwsmer sy'n troi'n gas yn ei ddiod, ond roedd o'n hollol sobor.'

'Roedd ei agwedd o'n ddychrynllyd o ymosodol,' ychwanegodd Sam Jones, 'ond ar y llaw arall roedd o'n oeraidd ac yn benderfynol, yn syllu arnon ni fel tasa fo'n ein herio ni.'

'Pam ddaeth o yma i chwilio am Annie?' gofynnodd Jeff. 'Oedd hi'n arfer dod i'r bar am ddiod bob hyn a hyn?'

'Na. Mi fu Annie'n gweithio yma am gyfnod, ond rhoddodd ei notis i mewn un diwrnod a welson ni mohoni wedyn,' esboniodd Lynes. 'Roedd hynny sbel go lew yn ôl, ond rhyw dri neu bedwar diwrnod yn ôl, dros y penwythnos, mi ddechreuodd y boi 'na, ei phartner hi, loetran o gwmpas tu allan i'r gwesty. Mae'n amlwg, ar ôl neithiwr, mai chwilio amdani hi oedd o.'

'Dwi'n meddwl ei fod o'n gobeithio'i dal hi yma efo rhywun arall,' meddai Jones.

'Pam ydach chi'n deud hynny?' gofynnodd Jeff.

'Roedd o'n rhuthro drwy'r gwesty gan weiddi enw Annie a bytheirio am ladd y bastad oedd efo hi.'

'Dyna pryd ddeudis i wrth Sam am ffonio'r heddlu,' eglurodd Lynes. 'Roedd hynny'n ddigon i wneud iddo adael, diolch i'r nefoedd.'

'Cyn belled ag y gwyddoch chi, oedd Annie'n cael perthynas efo rhywun yma?'

'Na, dim tra oedd hi'n gweithio yma, beth bynnag,' atebodd Lynes.

'Wel, diolch i chi'ch dau am yr wybodaeth,' meddai Jeff, 'ac os ddaw o draw ryw dro eto, ffoniwch 999 yn syth.'

Pennod 24

Erbyn y gyda'r nos honno, roedd Sgwâr, neu Ditectif Gwnstabl Owain Owens i roi iddo ei enw iawn, wedi dychwelyd i Lan Morfa ar ôl bod yn gwneud ymholiadau yn ardal Manceinion. Roedd yr ymholiadau hynny'n cynnwys cyfweld â David Smith – y dyn o 172 Acton Road, Prestwich, yr oedd David Sydney Smith wedi dwyn ei gyfeiriad i wneud ei gais am swydd. Erbyn i Sgwâr gyrraedd yn ôl, roedd yr holl ddogfennau roedd Smith wedi'u defnyddio i wneud y cais wedi'u casglu ar ei gyfer.

Cyn i'r ditectif gwnstabl druan dynnu'i gôt, hyd yn oed, dechreuodd Jeff ei holi.

'Wel, Sgwâr, be sgin ti? Dechreua efo Mr Smith o Prestwich.'

'Hen foi iawn i weld. Dydi o ddim yn nabod David Sydney Smith nag erioed wedi clywed amdano, medda fo. Dwi mor saff ag y medra i fod ei fod o'n deud y gwir, ac nad oedd cynllwyn rhwng y ddau i dwyllo'r Cyngor Sir i roi swydd i'n Smith ni.'

'Da iawn. Wnaeth o ddatganiad?'

'Do, dim problem. Mae o'n flin fod rhywun wedi defnyddio'i fanylion o heb yn wybod iddo, ac yn poeni fod gwybodaeth bersonol amdano, yn cynnwys ei gyfrif banc, wedi cael ei hacio. Fedra i 'mo'i feio fo – mae 'na gymaint o hynny'n digwydd y dyddia yma, does?'

'Fyswn i ddim yn meddwl bod hynny'n debygol,'

meddai Jeff. 'Y swydd yn yr ysgol oedd yr unig beth roedd Smith isio. Dwi'n siŵr fod 'na filoedd o ddynion o'r enw David Smith yn y wlad yma. Anlwcus oedd o, am wn i, fod ein boi ni wedi pigo arno fo.'

'Anlwcus mewn un ffordd, Sarj, ond nid cyd-ddigwyddiad ydi o fod y ddau'n rhannu'r un dyddiad geni. Mae'n edrych yn debyg i mi fod David Sydney Smith wedi mynd i dipyn o drafferth i ffendio dyn o'r un enw a dyddiad geni. Ac, fel roedd hi'n digwydd bod, yn byw ym Manceinion hefyd.'

'Sut wnaeth o lwyddo i wneud hynny, tybed?'

'Does 'na'm ffasiwn beth â chyfrinach y dyddia yma. Mae manylion a symudiadau pawb yn cael eu storio mewn rhyw gwmwl yn rwla. Dim ond defnyddio ffôn symudol a chardyn banc sydd ei angen, ac ma' rhywun clyfar yn medru'ch tracio chi.'

'Ia, ti'n iawn. Ond i wneud hynny ma' raid cael gwybodaeth dechnegol arbenigol, 'swn i'n meddwl. Pam mynd i'r holl drafferth jyst er mwyn cael swydd gofalwr mewn ysgol wledig fel Glan y Don? Oes 'na fwy i'r peth, dŵad?' myfyriodd Jeff yn uchel.

'Mwy na gwerthu fêps anghyfreithlon i blant dach chi'n feddwl? Oedd 'na reswm arall i Smith fod isio setlo yn y rhan yma o'r wlad?'

'Dyna dwi'n ei ystyried. Ond i symud ymlaen, deud wrtha i am y dogfennau gest ti o'r ysgol.'

'Fo lenwodd y ffurflenni, yn ei lawysgrifen ei hun, yn ôl pob golwg.'

'Ddefnyddiodd o'i enw canol, Sydney, ar y ffurflen gais?'

'Arhoswch am funud,' meddai Sgwâr, gan redeg ei fysedd trwy'r papurau. 'David Smith oedd yr enw ddefnyddiodd o ar y ffurflen gais, ac wedyn, ar ôl iddo gael y swydd, mi roddodd o'i enw canol, Sydney, ar y ffurflen manylion banc er mwyn cael ei gyflog yn electronig. Mi oedd yn rhaid i'r manylion fod yn fanwl gywir ar honno neu mi fysa'r banc yn codi cwestiynau, 'swn i'n meddwl. Cyfrif mewn banc ym Manceinion sydd ganddo fo, gyda llaw.'

'Ciwt iawn. Wel, fyswn i'n deud bod 'na ddigon o dystiolaeth yn fanna, nid yn unig i'w gyhuddo fo o dwyll ond i'w gael o'n euog hefyd. Be am i ti fynd i'w arestio fo bore fory, a'i holi o? Dos ag un arall o'r ditectifs efo chdi, a dau blisman mewn iwnifform – mae gan Mr Smith hanes o fod yn ddyn brwnt ofnadwy, a dwi'm yn meddwl y cewch chi groeso cynnes iawn ganddo fo. Paid â mynd i mewn i'w dŷ o i'w arestio – gwna hynny tu allan, fel mae o'n gadael am ei waith.'

'Pam?' gofynnodd Sgwâr.

'Mae'n debyg bod ganddo fo gyllell fawr yn y tŷ ... un o'r petha Zombie 'na, a dwi'm isio iddo fo gael cyfle i fygwth neb efo honno.'

'Diolch am yr wybodaeth, Sarj. Mi gawn ni olwg o gwmpas y tŷ wedyn i chwilio amdani, ac unrhyw beth arall o ddiddordeb.'

'Yn y cyfamser, mi siarada i efo sarjant y ddesg i weld oes 'na blisman yn gweithio bore fory sydd wedi'i hyfforddi i gario gwn taser. Fedrwn ni ddim bod yn rhy ofalus, yn enwedig efo dyn fel hwn.'

'Ydach chi'n dod i'r gynhadledd, Sarj?' gofynnodd Sgwâr. 'Ma' well i ni frysio – ma' hi ar fin dechra.'

Wrth i'r ddau frasgamu i lawr y coridor, ymddangosodd Lowri o'i swyddfa yng nghwmni Sonia McDonald.

'Ditectif Sarjant Evans,' meddai, heb arafu'i chamau, 'mae ganddon ni ddatblygiadau cyffrous i'w rhannu yn y gynhadledd. Dwi'n falch eich bod chi'n medru ymuno efo ni.'

Cerddodd Lowri o flaen y tri arall i gyfeiriad yr ystafell gynhadledd, yn cario nifer o bapurau o dan ei braich chwith. Wrth droi i mewn trwy'r drws i wybebu'r deg ar hugain o staff oedd yn disgwyl amdani, stopiodd Lowri'n stond a rhoi ei braich dde yn erbyn postyn y drws i'w chynnal ei hun. Rhoddodd ei llaw chwith ar ei brest, a disgynnodd y papurau i gyd i'r llawr.

'Ydach chi'n iawn, Dditectif Uwch-arolygydd?' gofynnodd Sonia wrth blygu i godi'r papurau.

'Ydw, diolch,' atebodd Lowri. 'Rwbath ddaeth drosta i. Rhowch eiliad i mi.' Yna sythodd, ac oedi am ychydig eiliadau eto. 'Dyna welliant,' meddai, gan gydio yn y papurau a cherdded i mewn i'r ystafell fel petai dim wedi digwydd.

Edrychodd Sonia a Jeff ar ei gilydd mewn penbleth.

Funud yn ddiweddarach roedd Lowri wedi dechrau annerch ei chynulleidfa, heb fawr o raglith.

'Mae nifer ohonoch chi eisoes yn ymwybodol fod y tîm archwilio, y peth cyntaf bore 'ma, wedi cael gafael ar y fwled ddefnyddiwyd i saethu'r cyn-Dditectif Sarjant McVey. Maen nhw'n haeddu clod mawr – doedd hi ddim yn dasg hawdd. Roedd y fwled wedi'i chladdu mewn pridd o dan haen o fwsog, ac mae ei lleoliad yn awgrymu fod y dioddefwr yn hanner eistedd pan saethwyd o yn ei ben. Aethpwyd â'r fwled yn syth i'r labordy fforensig ac mae'r adroddiad yn dilyn ei harchwilio newydd fy nghyrraedd i.'

Edrychodd Lowri o amgylch yr ystafell cyn datgan yr wybodaeth nesaf.

'Browning rhannol awtomatig oedd y gwn a ddefnyddiwyd i ladd Mr McVey, ac nid dyma'r tro cyntaf i'r arf hwn gael ei ddefnyddio yn ardal Glan Morfa. Yr un gwn ddefnyddiwyd i ladd Glenda Hughes ychydig dros dair blynedd yn ôl.'

Cododd si o fân siarad o amgylch yr ystafell, ac oedodd Lowri cyn parhau er mwyn i'w thîm fedru ystyried yr wybodaeth.

Er bod pawb arall yn trafod y newyddion syfrdanol, roedd Jeff Evans yn fud wrth geisio dadansoddi'r datganiad. Defnyddiodd dyn o'r enw Jim Allen y Browning i saethu Glenda Hughes, ond camgymeriad oedd hynny. Dilys Hughes – neu Nansi'r Nos – oedd i fod i gyfarfod ei diwedd y noson honno. Bu Jeff yn gwarchod Nansi rhag ail ymgais ar ei bywyd, a dyna pryd y gwelodd o'r Browning ddiwethaf. Pwyntiwyd y gwn i ganol talcen Jeff y noson dywyll honno dair blynedd yn ôl, nid nepell o'r traeth ... gan y Ditectif Brif Uwch-arolygydd Benjamin Adams ei hun, oedd yn mynnu cael y cof bach pwysig ganddo.

'Mae hyn yn siŵr o fod o ddiddordeb i chi, Ditectif Sarjant Evans.'

Clywodd Jeff lais Lowri trwy'r murmur o leisiau eraill, a deffrodd o'i fyfyrdod. Cododd ar ei draed.

'Ydi,' cytunodd. 'Mi wyddoch chi fod enw'r cyn-Dditectif Brif Uwch-arolygydd eisoes wedi codi yn yr ymchwiliad 'ma i lofruddiaeth Ditectif Sarjant Vic McVey, er nad ydw i wedi gorffen rhoi'r holl fanylion ar y system eto. Tan y bore 'ma roedd y cysylltiad rhwng Adams a'r achos hwn yn un tenau, ond mi fyswn i'n deud ei fod o wedi cryfhau'n sylweddol bellach.'

'Rhowch grynodeb i ni os gwelwch yn dda,' gofynnodd Lowri iddo.

Cymerodd Jeff ugain munud i wneud hynny, gan ddechrau drwy fanylu ar hanes y cof bach a oedd yn wreiddiol ym meddiant Des Slater, un o benaethiaid gang droseddol ym Manceinion. Disgrifiodd sut roedd y Ditectif Brif Uwch-arolygydd Benjamin Adams wedi cael gafael ar y Browning gan Jim Allen, a gorfodi Jeff i roi'r cof bach iddo, gan feddwl mai'r rhestr o heddweision llwgr oedd arno. Yna aeth ymlaen i sôn am gysylltiadau mwy diweddar, gan ddechrau efo David Sydney Smith a'r fêps canabis yn yr ysgol, ac yna'r gamdriniaeth a ddioddefodd ei gymar, Annie Goodwin. Eglurodd fod Smith wedi cyfarfod dynion anhysbys mewn BMW llwyd, a bod y car hwnnw wedi'i ddilyn i gyfeiriad ym Manceinion a oedd, yn ôl pob golwg, yn cael ei ddefnyddio gan gwmni yr oedd Adams yn gysylltiedig â fo. Er nad oedd tystiolaeth fod y dynion yn y BMW wedi cyfarfod Adams, na'u bod nhw hyd yn oed yn ei adnabod, roedd yn ormod o gyd-ddigwyddiad i beidio â bod yn berthnasol.

'Be wyddoch chi am y gwn, Sarjant Evans?' gofynnodd Lowri.

'Ar y pryd, mi ddysgon ni fod y Browning rhannol awtomatig yma'n gysylltiedig â gangiau'r is-fyd ym Manceinion, ac yn cael ei ddefnyddio o dro i dro pan oedd angen. Tua'r un pryd ag y defnyddiwyd o i ladd Glenda Hughes yng Nglan Morfa, cafodd ei ddefnyddio i ladd dau ddyn arall, un yn Southport a'r llall yn Telford. Hyd y gwn i – ac ella y bydd yr wybodaeth newydd 'ma'n newid pethau – y Ditectif Brif Uwch-arolygydd Adams oedd yr olaf i'w ddefnyddio fo, a hynny i fy mygwth i.'

Aeth ymlaen i esbonio pam na chafodd Adams ei erlyn, ac wrth iddo wneud hynny doedd dim smic arall i'w glywed yn yr ystafell gynhadledd.

'Does dim rhaid dweud bod hyn i gyd yn ein harwain ni i gyfeiriad Benjamin Adams,' meddai Lowri, 'ond does 'na ddim arwydd ar hyn o bryd fod cysylltiad rhwng Adams a Ditectif Sarjant Vic McVey. Maen nhw'n debygol o fod wedi gweithio'n weddol agos i'w gilydd dros y blynyddoedd, ond mae Heddlu Manceinion yn llu mawr. Oes 'na fwy o fanylion wedi'n cyrraedd ni drwy law y timau fu'n gwneud ymholiadau ym Manceinion heddiw, Ditectif Arolygydd?'

Cododd Sonia McDonald ar ei thraed.

'Ar eu ffordd adra maen nhw ar hyn o bryd, ond mi ges i alwad cyn iddyn nhw gychwyn. Unwaith eto, dydi'r cydweithrediad rhwng ein timau ni a Heddlu Manceinion ddim wedi bod cystal ag y dylai fod – yn enwedig o gofio mai un o'u cyn-swyddogion nhw sydd wedi cael ei fwrdro. Mae hynny'n rhyfedd ynddo'i hun. Gŵr gweddw oedd Vic McVey a gollodd ei wraig yn dilyn damwain car dros ddeng mlynedd yn ôl. Wnaeth o ddim ailbriodi. Roedd o'n byw ar ei ben ei hun mewn fflat yn 17 Old Broadway, Didsbury, ac ers iddo ymddeol ar yr wythfed o Dachwedd 2023, does 'na fawr neb o'i gyn-gyd-weithwyr wedi'i weld o o gwmpas. Mae'n edrych yn debyg nad oedd o'n un am gymdeithasu. Y gred ydi nad oedd o wedi cael swydd arall ar ôl ymddeol. Byw ar ei bensiwn gwaith oedd o, ond mae hynny'n anodd i'w gredu gan fod ei ffordd o fyw yn eitha moethus.'

'Sut felly?' gofynnodd Lowri.

'Mae 'na un cyn-gyd-weithiwr iddo, sy'n dal yn y swydd ac yn gweithio ym maes awyr Manceinion, yn deud bod McVey yn teithio ar wyliau i lefydd reit neis bob chydig fisoedd, a bod ganddo Land Rover Discovery newydd gwerth dros hanner can mil o bunnau.'

'Os oedd o'n gwario mwy na'r incwm roedd o'n ei gael o'i bensiwn, o ble roedd o'n cael yr arian?' gofynnodd Jeff. 'Cofiwch y cysylltiad efo plismyn llwgr ym Manceinion. Be am y tu mewn i'w fflat o?'

'Dydan ni ddim wedi cael mynediad eto, ond mae'r Discovery ar y dreif y tu allan, ac wedi'i gloi. Cofiwch na wnaethon ni ddarganfod allweddi i'w fflat na'i gar yn ei bocedi o.'

'Rhaid i ni gael mynediad i'r fflat cyn gynted â phosib, i chwilio'r lle,' mynnodd Lowri. 'Hefyd, mae angen i chi ymchwilio i gefndir Benjamin Adams. Dwi isio gwybod bob dim amdano fo, tra oedd o yn y job ac ar ôl iddo ymddeol.' Oedodd i edrych o gwmpas yr ystafell. 'Unrhyw sylwadau gan rywun arall?'

Cododd Jeff ar ei draed eto.

'Mae gen i ddau o'r CID lleol yn mynd i arestio David Sydney Smith y peth cynta bore fory. Ella y cawn ni rywfaint o wybodaeth o'r cyfeiriad hwnnw,' meddai. 'Mi oedd o'n rhan o'r is-fyd ym Manceinion ei hun cyn iddo ddod i fyw lawr fama.'

'Siort orau,' atebodd Lowri.

Cododd hi a Sonia i adael yr ystafell, a sylwodd Jeff nad oedd y Ditectif Uwch-arolygydd yn cerdded mor hyderus ag arfer.

Pennod 25

Am hanner awr wedi pump y bore canlynol, ychydig cyn iddi wawrio, roedd Ditectif Gwnstabl Owain Owens, un ditectif arall a dau blismon mewn iwnifform yn eistedd mewn dau o geir plaen yr heddlu yn Y Rhos, Glan Morfa, heb fod ymhell o rif 14. Roedd hi'n fore oer, niwlog. Ychydig ar ôl chwarter wedi chwech, gwelwyd golau yn un o'r llofftydd.

Roedd yr ymholiadau a wnaethpwyd ymlaen llaw yn awgrymu fod Smith, fel arfer, yn gadael y tŷ am ddeng munud i saith bob bore, drwy'r drws ffrynt, ac yna'n cerdded i'w waith yn Ysgol Glan y Don, taith o tua deng munud ar droed. Dim ond un bore yn ddiweddar roedd o wedi gwyro o'i drefn arferol a gyrru yn ei fan i'w waith, a hynny pan aeth i gyfarfod y BMW.

Cyn hir daeth goleuadau ymlaen i lawr y grisiau ac yna, am chwarter i saith, sleifiodd Sgwâr a'r ditectif arall allan o'r car a sefyll un bob ochr i'r tŷ, yn nrysau'r tai drws nesaf, i ddisgwyl am Smith. Arhosodd y ddau blismon mewn iwnifform allan o'r ffordd yn y car, am y tro.

Am ddeng munud i saith ar y dot, diffoddwyd goleuadau'r tŷ. Rhoddodd Sgwâr nòd i'r ditectif arall, a disgwyliodd y ddau. Agorwyd drws rhif 14: daeth Smith allan drwyddo, a'i gloi. Fel roedd o'n dechrau cerdded i gyfeiriad yr ysgol, ymddangosodd Sgwâr o'i flaen. Daeth y ditectif arall o'i guddfan yr ochr arall, a chamu tu ôl i Smith.

Sylweddolodd y ddau dditectif pa mor fawr a chyhyrog oedd y dyn a safai rhyngddyn nhw, a gobeithiodd Sgwâr na fyddai'n cwffio yn eu herbyn.

Newidiodd ymarweddiad Smith pan welodd Sgwâr o'i flaen. Culhaodd ei lygaid wrth iddo geisio dirnad beth oedd yn digwydd, a thynhaodd ei gyhyrau.

'Mr Smith,' meddai Sgwâr. 'Ditectif Gwnstabl Owens, CID Glan Morfa ydw i. Mi hoffwn i gael gair efo chi.' Dangosodd ei gerdyn gwarant.

Ar yr un pryd, ymddangosodd y ddau blismon mewn iwnifform, ac yn sydyn roedd dewis Smith wedi cael ei wneud drosto. Doedd dim pwynt iddo ystyried ymladd yn erbyn pedwar, na cheisio dianc chwaith. Y peth callaf fyddai iddo gydymffurfio, a siarad ei ffordd allan o ba bynnag sefyllfa roedd o'n ei hwynebu, yn hytrach na defnyddio'i ddyrnau fel yr arferai wneud. Gwyddai nad oedd tystiolaeth yn y tŷ a allai ei niweidio – roedd popeth yn ddigon pell. Meddyliodd am Annie, ond na. Roedd gan honno ormod o ofn i ddweud gair yn ei erbyn. Doedd dim i boeni amdano.

'Gair? Cewch siŵr,' meddai Smith. 'Am be?'

Erbyn hyn roedd y pedwar heddwas wedi closio o'i amgylch, ond edrychai Smith yn hyderus yn eu plith. Gorfododd ei hun i roi hanner gwên iddyn nhw.

'Dwi'n eich arestio chi am ennill eich swydd trwy dwyll,' esboniodd Sgwâr. Rhoddodd y rhybudd swyddogol iddo.

Ceisiodd Smith feddwl am yr ateb gorau i'w roi.

'Ma' raid bod 'na gamgymeriad,' meddai. 'Dwi'n gweithio yn yr ysgol ers bron i ddwy flynedd, a does neb wedi awgrymu dim byd o'r fath o'r blaen. Ydach chi'n siŵr mai fi dach chi isio?'

'Ydw,' atebodd Sgwâr. 'Dwi'n mynd â chi i orsaf yr heddlu, ac mi gewch chi gyfle i roi unrhyw esboniad yn y fan honno.'

'Ond dwi ar fy ffordd i 'ngwaith rŵan. Mi ddo' i draw i'r stesion ar ôl i mi orffen pnawn 'ma.'

'Na. Rŵan,' atebodd Sgwâr yn gadarn, a gwelodd y ditectif fod Smith yn ystyried ei opsiynau am yr ail dro o fewn llai na munud.

Cyn i'r carcharor gael cyfle i feddwl, rhoddwyd gefynnau o amgylch ei arddyrnau, y tu ôl i'w gefn. Dechreuodd Smith frwydro, ond ailystyriodd.

'Oes angen hyn i gyd?'

Rhoddwyd o yn y car efo'r ddau gwnstabl mewn iwnifform a'r un ditectif arall, a chafodd y car hwnnw ei ddilyn i'r ddalfa gan Sgwâr yn yr ail gar. Yn y fan honno, cyflwynwyd Smith i sarjant y ddalfa, Rob Taylor. Rhoddwyd manylion y drosedd honedig iddo, ac ni ddywedodd Smith 'run gair, heblaw gofyn am dwrnai pan roddwyd y cynnig hwnnw iddo. Doedd o ddim yn edrych yn bryderus – wedi'r cwbwl, roedd o wedi bod drwy'r broses hon sawl gwaith yn y gorffennol, a hynny ynglŷn â throseddau llawer iawn mwy difrifol.

Ar ôl iddo gael ei gofrestru, rhoddwyd y carcharor mewn cell i ddisgwyl am y cyfreithiwr. Gorweddodd ar y gwely a chau ei lygaid. Roedd David Sydney Smith yn hen law ar bethau fel hyn.

'Sut aeth hi?' gofynnodd Jeff pan gerddodd Sgwâr i mewn i'w swyddfa.

'Dim problem yn y byd,' atebodd hwnnw. 'Mi ddaeth Smith i mewn fel plentyn bach diniwed ... dim bod ganddo ddewis arall.'

'Wel, paid ag ymlacio gormod. Ti wedi gweld y rhestr o'i euogfarnau hanesyddol o.'

'Mi oeddan nhw ar flaen fy meddwl i pan wnes i daro llygad arno fo, Sarj. Dyna pam na chafodd o gyfle i gamfihafio.'

'A'r cam nesa?' gofynnodd Jeff.

'Disgwyl am dwrnai i ddod i'w weld o ydan ni. Mi roith hynny amser i ni chwilio drwy ei dŷ o. Bydd raid i unrhyw gyfweliad aros nes byddan ni wedi gorffen gwneud hynny, beth bynnag.'

'Mae gen i awydd dod efo chi, ond mi a' i i weld y Ditectif Uwch-arolygydd Lowri Davies gynta, er mwyn gadael iddi hi wybod be sy'n digwydd. Mi wyddost ti sut un ydi hi am gael gwybodaeth yn brydlon.'

Chwarter awr oedd nes i gynhadledd y bore ddechrau, a doedd Jeff ddim wedi gweld Lowri na Sonia y bore hwnnw. Cnociodd ar ddrws swyddfa Lowri a chamu i mewn heb ddisgwyl am wahoddiad. I'w syndod, dim ond Sonia oedd yno, yn eistedd tu ôl i ddesg Lowri ac yn chwilio trwy ei chyfrifiadur a'r papurau ar y ddesg. Doedd dim golwg o bennaeth yr ymchwiliad.

'Bore da, Sonia,' meddai Jeff, efo gwên fawr ar ei wyneb.

'Na,' atebodd hithau, heb ddychwelyd y wên. 'Dydi hi ddim yn fore mor dda â hynny. Mae Lowri wedi cael ei rhuthro i mewn i'r ysbyty yng nghanol y nos neithiwr.'

'Rargian, be sy'n bod arni?'

'Maen nhw'n meddwl ei bod hi wedi cael trawiad ar y galon.'

Safodd Jeff yn gegrwth.

'Mi oedd 'na rwbath o'i le arni'n hwyr bnawn ddoe, yn doedd? Yn nrws y stafell gynhadledd.'

'Mi feddyliais i'r un peth,' cytunodd Sonia. 'Yn ôl be dwi'n ddallt, mi gafodd hi brofiad digon tebyg wrth fynd i'w gwely neithiwr, a mynnodd ei gŵr ffonio am ambiwlans. Chyrhaeddodd hwnnw ddim am ddwyawr, ac ar ôl iddyn nhw wneud profion arni, mi gafodd ei rhuthro i'r ysbyty. Disgwyl am ganlyniadau mwy o brofion maen nhw ar hyn o bryd.'

'Druan ohoni, ac i feddwl ei bod hi mor ifanc, ac iach yr olwg.'

'Mae'r penaethiaid yn y pencadlys yn ymwybodol o'r sefyllfa, ac mi fyddan nhw'n penderfynu pwy sydd i arwain yr ymchwiliad. Gawn ni wybod yn o fuan, gobeithio.'

'Be am y gynhadledd bore 'ma?' gofynnodd Jeff.

'Mi fydd raid i mi ei harwain hi. Dydi hynny ddim yn broblem. Mi wn i'n union lle 'dan ni'n sefyll a be sydd angen ei wneud. Be ydi'r sefyllfa efo David Sydney Smith?'

Dywedodd Jeff yr hanes wrthi.

'Os ddown ni ar draws unrhyw gysylltiad rhwng Smith a'r ymchwiliad i lofruddiaeth Victor McVey, mi ro i wybod i ti'n syth,' ychwanegodd. 'Ro'n i wedi meddwl mynd efo Sgwâr a'r hogia i chwilio'i dŷ o, ond mi arhosa i yma am rŵan, rhag ofn y medra i fod o help i ti yn y gynhadledd. Fydd hi'n ddigon hawdd i mi ymuno efo nhw wedyn.'

'Diolch i ti, Jeff. Dwi'n gwerthfawrogi hynny.'

Gwyddai Jeff yn iawn fod dyrchafiad o fod yn ddirprwy i arwain ymchwiliad mawr, a hynny dros nos, yn gam sylweddol. Ar ben hynny, roedd Sonia yn gymharol newydd i Heddlu Gogledd Cymru, ac er ei bod yn brofiadol iawn, roedd arwain tîm mawr o dditectifs yn dipyn o dasg.

Wedi iddo fynd i esbonio i Sgwâr na fyddai'n mynd efo fo i ddechrau ar y gwaith o chwilio 14 Y Rhos, aeth i eistedd yn ei sedd arferol yng nghefn yr ystafell gynhadledd.

Distawodd yr ystafell pan gerddodd Sonia i mewn a chamu ar y llwyfan bychan o flaen pawb. Rhoddodd ei phapurau a'i gliniadur ar y bwrdd o'i blaen a sefyll am rai eiliadau yn edrych ar y gynulleidfa awyddus, heb ddweud gair. Edrychai'n hyderus yn ei gwisg liwgar, ffasiynol, ond gallai Jeff ddychmygu fod y pili-palod yn dawnsio ym mherfeddion ei stumog.

'Yn anffodus,' dechreuodd Sonia, 'mae'r Ditectif Uwch-arolygydd Lowri Davies yn wael, a dyna pam mai fi sy'n arwain y gynhadledd y bore 'ma.'

Trodd pawb i edrych ar y naill a'r llall, ac yn ôl y mân siarad, roedd hi'n amlwg i Jeff nad oedd salwch Lowri wedi cyrraedd clustiau'r timau.

Rhoddodd Sonia grynodeb byr o'r hyn a ddigwyddodd yn gynharach y bore hwnnw i David Sydney Smith, gan nodi y byddai'r ymholiadau'n parhau i gefndir McVey a'r cyn-Dditectif Brif Uwch-arolygydd Benjamin Adams ym Manceinion. Oherwydd rheng uchel Adams, cadarnhaodd Sonia y byddai ymholiadau yn cael eu gwneud ar lefel uchel yn heddlu Manceinion.

Pennod 26

Newydd ddechrau oedd y gwaith o chwilio yn 14 Y Rhos pan gyrhaeddodd Jeff yno ychydig cyn hanner awr wedi deg y bore hwnnw. Gyda chaniatâd Sonia, cafwyd cymorth ychwanegol gan y tîm a fu'n archwilio lleoliad corff Vic McVey i fyny yng Nghwm Ceirw, tîm a oedd yn arbenigwyr ar chwilota trylwyr. Ditectif Gwnstabl Owain Owens oedd yn rheoli'r dasg o fewn y tŷ, yn gwneud nodiadau a chynlluniau, a thynnu lluniau a fideo o bob ystafell. Fo hefyd oedd yn cydlynu'r dasg o gatalogio unrhyw eitemau o dystiolaeth a sicrhau eu bod yn cael eu rhoi mewn bagiau di-haint.

Y peth cyntaf a sylwodd yr heddweision wedi iddynt fynd i mewn oedd bod golwg yn y tŷ. Roedd gwerth dyddiau o lestri budron yn y sinc a dillad wedi'u gwasgaru dros bob man ym mhob ystafell. Nid oedd 'run o'r gwlâu wedi cael eu gwneud. Dechreuwyd y chwilio yn llofftydd y plant, Adam a Claire, yr ystafelloedd mwyaf annhebygol iddyn nhw ddod o hyd i dystiolaeth. Roedd pethau'r plant ar hyd y lle hefyd, gan fod eu mam a Meira wedi gorfod dewis a dethol beth oedd yn mynd i'r bagiau roedden nhw wedi'u pacio iddynt ar frys. Jeff oedd yr unig heddwas yno a wyddai am fanylion llawn y trafferthion domestig a fu'n pwyso ar drigolion y tŷ, a wnaeth o ddim rhannu'r wybodaeth â'r lleill.

Yn ôl y llyfrau a'r cylchgronau yn ei ystafell, pêl-droed

oedd hobi Adam a Man City oedd ei dîm. Cododd Jeff lyfr mwy swmpus na'r gweddill, oedd yn olrhain hanes y tîm, er mwyn pori drwyddo, a disgynnodd nifer o ddarnau o bapur ohono. Cododd nhw, a gweld mai mapiau a siartiau o'r arfordir o gwmpas Glan Morfa oedden nhw. Rhwng y cyfan, roedd tua phymtheng milltir o arfordir ar y siartiau, o gwmpas y dref. Gwelodd fod tri lleoliad yn agos i'w gilydd wedi'u marcio â chroes arnyn nhw. Pam hynny, tybed? Daeth i'r casgliad efallai eu bod nhw'n llefydd da i bysgota – yn ôl y siartiau roedd dŵr dwfn yn agos i'r lan yn y tri lle, a thrac i yrru cerbyd drwy dir amaethyddol i lawr at y creigiau serth uwchben y môr. Synnodd Jeff nad oedd o'n gyfarwydd â'r llecynnau, ac yntau wedi byw yn yr ardal cyhyd.

Edrychodd ar y mapiau – roedd yr un tri lleoliad wedi'u marcio ar y rheiny hefyd. Un ffermdy yn unig oedd yn agos i'r tri lle – fferm fawr, yn ôl pob golwg, o'r enw Carreg y Bwgan. Pam oedd Adam Goodwin yn cymryd diddordeb yn y fath lefydd ... os mai fo oedd biau'r mapiau a'r siartiau. Beth os oedd David Sydney Smith wedi'u cuddio ymysg eiddo mab ei bartner? Penderfynodd eu gadael lle'r oedden nhw, ar ôl tynnu lluniau ohonyn nhw i gyd ar ei ffôn. Ochneidiodd – byddai'n llawer gwell ganddo fod wedi dod o hyd i'r gwn Browning rhannol awtomatig, poteli o hylif fêpio, neu'r gyllell Zombie fawr.

Aeth i lawr y grisiau lle gwelodd Sgwâr yn brysur yn gwneud nodiadau.

'Be sgin ti? Rwbath?' gofynnodd.

'Yr unig beth o ddiddordeb hyd yn hyn ydi ei ddatganiadau banc, sy'n cyd-fynd â'r manylion ges i o'r ysgol ddoe. Mae ei gyflog o'n mynd yn syth i mewn i'r cyfrif, ac mae 'na dipyn o arian parod yn mynd i mewn bob hyn a hyn hefyd, ond be sy'n rhyfedd ydi nad ydi o i weld yn gwario dim, bron, o'i gyflog heblaw am dalu ambell fil.'

'Elw'r fêps anghyfreithlon ydi'i bres gwario fo, siŵr gen i. Oes 'na olwg o'r gyllell Zombie fawr honno?'

'Dim hyd yn hyn. Wel, dim y gyllell ei hun, ond mae 'na garreg hogi – un dda hefyd – wedi'i gadael yn fan'cw.'

Pwyntiodd Sgwâr at y soffa ac aeth Jeff draw i edrych arni.

'Lle rhyfedd i gadw'r fath beth, neu mae o'n un blêr, a ddim yn cadw petha ar ôl eu defnyddio nhw. Ond does dim angen lot o ddychymyg i feddwl be mae o'n ei hogi. Sut mae'r tîm archwilio'n dod yn eu blaenau?'

'Maen nhw wedi chwilota'n fanwl iawn trwy'r bore, gan godi'r llawr pren mewn un neu ddau o lefydd, hyd yn oed, os oedd y darnau chydig yn rhydd. Maen nhw'n sicr nad ydyn nhw wedi methu dim. Un peth maen nhw wedi'i ddarganfod ydi ffôn symudol, yn y bin sbwriel o dan y sinc yn y gegin, a hwnnw wedi'i falu'n rhacs fel petai rywun wedi sathru arno fo dro ar ôl tro.'

Gwyddai Jeff yn iawn beth oedd hanes y ffôn, felly newidiodd y pwnc.

'Oes 'na rwbath o gwmpas y lle sy'n awgrymu fod Smith, neu Adam, mab ei bartner, yn pysgota?' gofynnodd.

'Dim i mi fod yn gwybod,' atebodd Sgwâr.

'Na, does 'na ddim byd fel'na yma,' cadarnhaodd llais un o'r tîm archwilio o'r cyntedd.

Erbyn amser cinio roedd y chwilio drosodd a galwodd Jeff ar bawb i ymgynnull.

'Reit,' meddai. 'Faint gwell ydan ni ar ôl bod yma am bron i bedair awr?'

'Does 'na ddim gwn yma, mae hynny'n sicr, na chyllell Zombie,' meddai Sgwâr. 'Dim stwff fêpio, a dim hylif i'w ddefnyddio mewn fêps. A does 'na ddim byd i awgrymu cysylltiad efo neb o Fanceinion, Benjamin Adams, Vic McVey na neb arall.'

'Be am ei fan o tu allan, y Transit?'

'Mae honno'n lân hefyd.'

'Wel, dydi hwn ddim wedi bod yn fore llwyddiannus iawn, felly. Lle mae o wedi cuddio'r fêps i gyd, tybed? A lle mae'r gyllell fawr 'na? Yn ôl i'r ddalfa rŵan felly, Sgwâr, i weld be fydd gan Mr Smith i'w ddweud mewn cyfweliad. Ond well i ti gael tamaid o fwyd gynta. Mi fydd Smith wedi cael cinio eitha parchus yn y gell 'na – llenwa ditha dy fol cyn dechra'i gyfweld o, Sgwâr.'

Am chwarter i dri, eisteddodd Ditectif Gwnstabl Owain Owens yn yr ystafell gyfweld. Gyferbyn iddo eisteddai David Sydney Smith a'i gyfreithiwr, Robert Price, a oedd eisoes wedi cael cyfle i siarad yn gyfrinachol â'i gleient. Roedd y cyfreithiwr yn ddyn parchus yn ei chwedegau cynnar, a chanddo faint fynnir o brofiad ym myd cyfraith droseddol. Dros y blynyddoedd roedd o wedi ennill parch dwy garfan o'r gymuned – y dinasyddion da, a'r rhai nad oeddynt lawn cystal. Roedd y recordydd tâp yn rhedeg, ac ar ôl y rhaglith angenrheidiol, ac ar ôl rhoi'r rhybudd swyddogol i Smith, dechreuodd yr holi.

Edrychodd y ditectif yn syth i lygaid Smith. Edrychodd yntau'n ôl arno'n oeraidd, a'r un mor astud, heb ddangos unrhyw emosiwn. Roedd ei groen yn sgleinio dros esgyrn caled ei dalcen a'i fochau, a'i ddannedd yn gwasgu'n dynn yn erbyn ei gilydd. Doedd ei wallt cringoch, cyrliog ddim wedi cael ei gribo, ac roedd o wedi gorfod tynnu'i gap pig. Dechreuodd y cyfreithiwr baratoi i wneud nodiadau o'r sgwrs yn ei lyfr A4 glas.

'Rhaid i mi ddechrau drwy ddweud ein bod ni wedi chwilio'ch tŷ chi'n drwyadl y bore 'ma. Chawson ni ddim byd o bwys yno, heblaw am ddatganiadau banc y gwna i gyfeirio atyn nhw'n ddiweddarach yn y cyfweliad 'ma.'

Cododd Smith ei ysgwyddau ac edrych i gyfeiriad ei gyfreithiwr.

'Efo pwy ydach chi'n byw yn rhif 14 Y Rhos?'

'Fy nghariad, Annie Goodwin, a'i phlant hi, Claire ac Adam.'

'A lle maen nhw?'

'I ffwrdd ers chydig ddyddiau. A cyn i chi ofyn, wn i ddim lle ma' nhw. Ddaru hi ddim deud. Dydi'r plant ddim yn yr ysgol chwaith.'

'Ydi hynny'n beth arferol?'

'Does gen i ddim rheolaeth drosti.'

'Rydach chi yma am eich bod chi wedi defnyddio manylion ffug pan wnaethoch chi gais am swydd gofalwr Ysgol Glan y Don, ac wedi llwyddo i gael y swydd drwy dwyll.'

'Mi rois i'r manylion cywir – fy enw a fy nyddiad geni. Dyna'r cwbwl oedd angen.'

'Ond wnaethoch chi ddim rhoi eich enw llawn, naddo? Nid David Sydney Smith oedd ar y ffurflenni cais, ond David Smith.'

'Fydda i ddim bob amser yn defnyddio fy enw canol. Fysach chi'n lecio cael eich galw'n Sydney? Cyn belled ag y gwn i mi gaiff rhywun alw'i hun yn rwbath lecith o.'

'Dim ond ar ôl i chi gael y swydd ddaru chi

ddefnyddio'ch enw canol, a'r rheswm am hynny oedd mai dyna ydi'r enw ar eich cyfrif banc chi, er mwyn i'ch cyflog gael ei dalu i mewn iddo.'

'Cywir,' atebodd.

'A be am y cyfeiriad ddefnyddioch chi i wneud y cais am y swydd?'

'Mi ydach chi'n mynd yn ôl dipyn rŵan, Cwnstabl. Does gen i ddim cof pa gyfeiriad oedd o – dwi wedi symud o gwmpas dipyn go lew, a fydda i ddim yn aros yn hir yn nunlla.'

Dangosodd Sgwâr y ffurflen gais iddo, a'r cyfeiriad i'w weld yn blaen arni: 17 Acton Road, Prestwich.

'Eich llawysgrifen chi ydi honna yntê?' gofynnodd i Smith.

'Ia. Wel, mae o'n debyg iawn, beth bynnag.'

'Deudwch rwbath wrtha i am y cyfeiriad yna.'

Nid atebodd Smith.

'Fuoch chi'n byw yn y cyfeiriad yna erioed, am unrhyw gyfnod?'

'Dim sylw.'

'Fel mae'n digwydd bod, mae 'na ddyn o'r enw David Smith yn byw yn 17 Acton Road, Prestwich, ond does ganddo fo ddim enw canol.'

'Dim sylw.'

'Siaradais i efo fo ddoe. Dydi o ddim yn eich nabod chi, nag erioed wedi clywed sôn amdanoch chi.'

'Dim sylw.'

'Y pymthegfed o Awst, 1984, ydi'i ddyddiad geni fo hefyd. Yr un diwrnod â chi.'

'Dim sylw.'

'Cyd-ddigwyddiad? Dwi ddim yn meddwl.'

'Dim sylw.'

'Sut ddaethoch chi ar draws manylion y Mr Smith arall yma – dyn o'r un enw, a'r un dyddiad geni.'

'Dim sylw.'

'Rhaid eich bod chi wedi gwneud llawer iawn o ymchwil er mwyn darganfod rhywun efo'r un enw a'r un dyddiad geni â chi. Mi fuoch chi'n lwcus, yn do?'

'Dim sylw.'

'Be fyswn i'n lecio'i wybod ydi sut na chafodd y dyn hwnnw lythyr yn y post yn cynnig y swydd iddo.'

Nid atebodd Smith.

'Mi wnaethoch chi hyn i gyd er mwyn defnyddio'i fanylion o i wneud cais am y swydd yn yr ysgol. Pam?'

Parhaodd Smith yn fud, gan ddifaru ateb cwestiynau cyntaf y plismon. Eisteddodd yn llonydd, gan syllu i lygaid Ditectif Gwnstabl Owens heb damaid o emosiwn.

'Maddeuwch i mi am ofyn,' meddai Robert Price, y cyfreithiwr. 'Ond i ble yn union mae hyn i gyd yn arwain? Cyn belled ag y medra i weld, mae Mr Smith wedi defnyddio'i enw a'i ddyddiad geni cywir.'

'Mi wyddoch chi, Mr Smith,' meddai'r ditectif, heb droi yn uniongyrchol i wynebu'r cyfreithiwr, 'fod pawb sy'n gwneud cais am swydd sy'n dod â nhw i gyswllt efo plant a phobl sy'n agored i niwed, yn gorfod pasio prawf gwirio. Mae'r ymholiadau ar gyfer hynny'n cael eu gwneud gan y Gwasanaeth Datgelu a Gwahardd Cenedlaethol. Mae'ch swydd chi yn yr ysgol yn dod i mewn i'r categori hwn, ac roeddech chi'n ymwybodol o hynny, wrth gwrs. Mi wyddech chi y byddai ymchwil yn cael ei wneud i'ch gorffennol chi.'

'Dim sylw,' atebodd Smith.

Erbyn hyn roedd y cyfreithiwr yn gwybod yn iawn i ba gyfeiriad roedd yr holi'n mynd, ac yn prysur lenwi tudalennau ei lyfr glas.

'Mi ddaeth canlyniad y chwiliad wnaethpwyd i'ch cefndir chi yn ôl i'r ysgol yn bositif, yn lân. Doedd dim cofnod o unrhyw drosedd yn eich gorffennol chi, Mr Smith, a hynny gan eich bod chi wedi rhoi cyfeiriad ffug ar y ffurflen gais. Ydach chi'n meddwl y bysach chi wedi cael y swydd tasa'r ysgol a'r Cyngor Sir yn gwybod am y rhain?'

Gwthiodd Owain Owens damaid o bapur ar draws y bwrdd i'r ddau arall ac arno restr o euogfarnau Smith. Cymerodd Robert Price ei amser i'w darllen i gyd, ond cipolwg yn unig darodd Smith ei hun ar y rhestr. Wedi'r cyfan, roedd o'n ymwybodol o'r holl fanylion.

'Fel y gwelwch chi, Mr Price, mae gan eich cleient nifer o euogfarnau, rhai ohonyn nhw'n droseddau difrifol iawn: trais brwnt, rhannu cyffuriau, anonestrwydd ac ati, ac mae o wedi treulio sawl cyfnod yn y carchar.'

Gwnaeth Price fwy o nodiadau. Yna, rhoddodd ei feiro i lawr.

'Oes 'na honiadau fod fy nghleient i wedi gwneud rhywbeth o'i le tra oedd o yn ei waith yn yr ysgol?' gofynnodd.

'Dyna'n union lle ro'n i'n mynd nesa,' atebodd Owain Owens. 'Mae'r defnydd o fêps yn Ysgol Glan y Don wedi cynyddu'n aruthrol yn ddiweddar, a'r fêps hynny'n cynnwys hylif anghyfreithlon sydd â nicotin cryf a chanabis ynddo.' Mentrodd Sgwâr honni hyn er nad oedd unrhyw adroddiad pendant wedi cyrraedd yn ôl o'r labordy.

'Be sydd gan hynny i'w wneud efo fi?' gofynnodd Smith.

'Am mai chi sy'n dod â nhw i'r ysgol er mwyn eu gwerthu i blant ifanc y dref 'ma.'

'Sothach! Chlywis i 'mo'r fath lol erioed.'

'Be ydi'ch perthynas chi efo bachgen o'r enw Frankie Williams?'

'O, fo sy'n cario straeon, ia? Diawl bach drwg ydi hwnnw, a fedrwch chi ddim coelio gair ddaw o'i geg o. Fysa tystiolaeth hwnnw ddim yn werth ceiniog yn y llys, ac os mai dyna'r cwbwl sgynnoch chi, waeth i chi adael i mi fynd ddim.'

'Dwi wedi edrych trwy eich datganiadau banc chi. Mae'n amlwg fod mwy o arian yn symud trwyddo na'ch cyflog chi, ac nad ydach chi'n gwario llawer ohono chwaith. Oes ganddoch chi ffynhonnell arall o arian?'

'Mater i mi ydi hynny. Dim sylw.'

'Dwi'n awgrymu hefyd, Mr Smith, eich bod chi wedi parhau i dwyllo'r ysgol ar ôl i chi ddechrau gweithio yno. Y cyfeiriad lleol roddwyd ganddoch chi i'ch cyflogwyr oedd 12 Bron Llwyd, Glan Morfa. Dynes oedrannus sy'n byw yn y tŷ hwnnw ar ei phen ei hun. Ac fel dwi'n dallt, fuoch chi erioed yn byw yno.'

Chwarddodd Smith. 'Mae hynny'n ddigon gwir,' meddai. 'Ond ro'n i wedi meddwl aros yno fel lojar dros dro. Pan ffendis i fod y ddynes wedi'i cholli hi'n lân, mi newidiais fy meddwl, ond ro'n i wedi rhoi'r cyfeiriad i'r ysgol erbyn hynny. Mi wnes i symud i mewn efo Annie wedyn, ac anghofio newid fy nghyfeiriad yn yr ysgol. Mae'r peth mor syml â hynny.'

Dewisodd Owain beidio'i holi ynglŷn ag Annie. Roedd penderfyniad wedi'i wneud ymlaen llaw hefyd na fyddai Smith yn cael ei holi ynglŷn ag unrhyw gysylltiad â Manceinion, llofruddiaeth Vic McVey, ei gysylltiad â Benjamin Adams na'r dynion oedd yn y BMW llwyd roedd o wedi'u cyfarfod rai dyddiau ynghynt, rhag peryglu'r ymchwiliad estynedig.

'Dyna'r cyfweliad ar ben, felly,' meddai Owens. 'Mi fyddwch chi'n cael eich cyhuddo o ennill eich swydd yn Ysgol Glan y Don drwy dwyll, a'ch rhyddhau ar fechnïaeth i ymddangos o flaen Llys yr Ynadon ryw dro yn y dyfodol agos. Wrth gwrs, bydd yn rhaid i ni ddatgelu'r cwbwl i'r ysgol.'

Roedd gwên ar wyneb David Sydney Smith wrth iddo gael ei brosesu gan Sarjant Rob Taylor yn y ddalfa ychydig funudau'n ddiweddarach. Roedd o'n eitha balch nad oedd mwy o dystiolaeth i'w gysylltu â'r fêps.

Ar gais Jeff, dechreuodd Rob sgwrsio â Robert Price wrth iddo gwblhau'r gwaith papur a llwytho'r manylion i'w gyfrifiadur.

'Sut oedd y sgota leni, Mr Price?' gofynnodd. Gwyddai pawb yn yr ardal fod Price yn bysgotwr mawr.

'Prin iawn fues i allan ar y môr nag ar yr afon, a deud y gwir, Sarjant,' atebodd y cyfreithiwr. 'Does 'na ddim llawer o ddim yn y môr y dyddia yma beth bynnag, dim fel roedd hi ers talwm.'

'Fyddwch chi'n pysgota, Mr Smith?' gofynnodd Rob.

'Fi? Pysgota? Dim peryg. Ista ar fy nhin am oria'n disgwyl i sgodyn neidio ar fachyn? Ma' gin i betha gwell i'w gwneud.'

Yn y cefndir, allan o'r golwg, gwenodd Jeff. Dyna un peth arall wedi'i gadarnhau. Beth oedd diben y siartiau a'r mapiau yn stafell Adam Goodwin felly, tybed?

Pennod 27

Wedi i David Sydney Smith gael ei ryddhau, eisteddodd Jeff a Sgwâr mewn cornel yn y cantîn ar lawr cyntaf gorsaf yr heddlu gyda phaned o goffi bob un.

'Be mae dy brofiad di, fel ditectif sydd wedi delio efo bob math o droseddwyr, yn 'i ddeud wrthat ti amdano fo, Sgwâr?' gofynnodd Jeff.

'Mae'n anodd 'i ddallt o, mewn mwy nag un ffordd, achos mae 'na rwbath amdano fo sydd ddim yn gwneud synnwyr i mi rywsut.'

'Sut hynny?'

'Wel, mae hwn yn droseddwr cyfresol, yn ddyn caled, cas sydd wedi hen arfer cael ei gyfweld gan yr heddlu, a be wnaeth o heddiw ond trio blyffio'i ffordd drwy'r cyfweliad. Mi fyswn i wedi disgwyl i ddyn fel fo ddeud o'r dechra un nad oedd ganddo sylw, ond am ryw reswm mi ddechreuodd o ateb fy nghwestiynau i. Mi ddaru hynny fy synnu fi, braidd.'

Rhoddodd Sgwâr fras ddarlun o'r cyfweliad i Jeff.

'Mi wela i be sgin ti. Mi ddechreuodd o ateb, wedyn pan aeth y cwestiynau'n anoddach i'w hateb – hynny ydi, y bysa'i atebion o'n debygol o ddangos ei fod o'n euog – mae o'n newid ei drefn a gwrthod ateb. Mae hynny fel tasa fo'n cyfadda'i fai, mewn ffordd.'

'Dyna be dwi'n methu'i ddallt. Bron nad oedd o'n barod, gan feddwl ei fod o'n glyfar, i dderbyn yr honiad yn ei erbyn er mwyn cael ei ryddhau, cyhuddiad neu beidio,' ychwanegodd Sgwâr.

'Pam, sgwn i,' ystyriodd Jeff. 'Ddylai chydig oriau yn y ddalfa ddim poeni dim ar ddyn fel'na. Drycha faint o amser mae o wedi'i dreulio yn y carchar dros y blynyddoedd! Ac mae o'n ddyn caled – welaist ti ei record o?'

'Do. Dychrynllyd,' atebodd Sgwâr. 'Torri esgyrn, llosgi gwadnau traed dyn efo leitar, a thaflu asid ar wyneb dynes fel cosb. Ma' raid ei fod o'n o ddwfn yn is-fyd troseddol Manceinion. Dyna pam ro'n i wedi synnu 'i fod o mor glên a siaradus pan o'n i'n ei holi o gynta.'

Rhwbiodd Jeff ei ên a chymryd llymaid o'i goffi. 'Yr unig reswm fedra i feddwl am hynny ydi ei fod o'n trio tynnu'n sylw ni oddi ar ryw drywydd arall, a bod gwneud hynny'n bwysicach iddo fo na chael ei gyhuddo o rwbath eitha dibwys fel cael swydd drwy dwyll. Oedd o ofn y bysan ni'n ei holi o am guro'i bartner, ti'n meddwl?'

'Ella wir,' atebodd Sgwâr, 'ond ydi ei agwedd ffwrdd-â-hi o heddiw ynglŷn â'r twyll yn cyd-fynd â'r ymdrech sylweddol i ddefnyddio hunaniaeth dyn arall o'r un enw a dyddiad geni i gael ei swydd?'

'Dwi'n meddwl mai dod i'r ardal hon oedd y bwriad gwreiddiol, 'sti. Tydi swydd gofalwr mewn ysgol ddim yn un ddigon da i symud o bell i'w chael, ond mae hi'n reit barchus. Ar ôl iddo fo setlo yma ddechreuodd y cam-drin. Felly oedd 'na reswm arall iddo fod isio dod i Lan Morfa yn y lle cynta?'

'I werthu fêps anghyfreithlon i blant? Fysa fo'n mynd i'r fath drafferth i wneud hynny?'

'Oes 'na fwy i hyn na 'dan ni'n feddwl? Ac oes 'na unrhyw gysylltiad o gwbl efo llofruddiaeth Vic McVey, neu ai cyd-ddigwyddiad enfawr ydi hynny?'

Cynhaliwyd y gynhadledd am hanner awr wedi pump y prynhawn hwnnw. Teimlad digon rhyfedd oedd gweld Sonia ar y llwyfan bach ar ei phen ei hun unwaith eto.

Edrychodd y Ditectif Arolygydd o gwmpas yr ystafell. Roedd pob llygad arni.

'I ddechrau,' meddai, 'mae 'na newyddion ynglŷn â chyflwr Ditectif Uwch-arolygydd Lowri Davies. Dwi'n falch o fedru dweud nad trawiad ar y galon mae hi wedi'i ddioddef. Mae'r profion yn tueddu i ddod i'r casgliad mai rhyw fath o firws sydd arni, a bod hwnnw'n effeithio ar y galon. Beth bynnag, mi fydd hi yn yr ysbyty am rai dyddiau eto, ac mi fydda i'n gyrru neges yn dymuno'n dda iddi gan bob un ohonon ni.'

Ar ôl y murmur o gytundeb o'r llawr, gofynnodd Sonia i Jeff roi crynodeb o'r hyn a ddigwyddodd yn ystod y dydd yn achos David Sydney Smith. Rhedodd siom amlwg drwy'r ystafell nad oedd yr archwiliad o'r tŷ na'r cyfweliad wedi bod o les i'r ymchwiliad i lofruddiaeth Vic McVey. Penderfynodd Jeff beidio sôn am y siartiau a'r mapiau – roedd o am wneud mwy o ymholiadau efo Adam Goodwin cyn cyhoeddi ei ddarganfyddiadau. Wedi'r cyfan, yn ei ystafell wely o roedden nhw. Gobeithiai y byddai Meira'n barod i'w helpu i wneud hynny.

Soniodd Sonia nad oedd yr ymholiadau ym Manceinion wedi datgelu cymaint ag yr oedd hi wedi'i obeithio, gan fod rhywfaint o anfodlonrwydd ymysg yr heddlu yno fod ditectifs o Gymru'n holi eto am gyn-uwch swyddog, ac agor hen greithiau. Cytunodd pawb fod hon yn agwedd eithriadol siomedig o ystyried mai ymchwiliad i lofruddiaeth un o'u cyn-dditectifs nhw oedd ar y gweill. Doedden nhw byth wedi cael mynediad i fflat McVey chwaith, a phenodwyd Jeff i geisio symud hyn ymlaen cyn gynted ag y bo modd.

Ar ôl i'r cyfarfod orffen gwnaeth Jeff drefniadau i deithio i Fanceinion yn gynnar fore trannoeth yng nghwmni Ditectif Gwnstabl Owain Owens.

Gadawodd Jeff orsaf yr heddlu cyn gynted â phosib, er mwyn manteisio ar hynny o olau dydd oedd yn weddill. Roedd bol yr afanc wedi bod yn gwingo ers rhai oriau – ni allai gael y ddelwedd o'r siartiau a'r mapiau yn ystafell wely Adam Goodwin allan o'i feddwl, ac roedd o wedi edrych ar y lluniau a gymerodd ohonynt ar ei ffôn fwy nag unwaith yn ystod y prynhawn. Gyrrodd i gyfeiriad Carreg y Bwgan.

Fel roedd o wedi dychmygu, roedd y ffermdy yn fawr ac urddasol yr olwg – ac yn dwt hefyd, gyda blodau mewn potiau o gwmpas y drws ffrynt ac o dan y ffenestri. Defaid oedd yr unig anifeiliaid a welai yn pori yn y caeau, ac roedd cnydau'n cael eu tyfu ar yr aceri ychwanegol o dir o gwmpas y tŷ. Er hyn, doedd 'run cerbyd ar y buarth, na thractors na pheirianwaith ffermio chwaith. Parciodd ei gar o flaen y tŷ a chamodd ohono.

Fel roedd o'n estyn i guro'r drws, fe'i agorwyd gan ddynes yn ei saithdegau hwyr. Roedd yn fychan a thenau a'i chorff wedi camu, ond bu'n ddynes smart yn ei hamser, ystyriodd Jeff. Dechreuodd ci gyfarth y tu ôl iddi yn y tŷ. O weld ei bod yn edrych braidd yn nerfus, gwenodd Jeff arni.

'Plisman ydw i,' meddai'n syth. 'Ond peidiwch â phoeni, does 'na ddim byd o'i le.' Dangosodd ei gerdyn adnabod iddi.

'Jeffrey Evans mae o'n ei ddeud yn fama,' meddai'r ddynes, gan astudio'r cerdyn yn drylwyr. 'Ditectif Sarjant.'

'Ia, dyna chi. CID Glan Morfa.'

'Chi ydi tad Twm, ia?'

'Ia. Sut ydach chi'n ei nabod o?'

'Roedd y ddau ohonan ni'n mynd i'r un dosbarth hyfforddi cŵn chydig flynyddoedd yn ôl. Dwi'n cofio bod ganddo fo ast sbaniel fach ... be oedd 'i henw hi, dwch?'

'Enfys,' atebodd Jeff.

'Wel ia, siŵr. Un da oedd Twm. Sut mae'r ddau ohonyn nhw?'

'Ardderchog, diolch.'

'Wel, dowch i mewn i'r tŷ, Sarjant Evans. Mi gewch chi groeso cynnes gan fy nghi inna – labrador ydi Sam ac mae o braidd yn wyllt. Ches i ddim cystal hwyl ar ei hyfforddi o! Ei gael o ar ôl i'r gŵr farw nes i ... mae o'n gwmni da, ac yn gwneud sŵn dychrynllyd pan fydd rhywun diarth yn dod yma. Ma'i angen o yn yr hen dŷ mawr 'ma, a finna ar fy mhen fy hun. Cofiwch, fyswn i byth yn gadael y lle chwaith. Sally ydw i, gyda llaw. Sally Parry.'

'Pwy sy'n ffarmio yma rŵan felly, Sally?' gofynnodd Jeff.

'Idwal Parry, mab brawd fy ngŵr. Mae'n handi iawn 'i gael o o gwmpas 'ma, er ei bod hi dipyn yn unig ar ôl iddo fo'i throi hi am adra bob nos. Gymrwch chi banad?'

Gwrthododd Jeff, gan roi esgus ei fod o ar ei ffordd adref am swper.

'Isio gofyn i chi am yr arfordir ar waelod eich caeau chi o'n i,' meddai.

'Wel wir, pam fod y CID yn gofyn y fath beth?'

'Mi ddois i ar draws mapiau o'r ardal 'ma yn gynharach heddiw, a siartiau o'r arfordir. Roedd marciau arnyn nhw yn nodi tri bae bach wrth ochrau ei gilydd draw yn fan'cw, a fedra i ddim gweld pam. Sgynnoch chi unrhyw syniad pam fysa rhywun â diddordeb ynddyn nhw?' Dangosodd luniau iddi o'r papurau ar ei ffôn.

'Mi wn i'n iawn am y tri childraeth bychan 'na – a bychan iawn ydyn nhw hefyd. Ma' nhw allan o'r ffordd i rywun sydd ddim yn gyfarwydd â'r arfordir, ac mae 'na hanes hir iddyn nhw.'

'Sut fath o hanes?'

'O, yn mynd yn ôl i'r Oesoedd Canol. Roeddan nhw'n cael eu defnyddio gan smyglwyr, ond anaml iawn fydd neb yn mynd i lawr yno'r dyddia yma. Fydda i ddim yn lecio annog pobol i gerdded ar draws fy nhir i fynd yno – ma' nhw'n gadael giatia'n gorad a dychryn yr anifeiliaid. Ond mae 'na drac yn mynd i lawr yno, un digon da i yrru ffôr-bai-ffôr arno tasa rhywun angen. Mi oedd o'n cael ei ddefnyddio ar un adeg gan bysgotwyr rhwyd oedd â thrwydded i ddal eogiaid. Os cofia i'n iawn, mi fu rhywun i lawr yno chydig o fisoedd yn ôl, ryw gyda'r nos yn y gwanwyn.'

'Pwy oedd hwnnw?'

'Dyn mewn fan fawr wen. Wn i ddim pwy oedd o. Es i lawr i ben y trac pan welais i o'n dod i fyny'n ôl a'i stopio fo; gofyn be oedd o'n da yno.'

'Fedrwch chi ddisgrifio'r dyn?'

Meddyliodd Sally am funud.

'Canol oed cynnar, reit fawr ac abl yr olwg, efo gwallt coch cyrliog a chap â phig. Liciais i ddim llawer arno fo a deud y gwir. Chwilio am le i bysgota oedd o, medda fo. Ddeudis i wrtho fod y tir yn breifat, ond y bysa fo'n cael mynd eto 'mond iddo fo ofyn gynta.'

'Ar ei ben ei hun oedd o?'

'Ia. Welis i mohono fo wedyn.'

'Oedd ganddo fo dacl pysgota?'

'Dim i mi gofio, ond nath o ddim agor y fan.'

'Mi liciwn i fynd i lawr yno i gael golwg, os gwelwch yn dda. Mae gen i gar digon tebol.'

'Â chroeso. Mi ddo' i efo chi i ddangos y ffordd orau, rhag ofn i chi fynd yn sownd yn y mwd. Well i ni frysio – ma' hi'n dechrau nosi.'

Ymhen deng munud roedd Jeff wedi gyrru'n araf i lawr y trac gan ddilyn cyfarwyddiadau manwl Sally Parry. Arhosodd hi yn sedd teithiwr y car tra cerddodd Jeff ychydig lathenni i lawr tuag at y creigiau.

Bychan iawn oedd y ddau gildraeth ochr, ond roedd yr un yn y canol yn fwy, a hen adeilad cerrig yno. Gallai Jeff ddweud bod y dŵr yn ddwfn yno, ond doedd dim byd arall nodedig i'w weld, a doedd Jeff ddim yn gwisgo esgidiau addas i fynd ymhellach i lawr i gyfeiriad y môr. Penderfynodd ddod yn ôl yno ryw dro.

Cyn gollwng Mrs Parry wrth y tŷ, diolchodd iddi.

'Os welwch chi'r dyn hwnnw eto, wnewch chi adael i mi wybod, plis, a gwneud nodyn o rif cofrestru'r fan hefyd?'

'Siŵr iawn, Sarjant,' atebodd. 'Oes 'na reswm i mi boeni?'

'Ddim i mi fod yn gwybod, ond dwi jest isio cadw golwg. Ydi hwn yn lle da i bysgota, gyda llaw?' gofynnodd cyn gadael.

'Mi oedd o ers talwm, ond welais i neb yno ers amser maith rŵan. Er, mi fydd 'na gychod allan yn y môr yn ystod yr haf.'

Chwilio am le i bysgota, wir, meddyliodd Jeff wrth yrru ymaith. Gwyddai nad oedd David Sydney Smith yn bysgotwr, ond roedd y disgrifiad roddodd Sally Parry o'r dyn dieithr a'r fan yn ei ffitio fo i'r dim.

Y noson honno, ar ôl i'r plant fynd i'w gwlâu, trodd Jeff at ei wraig.

'Pryd wyt ti'n meddwl mynd i weld Annie Goodwin nesa, Meira?'

'Pnawn fory, er mwyn cadw mewn cysylltiad a chadw llygad ar ei hiechyd meddwl hi. Pam ti'n gofyn?'

'Mi fyswn i'n lecio i ti wneud ffafr i mi, os wnei di.'

'O, Jeff, plis paid â gofyn i mi roi pwysau arni eto i wneud cwyn yn erbyn Smith. Neith hi ddim. Rhaid i ti sylweddoli na fedra i ddefnyddio fy swydd er lles dy waith di, waeth pa mor bwysig ydi gwneud yn siŵr fod Smith yn cael ei gosbi am be mae o wedi'i wneud iddi.'

'Na, wna i ddim gofyn hynny i ti eto, cariad. Mi gafodd Smith ei arestio bore 'ma.'

Trodd Meira'n sydyn i'w wynebu, ei llygaid yn llawn cwestiynau.

'Na, dim byd i'w wneud efo Annie.' Dywedodd yr hanes wrthi, yn cynnwys darganfod y siartiau a'r mapiau yn y llyfr pêl-droed yn llofft Adam. 'Dwi'n weddol saff nad oes gan Smith ddiddordeb mewn pysgota, ond mi fyswn i'n ddiolchgar tasat ti'n medru ffeindio ydi'r un peth yn wir am Adam.'

'Wyt ti'n meddwl fod hynny'n bwysig?'

'Anodd gwybod, ond mae 'na rwbath yn deud wrtha i na ddylwn i anwybyddu'r peth.'

'Wel, dydw i ddim yn gweld pa niwed fysa gofyn hynny'n ei wneud.'

Doedd 'run o'r ddau wedi sylweddoli fod Twm wedi cerdded i mewn i'r lolfa.

'Sori,' meddai'r llanc, 'chwilio am fy mag ysgol dwi.'

'Mae o ar lawr yng nghornel y gegin, yn union lle

wnest ti ei ollwng o ar ôl dod adra,' atebodd ei fam.

Oedodd cyn troi am y gegin. 'Ylwch,' meddai, 'do'n i ddim yn trio gwrando ar eich sgwrs chi, ond nes i'ch clywed chi'n sôn am bysgota ac am Adam. Am Adam Goodwin oeddach chi'n siarad?'

'Ia, 'ngwas i,' atebodd Jeff. 'Be sgin ti ar dy feddwl?'

'Wel ella 'mod i'n busnesu, ond oes gan hyn rwbath i'w wneud â'r dyn Syd 'na? Mae 'na lot o siarad wedi bod o gwmpas yr ysgol amdano fo heddiw. Mae rhai yn deud 'i fod o wedi cael ei wahardd o'i waith.'

'Wyt ti'n nabod Adam o'r ysgol, Twm?' gofynnodd Jeff heb gadarnhau unrhyw beth arall.

'Ydw, ond dim yn dda iawn. Fydda i ddim yn cyboli rhyw lawer efo'r plant Saesneg. Wel, dwi ddim isio busnesu, a sgin i ddim syniad ydi Adam yn lecio pysgota ai peidio, ond os ydach chi'n chwilio am gysylltiad rhwng pysgota a Syd, ella ddylech chi edrych i gyfeiriad Frankie Williams. Mae o wedi bod yn pysgota môr ers blynyddoedd, ac fel y gwyddoch chi, Dad, mi oedd o a Syd yn reit agos i'w gilydd.'

'Diolch i ti, Twm. Ella bydd hynna o help mawr i mi.'

Diflannodd Twm yn ôl i fyny'r grisiau ar ôl nôl ei fag ysgol o'r gegin.

'Dwi'n rhag-weld y bydd ein Twm bach ni yn tyfu i fyny i fod yn dditectif cystal â'i dad ryw ddydd,' meddai Meira gyda gwên.

Pennod 28

Am hanner awr wedi wyth y bore Llun canlynol cyrhaeddodd Jeff a Sgwâr fflat Vic McVey yn Old Broadway, Didsbury, Manceinion – ardal ddigon dymunol i bob golwg. Roedd Land Rover Discovery newydd wedi'i barcio y tu allan i rif 17, ac edrychai'n debyg fod y tŷ mawr o'u blaenau wedi'i rannu'n ddau fflat. Roedd dau ddrws i'r adeilad gyda'r enw Bithell ar gloch un drws, a dim enw o gwbl ar y llall. Y fflat ar y llawr isaf oedd hwnnw, a fanno, mae'n rhaid, roedd McVey wedi byw.

'Lle ddechreuwn ni, Sgwâr,' gofynnodd Jeff, 'o gofio nad oes ganddon ni oriad i fynd i mewn? Fysa'n well gen i beidio gorfod torri mewn, os yn bosib, ond dwi'n gyndyn o wastraffu amser hefyd.'

'Oes 'na rywun wedi trio'r fflat arall?' gofynnodd Sgwâr.

'Oes, ond heb gael ateb fel dwi'n dallt,' meddai Jeff. 'Ty'd, awn ni rownd i'r cefn.'

Yn y fan honno roedd yr ardd gefn wedi'i rhannu'n ddwy. Roedd un rhan yn eitha twt, ac arwyddion fod blodau a llysiau wedi cael eu tyfu yno dros yr haf, ond edrychai'r ochr arall fel petai heb gael fawr o sylw. O'r ochr honno roedd drws i gefn y fflat isaf. Gafaelodd Sgwâr yn nwrn y drws a'i droi, ond roedd yn amlwg wedi'i gloi. Edrychodd trwy'r gwydr ond ni welodd unrhyw beth o bwys.

O'r ardd ar yr ochr arall roedd grisiau haearn yn codi at

ddrws cefn ar y llawr cyntaf. Cerddodd Jeff i fyny'n araf, a cheisio agor y drws. I'w syndod, gwelodd wyneb yr ochr arall i'r gwydr yn edrych allan arno. Dynes ganol oed oedd hi, yn ei dillad nos, a rhoddodd floedd o weld Jeff yn syllu arni. Ar unwaith, ymddangosodd dyn, a gwthio o'i blaen hi.

'Be ddiawl dach chi'n feddwl dach chi'n neud?' gwaeddodd wrth agor y drws.

Camodd Jeff yn ei ôl. 'Heddlu,' meddai, gan estyn am ei gerdyn swyddogol a'i ddangos iddo. 'Mae'n wir ddrwg gen i os wnes i'ch dychryn chi'ch dau. Chwilio am fflat Vic McVey ydan ni.'

'Y fflat ar y llawr isaf ydi hwnnw. Pam na wnaethoch chi ganu cloch y drws ffrynt fel pawb call?'

'Eto, dwi'n ymddiheuro am eich styrbio chi, ond mae rhai o 'nghyd-weithwyr i wedi bod yn trio cael gafael arnoch chi ers deuddydd. Mae'r hyn 'dan ni isio'i drafod efo chi'n fater difrifol.'

''Dan ni wedi bod ar ein gwyliau – neithiwr oeddan ni'n fflio adra. Be sydd mor bwysig, felly?'

'Marwolaeth Vic McVey,' atebodd Jeff. Doedd ganddo ddim amynedd ceisio esbonio'n fwy ystyriol.

'Vic ... wedi marw?'

'Ydi. Mi gafodd o'i lofruddio.'

Camodd y dyn yn ôl, ei syndod yn amlwg wrth i'w wyneb welwi.

'O, dwi'n gweld,' meddai toc. Ailymddangosodd ei wraig y tu ôl iddo, yn amlwg wedi clywed y sgwrs, ac wedi gwisgo amdani.

'Well i chi ddod i mewn,' meddai'r dyn.

Esboniodd Jeff fod ei gyd-weithiwr i lawr yn yr ardd, a

galwyd ar Sgwâr i ymuno â nhw. Eisteddodd y tri mewn lolfa gyfforddus, foethus yr olwg. Cyflwynodd Jeff ei hun a Sgwâr, gan esbonio mai yng ngogledd Cymru y darganfuwyd corff Vic McVey ac o ganlyniad, mai cyfrifoldeb Heddlu Gogledd Cymru oedd yr ymchwiliad i'w lofruddiaeth. Cawsant wybod mai Charles a Helga Bithell oedd y ddau o'u blaenau.

Eisteddodd Mr Bithell wrth ochr ei wraig ar y soffa, y ddau yn amlwg dan deimlad ar ôl clywed y newyddion brawychus ac annisgwyl. Dechreuodd Jeff egluro'r sefyllfa.

'Does 'na ddim ffordd hawdd o ddweud hyn, ond cael ei saethu yn ei ben ddaru Mr McVey.' Gwelodd syndod eto'n taro'r ddau ar y soffa. 'Oeddach chi'ch dau'n ei nabod o'n dda?' gofynnodd.

'Roedden ni'n gyfeillgar fel cymdogion, ond dim mwy na hynny. Mae'n siŵr eich bod chi'n ymwybodol mai plisman oedd o, wedi ymddeol tua dwy flynedd yn ôl?'

'Fel mae'n digwydd bod, ro'n i wedi'i gyfarfod o fwy nag unwaith yn rhinwedd fy swydd. Y rheswm pam ein bod ni yma, Mr Bithell, ydi bod angen i ni chwilio drwy ei fflat yn fanwl os ydan ni am ddarganfod pwy laddodd Vic. Oes ganddoch chi allwedd sbâr, tybed?'

'Na, ond mae gan Vic chwaer sy'n byw yn weddol lleol – Sandra Osmond. Mae ei rhif ffôn hi gen i.' Oedodd wrth i sylweddoliad ei daro. 'Ydi hi'n gwybod am hyn?'

'Ddim i mi fod yn gwybod. Ia, wnewch chi roi caniad iddi, os gwelwch yn dda, a gofyn iddi ddod â'r allwedd draw? Ond peidiwch â dweud dim am Vic wrthi dros y ffôn.'

Gwnaeth Bithell yr alwad, gan wrthod ateb unrhyw un o'r cwestiynau roedd Sandra yn amlwg yn eu gofyn.

'Mi fydd hi yma ymhen rhyw chwarter awr,' meddai, ar ôl gorffen yr alwad. 'Dyna'r peth anoddaf i mi ei wneud erioed,' ychwanegodd.

Dros baned, tra oedden nhw'n disgwyl i Sandra gyrraedd, dechreuodd Jeff bysgota am wybodaeth.

'Ma' siŵr eich bod chi wedi gweld lot mwy o Vic ers iddo ymddeol o'r heddlu,' dechreuodd.

'Na, dim o gwbl. Roedd o'n mynd allan bob dydd, yn union fel pan oedd o yn yr heddlu – gadael y fflat tua naw bob bore, chydig yn hwyrach nag y byddai o cynt, a byth yn ei ôl nes roedd hi'n chwech neu saith gyda'r nos. Ond mi oedd o'n mynd ar ei wyliau yn amlach nag y byddai o cyn ymddeol.'

'Be oedd ei waith o ar ôl gadael yr heddlu, felly?'

'Ddaru o ddim deud yn iawn, er 'mod i wedi gofyn iddo fo unwaith neu ddwy. Gwneud dipyn o waith ymchwil i rywun, dyna ddeudodd o, a wnes i ddim pwyso arno fo gan nad oedd o'n ddim o 'musnes i.'

'Roedd o'n gwneud yn iawn, yn doedd? Gwyliau cyson, a char newydd drud.'

'Oedd, am wn i.'

'Pryd welsoch chi o ddwytha?'

'Ddiwrnod neu ddau cyn i ni fynd i ffwrdd i Dwrci ... chydig dros bythefnos yn ôl, felly. Dim ond codi llaw arno wnes i y bore hwnnw.'

'Oeddach chi'n ymwybodol fod rwbath yn ei boeni o?'

'Dim syniad.'

'Oedd ganddo elynion?'

Ysgydwodd Bithell ei ben yn araf. 'Neb y medra i feddwl amdanyn nhw, ond eto, do'n i ddim yn ei nabod o gystal â hynny.'

'Oedd pobol yn galw yn y fflat yn aml?'

'Dwi ddim yn cofio gweld neb yn ymweld â fo – heblaw ei chwaer bob hyn a hyn. Dyn distaw, preifat oedd Vic.'

'Wyddoch chi pa mor agos oedd hi at ei brawd?'

'Eitha agos, am wn i. Cyn belled ag y gwn i, doedd gan Vic neb arall. Collodd ei wraig flynyddoedd yn ôl, a doedd ganddyn nhw ddim plant. Mae Sandra'n briod, a dau o blant ganddi, ond fyddai ei gŵr na'r plant byth yn dod draw yma.'

'Pa mor aml fyddai Sandra'n dod?'

'Go lew o aml. Roedd hi chydig iau na fo, ac fel petai'n edrych ar ei ôl o ers iddo golli ei wraig. Mi oedd hi'n llnau weithia – roedden ni'n clywed yr hŵfyr – ac yn cario bwyd iddo fo. Dwi ddim yn meddwl fod Vic yn coginio rhyw lawer. Bwyta allan oedd o fel arfer.'

Tybed pam nad oedd yr heddlu ym Manceinion wedi cysylltu â Sandra cyn hyn, dyfalodd Jeff. Mi ddylai ei manylion fod yn ffeiliau personol McVey pan oedd o yn yr heddlu.

Ar y gair, canodd cloch y drws ffrynt. Aeth Charles Bithell i lawr y grisiau i'w agor ac o fewn rhai eiliadau, camodd yn ôl i'r ystafell yng nghwmni dynes yng nghanol ei phedwardegau. Roedd hi wedi'i gwisgo'n smart ond yn hamddenol mewn trowsus glas tywyll a siwmper oren lac, ei gwallt tywyll yn hir dros ei hysgwyddau a'i hwyneb yn denau ond yn hardd. Yn amlwg, roedd hi wedi synhwyro fod rhywbeth mawr o'i le.

Cododd Jeff ac Owain Owens ar eu traed yn barchus.

'Lle mae Vic?' gofynnodd Sandra. 'Ma'i gar o tu allan. Ydi o wedi colli'i oriadau?'

'Sandra, plismyn ydi'r dynion yma,' atebodd Charles

Bithell, 'ditectifs o ogledd Cymru sydd isio gair efo chdi.'

'Wnewch chi eistedd i lawr, os gwelwch yn dda, Sandra,' meddai Jeff mor fwyn ag y gallai. 'Mae gen i newyddion drwg.'

Eisteddodd Sandra.

'Mae eich brawd, Vic, wedi marw. Does 'na ddim ffordd hawdd o dorri'r peth i chi, mae gen i ofn.'

Llenwodd llygaid Sandra. Ni ddywedodd air. Symudodd Helga Bithell i eistedd wrth ei hochr er mwyn ei chysuro.

Dechreuodd Sandra grynu.

'Be ddigwyddodd iddo fo?'

Oedodd Jeff i ddewis ei eiriau.

'Deudwch wrtha i, plis,' mynnodd Sandra.

Ochneidiodd Jeff. 'Cael ei saethu ddaru o,' meddai.

'Ei saethu? Be, rhyw fath o ddamwain?'

'Yn anffodus, na, Sandra. Mae rhywun wedi'i saethu o'n fwriadol.' Penderfynodd beidio rhoi mwy o fanylion. Roedd y ddynes druan eisoes wedi dysgu mwy na digon.

Erbyn hyn roedd Sandra'n wylo'n uchel ym mreichiau Helga Bithell. Edrychodd y ditectifs ar ei gilydd. Sut yn y byd oedden nhw am allu gofyn iddi am allweddi fflat ei brawd heb ymddangos yn ansensitif? A sut aflwydd nad oedd neb wedi dweud wrthi cyn hyn am ei brawd?

Daeth Charles â phaned o de i Sandra, a thawelodd honno ryw fymryn.

'Sandra,' dechreuodd Jeff, gan fanteisio ar y cyfle, 'mae'n wir ddrwg gen i os ydw i'n ymddangos yn ddideimlad, ond dwi angen gwneud popeth o fewn fy ngallu i ddarganfod pwy saethodd Vic. Ro'n i'n ei nabod o drwy fy ngwaith, ac mi oedd gen i barch mawr tuag ato.'

Tybed oedd Vic yn dal i haeddu'r parch hwnnw, ystyriodd, neu a oedd o'n llwgr fel nifer o'i gyd-weithwyr ym Manceinion?

'Be dach chi angen gen i?'

'Bydd yn rhaid i ni chwilio drwy ei fflat o'n fanwl, rhag ofn bod unrhyw beth yno fydd yn ein harwain ni at ei lofrudd, a pham y cafodd o'i ladd.'

Heb ddweud gair, tynnodd Sandra allwedd o'i phoced a'i roi yn nwylo Sgwâr.

'Dyna chi,' meddai. 'Gwnewch be sydd angen.'

Pennod 29

Gadawodd y ddau dditectif Sandra yng ngofal cymdogion ei diweddar frawd, a mynd i lawr at ddrws fflat Vic McVey.

'Dyma ni, Sgwâr, yn union lle roeddan ni ddwyawr yn ôl. Deud wrtha i be sy'n mynd trwy dy feddwl di. Ti'n cael teimlad o'r lle?'

'Y peth cynta ydi bod y car yma o flaen y fflat, ac yn ôl pob golwg, does neb wedi cyffwrdd ynddo fo ers i Vic McVey ei adael, pryd bynnag oedd hynny.'

'A be mae hynny'n 'i olygu?'

'Bod McVey wedi cerdded i rywle a heb ddod yn ôl, neu bod rhywun wedi mynd â fo o'ma yn eu car eu hunain.'

'Ac?'

'Os aeth o mewn car, mae angen i ni ffendio oedd hynny o'i wirfodd ai peidio. Ella bydd yr ateb yn y fflat, os oes 'na arwyddion ei fod o wedi cwffio'n erbyn rhywun.'

Rhoddodd Sgwâr yr allwedd yng nghlo'r drws ffrynt, a cherddodd y ddau i mewn. Agorodd Jeff y cyrtens a disgleiriodd golau'r haul drwy'r fflat.

'Cyrtens wedi cau. Ydi hynny'n golygu ei fod o wedi gadael ar ôl iddi dywyllu, Sarj?'

'Bosib,' atebodd Jeff, 'neu cyn eu hagor yn y bore.'

Doedd dim arwydd o gwffio yn 'run o'r ystafelloedd, felly doedd dim angen trin y fflat fel lleoliad trosedd. Gyda'i gilydd, dechreuodd y ddau chwilio trwy bob ystafell fesul un, gan ddechrau efo'r unig ystafell wely. Roedd y gwely wedi'i wneud, a phob dilledyn yn ei le yn dwt. Ddaethon nhw ddim ar draws unrhyw beth o bwys. Roedd yr un peth yn wir am yr ystafell molchi. Chwiliwyd trwy'r gegin, oedd eto'n lân ac yn dwt heblaw am blât, cyllell a fforc oedd wedi'u gadael yn y sinc.

'Gweddillion be fysat ti'n ddeud sydd ar y plât 'na, Sgwâr?' gofynnodd Jeff.

'Caws ar dost, dwi'n meddwl,' atebodd hwnnw.

'Pa amser o'r dydd gafodd y pryd ei fwyta?'

'Dydi o ddim yn rwbath fysa rhywun yn 'i gael i frecwast, felly fyswn i'n deud ei fod o'n bryd amser cinio neu gyda'r nos.'

'Gyda'r nos, felly, gan fod y cyrtens wedi'u cau,' awgrymodd Jeff. 'A gan fod Vic i'w weld yn ddyn mor daclus, mi fyswn i'n deud mai newydd orffen ei swper oedd o, a heb gael amser i olchi'r llestri, cyn i rywun alw heibio.'

'Rhywun aeth â fo o'ma yn reit handi, os na chafodd o amser i glirio. Drwy orfodaeth, tybed?' awgrymodd Sgwâr.

'Ond does 'na ddim arwydd o gwffio corfforol.'

'Fysa 'na ddim, efo rhywun yn pwyntio Browning rhannol awtomatig ato fo.'

'Digon gwir. Sgwn i pa ddiwrnod oedd hi?'

Aeth y ddau ymlaen i'r lolfa, lle cawsant fwy o lwc. Daethant ar draws datganiadau banc diweddar McVey, a gweld bod dipyn go lew o arian yn cyrraedd ei gyfrif yn fisol: ei bensiwn o'r heddlu a swm arall oedd dipyn yn fwy na hynny.

'Peth rhyfedd ei fod o'n dal i gael datganiadau papur,' sylwodd Sgwâr. 'Ar fy ffôn fydda i'n eu cael nhw.'

'A finna hefyd,' atebodd Jeff, ond ella bod 'na reswm da am hynny, wyddost ti. Mi oedd dyn fel McVey yn gwybod yn union be oedd o'n ei wneud. Ond drycha, mae'r incwm ychwanegol 'ma'n awgrymu fod ganddo ryw fath o swydd arall. Swydd dda, ma' raid, o ystyried y taliadau misol, ond does 'na ddim cyfeirnod ar y datganiad i ddeud o lle mae'r arian yn dod. Mae hynny'n rhyfedd.'

Tynnwyd eu sylw at lyfr ffôn du, yn llawn o wybodaeth bersonol a rhifau ffôn.

'Unwaith eto,' sylwodd Jeff. 'Pam cadw'r holl gofnodion 'ma mewn llyfr, pan mae pawb, y dyddia yma, yn defnyddio cof eu ffonau symudol i gofnodi'u cysylltiadau?'

Aeth Jeff trwy dudalennau'r llyfr yn fanwl, gan dynnu llun o ambell dudalen er nad oedd dim yn canu cloch. Yna, ar un dudalen oedd yn cynnwys enwau yn dechrau efo'r llythyren 'C', gwelodd nifer o rifau nad oedden nhw'n cyfateb i unrhyw berson na busnes, yn wahanol i'r gweddill. Y rhifau oedd 229265228263227262. Roedd yn amlwg yn syth ei fod yn llawer rhy hir i fod yn rhif ffôn, ond allai Jeff, chwaith, ddim meddwl beth arall allai o fod. Rhoddodd y llyfr mewn bag plastig er mwyn ei gludo'n ôl i'r stesion.

Y peth nesaf o ddiddordeb oedd gliniadur bychan. Doedd o ddim yn un drud yr olwg, ond roedd o wedi cael ei guddio y tu ôl i gard yr hen le tân.

'Ylwch be dwi wedi'i ffendio, Sarj,' meddai Sgwâr wrth ei dynnu o'i guddfan, ei lais yn llawn cynnwrf a balchder.

Trodd y gliniadur ymlaen. Fel y disgwyl, gofynnwyd am gyfrinair.

'Gad o am rŵan, Sgwâr,' meddai Jeff. 'Mi awn ni â fo efo ni er mwyn i'r hogia technegol gael golwg arno fo.'

Roedden nhw'n dal i chwilio pan ymddangosodd Sandra a Helga.

'Mae Tony, gŵr Sandra, ar ei ffordd i'w nôl hi,' eglurodd Helga. 'Mi fydd o yma cyn pen yr awr.'

'Sut ydach chi'n teimlo erbyn hyn, Sandra?' gofynnodd Jeff. 'Dwi'n cydymdeimlo efo chi'n arw, ac yn ymddiheuro fod angen i mi a Ditectif Gwnstabl Owens yn fama chwilio'r fflat rŵan, heb roi amser i chi ddod i delerau â'ch colled.'

Ysgydwodd Sandra ei phen. 'Dwi'n dallt – mae ganddoch chi waith i'w wneud, ac mi wna i rwbath fedra i i helpu.'

Heb oedi, bachodd Jeff ar y gwahoddiad. 'Pa mor aml oeddach chi'n gweld Vic?'

'Tua unwaith bob pythefnos, weithia bob wythnos. Mi wnes i ddechra taro i mewn i gadw golwg arno fo ar ôl i'w wraig o farw. Roeddan ni'n siarad ar y ffôn neu decstio bron bob diwrnod, heblaw pan oedd o ar ei wyliau. Ro'n i'n meddwl ei fod o wedi bwcio brêc munud ola, a dyna pam nad oedd o'n ateb fy negeseuon i. Dwi'n gwybod y gwir erbyn hyn, tydw?'

'Pryd oedd y tro dwytha i chi siarad efo fo, Sandra?' gofynnodd Jeff.

'Dydd Mawrth, bron i bythefnos yn ôl.'

'Yr wythfed o Hydref oedd hynny yntê? Pryd wnaethoch chi sylweddoli nad oedd o'n ateb negeseuon?'

'Dydd Gwener yr un wythnos.'

'Yr unfed ar ddeg.'

'Ia. Dwi wedi trio'i ffonio fo sawl gwaith ers hynny, ond fel ddeudis i, ro'n i'n meddwl ei fod o ar ei wyliau.'

'Triwch eto rŵan, plis.'

Tynnodd Sandra ei ffôn allan o'i phoced a phwyso'r sgrin i wneud yr alwad. Doedd dim sŵn o gwbl i'w glywed o'r ochr arall. Gwnaeth Jeff nodyn o rif ffôn Sandra yn ogystal ag un Vic. Tybed oedd y ffôn yng ngwaelod Llyn y Cwm?

'Sut mae Vic wedi bod ers iddo fo ymddeol o'r heddlu?'

'Doedd 'na ddim llawer o newid, a deud y gwir. Roedd o'n un am gadw'i gardiau'n agos i'w frest – doedd o ddim yn lecio siarad amdano fo'i hun. Dyna'i ffordd o, ond wrth gwrs ro'n i'n dallt hynny oherwydd ei waith o.'

'Ac ar ôl iddo ymddeol?'

'Wnaeth o ddim hyd yn oed deud ei fod o'n colli'r job.' Cododd Sandra ei hysgwyddau.

'Gafodd o job arall ar ôl ymddeol o'r heddlu?'

Oedodd Sandra. Pam, tybed?

'Wn i ddim, ond ro'n i'n amau hynny. Roedd o i ffwrdd yn aml, ac weithiau ddim yn medru ateb fy ngalwadau i. Mi fydda fo'n deud wedyn ei fod o mewn cyfarfod, neu ei fod o'n brysur. Dyna pam na wnes i boeni'n ormodol yr wsnos ddwytha 'ma.'

'Rydan ninnau'n amau ei fod o'n cael ei gyflogi mewn rhyw fath o swydd. Wyddoch chi ddim be oedd o'n wneud?'

'Na. Mi ofynnais iddo unwaith, ond ddeudodd o na allai o siarad am y peth. Wnes i ddim gofyn wedyn.'

'Ddaethon ni ar draws y gliniadur 'ma wrth chwilio drwy'r tŷ,' meddai Jeff, a dangosodd Sgwâr y gliniadur iddi.

'Dyma'r tro cynta i mi weld hwnna,' meddai Sandra.

'Yn anffodus, mae angen cyfrinair i'w agor – mi wnaiff ein tîm technegol roi cynnig ar hynny fory,' eglurodd Jeff.

Rhoddodd Sandra ryw hanner gwên.

'Does dim rhaid i chi wneud hynny,' meddai. 'Triwch "bertiebunny", i gyd mewn llythrennau bach.'

Dyna wnaeth Sgwâr, ac ar unwaith, datglodd y gliniadur.

Daeth mwy o ddagrau i lygaid Sandra.

'Pan o'n i'n hogan fach, tua thair oed, mi brynodd Vic degan meddal i mi – cwningen fach flewog binc a gwyn. Mi o'n i wrth fy modd efo hi, ac yn mynd â hi i bob man efo fi. Mi wnes i fynnu ei galw hi'n Bertie er ei bod hi'n binc, ac roedd hynny'n destun jôc rhyngddon ni am flynyddoedd. Digwydd sylwi wnes i dro yn ôl mai dyna'r cyfrinair roedd Vic yn ei ddefnyddio ar gyfer siopa ar-lein.'

Esboniodd Jeff y byddai'n rhaid iddo gadw'r gliniadur er mwyn chwilio'r posibilrwydd bod yna gliwiau arno. Doedd gan Sandra ddim gwrthwynebiad, ond dywedodd y byddai'n well ganddi fynd yn ôl i'r fflat i fyny'r grisiau i aros am ei gŵr, yn hytrach na gwylio'r ditectifs wrth eu gwaith.

Ffarweliodd Jeff â hi, gan addo cadw mewn cysylltiad. Roedd Sgwâr, yn y cyfamser, wedi dechrau chwilota drwy ffeiliau'r gliniadur.

'Gest ti rwbath diddorol?' gofynnodd Jeff yn awyddus wrth droi yn ôl ato.

'Mae 'na lwyth o stwff ar hwn,' atebodd Sgwâr, 'gan gynnwys ap sy'n cofnodi pob taith mae'r Discovery crand 'na tu allan yn 'i wneud. Amseroedd, manylion y lonydd, milltiroedd i'r galwyn a bob math o fanylion eraill.'

'Diddorol. Gad i mi weld,' mynnodd Jeff. 'Mae'r math yma o beth yn dod yn fwy cyffredin efo ceir drud.'

Edrychodd Jeff drwy'r manylion, oedd yn mynd yn ôl chwe mis, ers i McVey brynu'r car. Teithiau lleol oedd y rhan fwyaf ohonynt, ond cafodd ei lygaid eu denu gan un lleoliad. Nid unwaith roedd McVey wedi teithio i'r lle hwn, ond o leiaf unwaith yr wythnos, weithiau deirgwaith yr wythnos a mwy. Y cyfeiriad? John Gilbert Way, Trafford Park, Manceinion. Y stryd y dilynwyd y BMW llwyd iddi o

Lan Morfa. Y stryd lle roedd cartref cwmni Benjamin Adams, Systems Security Ltd. Eisteddodd y ddau yn ddistaw am rai eiliadau.

'Mi wyddost ti be mae hyn yn ei olygu, Sgwâr,' meddai Jeff. 'Mae o'n ormod o gyd-ddigwyddiad. Gormod o lawer. Ma' raid bod Vic McVey yn gweithio efo Adams. Oedd o'r un mor anonest ag Adams cyn iddo adael y ffôrs? Oedd ei enw ar y cof bach 'na hefyd?' Ochneidiodd Jeff. 'Ma' raid i mi ddeud, dwi wedi cael sioc. Ro'n i'n meddwl ei fod o'n foi iawn, byth ers i ni gyfarfod ar y cwrs hyfforddi hwnnw flynyddoedd yn ôl.'

'Dwi'n dechra dod i ddysgu bod pobol yn eich siomi chi, yn amlach na pheidio, Sarj.'

Cododd Jeff ei ffôn er mwyn rhoi crynodeb o'r sefyllfa i Sonia McDonald yng Nglan Morfa.

'Mae 'na ormod i ddeud y cwbwl dros y ffôn, ond dwi wedi gyrru rhif ffôn symudol Vic McVey draw acw. Tybed fysa rhywun yn medru cysylltu efo'r cwmni ffôn er mwyn cael rhestr o'r holl alwadau sydd wedi'u gwneud a'u derbyn, a lleoliad y ffôn hefyd, os ydi hynny'n bosib?'

Ar ôl llwytho pob darn o dystiolaeth bosib o'r fflat i'r car, aeth y ddau yn ôl i gloi'r drws ffrynt.

'Hei,' daeth llais uchel o'r tu ôl iddynt. 'Pwy ydach chi, a be dach chi'n neud?'

Brasgamodd dyn yn ei dridegau hwyr mewn siwt dywyll tuag atynt. Roedd dyn arall yn eistedd yn sedd gyrrwr car a oedd wedi stopio gerllaw – roedd yn amlwg bod y ddau efo'i gilydd.

'Be fedrwn ni'i wneud i chi?' gofynnodd Jeff yn gwrtais.

'Ti'n fyddar 'ta be?' meddai'r dyn yn ffyrnig, gan sgwario'n fygythiol o flaen y ddau Gymro. Roedd gan Jeff syniad eitha da mai plismon oedd o, a gwenodd Sgwâr pan welodd nad oedd ei dditectif sarjant am gymryd dim o'i lol.

Camodd Jeff yn nes byth at y dyn arall, a'i wynebu. Roedd y dyn dipyn talach na Jeff ac yn fain. Safodd y ddau felly am eiliad neu ddwy cyn i Jeff ymateb.

'Does 'na ddiawl o ddim yn bod efo 'nghlyw i, washi, yn enwedig a chditha'n gweiddi yn fy nghlust i. Pwy wyt ti?'

'Ditectif Brif Arolygydd Reeves, Heddlu Manceinion,' atebodd y dyn, gan stwffio'i gerdyn adnabod dan drwyn Jeff.

'Ditectif Sarjant Jeff Evans, Heddlu Gogledd Cymru,' atebodd yntau gan wneud yr un peth â'i gerdyn yntau. 'Mae'n bleser gen i dy gyfarfod di. Rŵan ein bod ni'n nabod ein gilydd, mi fedra i ddeud wrthat ti ein bod ni'n ymchwilio i lofruddiaeth un o dy gyn-gyd-weithwyr, Ditectif Sarjant Vic McVey, ac wedi bod yn chwilio am dystiolaeth yn ei fflat o.' Roedd ymateb Jeff wedi bod yn ddistaw ac yn gwrtais.

'Rhag cywilydd i chi'ch dau yn dod yma i Fanceinion heb gysylltu efo ni gynta. Does ganddoch chi ddim hawl i dresmasu yn ei fflat o, nag yn nunlle arall heb i blismon o'r llu yma fod yn bresennol.'

'I ddechra,' atebodd Jeff, mewn llais ychydig yn uwch a mwy pendant, 'mae 'na dditectifs o Heddlu Gogledd Cymru wedi bod yma ym Manceinion am dridiau yn gwneud ymholiadau i lofruddiaeth Vic McVey, a gafwyd yn farw ar dir ein llu ni, a hynny efo caniatâd dy uwch-swyddogion di. Nid tresmasu oeddan ni, ond chwilio fflat y dioddefwr efo caniatâd chwaer Vic McVey, a roddodd yr allwedd i ni. Dwi'n gobeithio 'mod i wedi esbonio hynna'n ddigon da i ti. Creda di fi, anaml fydda i'n trafferthu bod mor gwrtais efo rhywun ag agwedd fel d'un di.'

Doedd gan Reeves ddim ateb, ond doedd o ddim am gamu'n ôl.

'Dwi angen rhestr o bob dim rydach chi wedi'i gymryd o'r fflat 'na, a chewch chi ddim gadael nes bydda i wedi gweld y rhestr honno a chael golwg ar yr eitemau fy hun.'

'Gwranda di arna i, Ditectif Brif Arolygydd Reeves. Mae'r dystiolaeth gawson ni yn y fflat 'na ym meddiant Heddlu Gogledd Cymru rŵan, ac yno mae o'n aros, waeth gen i be wyt ti, na neb arall, yn ei fygwth. Dallt?' Cododd Jeff ei lais wrth yngan y gair olaf. Gwyddai o brofiad beth oedd yn debygol o ddigwydd i'r dystiolaeth petai swyddog o'r llu lleol yn cael ei ddwylo budron arno. 'Os wyt ti'n trio'n rhwystro ni, mi fydd y canlyniad yn ddifrifol.'

Camodd Jeff hyd yn oed yn nes at Reeves a syllu'n heriol i'w lygaid.

Camodd Reeves yn ôl.

'Dwyt ti ddim wedi clywed diwedd hyn,' bloeddiodd y dyn wrth droi ar ei sawdl a brasgamu at ei gar.

'Sgwâr,' meddai Jeff, 'nei di eistedd yn y car i warchod y dystiolaeth tra dwi'n mynd i ddiolch i'r Bithells a Sandra? Dwi ddim yn trystio'r diawl 'na.'

Sgwâr yrrodd y car yn ôl i ogledd Cymru. Dechreuodd Jeff bori drwy liniadur Vic McVey, gan wneud nodyn meddyliol o deithiau'r Range Rover Discovery ar yr ap. Wedyn, dechreuodd chwilota drwy'r ffeiliau Word, a daeth ar draws un ddogfen heb enw arni. Yn chwilfrydig, agorodd hi. Un llinell o rifau oedd ar y ddalen wen – yr un rhes o rifau a oedd wedi'u cofnodi yn llyfr ffôn McVey, sef 229265228263227262. Ceisiodd ddychmygu eto beth oedd eu harwyddocâd, ond allai o ddim meddwl am ateb.

Rhoddodd ei ben yn ôl ar gefn sedd y teithiwr a chau ei lygaid.

'Be wnest ti o'r boi hurt 'na gynna, Sgwâr?' gofynnodd.

'Reeves dach chi'n feddwl? Coc oen go iawn. Ac nid fo ydi'r un cynta i ni ddod ar ei draws yn heddlu Manceinion, naci?'

'Tybed ai gweithredu ar ran y llu, ar ei ran ei hun, neu ar ran rhywun arall oedd o?'

'Does dim posib deud, wir, Sarj. Ella cawn ni'r ateb rywbryd eto.'

Pennod 30

Roedd hi'n bell wedi saith erbyn i'r ddau gyrraedd yn ôl i orsaf heddlu Glan Morfa. Dim ond staff gweinyddol y shifft hwyr oedd ar ôl yno – roedd swyddogion y timau ymchwil wedi hen adael.

Yn ei swyddfa, agorodd Jeff ei gyfrifiadur er mwyn gwneud nodiadau o'r manylion pwysicaf y bu iddo fo a Sgwâr eu darganfod yn ystod y dydd er mwyn sicrhau y bydden nhw'n ffres yn ei feddwl fore trannoeth, ac ymhen yr awr roedd o'n barod i gychwyn am adref.

Yn ddiweddarach y noson honno roedd yn trafod rhai o ddigwyddiadau'r dydd efo Meira.

'Wyt ti'n meddwl fod y dyn McVey 'ma yn llwgr hefyd, felly?' gofynnodd ei wraig.

'Wel, dyna sut ma' petha'n edrych ar hyn o bryd. Roedd Benjamin Adams yn llwgr ac yn gweithio efo Vic. Roedd Vic yn teithio'n rheolaidd i bencadlys cwmni Adams ar ôl iddo ymddeol ... a dwi'n amau mai o adeilad Systems Security Ltd mae'r fêps afiach 'na'n dod. David Sydney Smith sy'n gwerthu'r rheiny yng Nglan Morfa, ac yn sydyn mae corff Vic yn cael ei ddarganfod yn yr ardal 'ma. Mae'r cwbwl lot ohonyn nhw'n llwgr os wyt ti'n gofyn i mi.'

'Sôn am Smith,' meddai Meira, 'mi es i i weld Annie Goodwin pnawn 'ma, ac mi oedd ei mab hi, Adam, o gwmpas. Mi wnes i drio taro sgwrs efo fo, i weld oes ganddo fo ddiddordeb mewn pysgota, ond yn ôl pob golwg pêl-droed ydi'i betha fo, a dim byd arall. Does ganddo fo ddim diddordeb mewn pysgota, nag unrhyw reswm i grwydro'r arfordir. Ar ben hynny, wnaeth Smith erioed ddangos diddordeb mewn pysgota chwaith, ers iddo fo ddod i fyw atyn nhw.'

'Oedd Annie yno pan oeddat ti'n ei holi fo?'

'Oedd, ac yn methu'n glir â dallt pam ro'n i'n ei fwydro fo am bysgota. Mi wnaeth hi gadarnhau'r ffaith nad oedd gan yr un o'r ddau ddiddordeb yn y peth.'

'Wnest ti ofyn am y siartiau a'r mapiau wnes i eu ffendio yn ei stafell wely o?'

'Dim yn uniongyrchol, ond doedd 'run o'r ddau yn gwybod dim.'

Roedd Jeff yn ei swyddfa'n gynnar y bore canlynol. Aeth yn syth yn ôl i grombil ei gyfrifiadur er mwyn ailedrych ar yr wybodaeth a gafodd ym Manceinion y diwrnod cynt, yng nghyd-destun yr wybodaeth oedd ar y system eisoes.

Am hanner awr wedi wyth, tarodd Sonia ei phen rownd cornel y drws. Gwenodd arno.

'Bore da, Jeff. Sut hwyl gest ti ddoe? Oes gen ti rywfaint mwy o wybodaeth i mi?'

Rhoddodd fraslun iddi.

'Dwi wrthi'n paratoi adroddiad bach fydd yn help i ddadansoddi symudiadau McVey yn y dyddiau cyn iddo gael ei ladd. Mi fydda i wedi'i orffen o erbyn y gynhadledd am hanner awr wedi naw.'

'Da iawn,' atebodd Sonia. Mi wna i ofyn i ti rannu'r cwbwl yn y cyfarfod, felly. Sut mae Meira a'r plant?'

'Siort orau, diolch. Ma' nhw'n edrych ymlaen i dy weld di cyn hir.'

'Ymddiheura ar fy rhan i, os gweli di'n dda, Jeff. Rŵan 'mod i'n bennaeth dros dro ar yr ymchwiliad, dwi ddim yn cael amser i yrru tecst i Meira, hyd yn oed.

'Dros dro?' gofynnodd Jeff.

'Felly dwi'n dallt, nes iddyn nhw gael gafael ar rywun gwell, am wn i.'

'Chân ni neb gwell, yn fy marn i,' atebodd Jeff. 'Ella bod ambell un â mwy o brofiad yn y llu 'ma, ond does 'na neb gwell.' Gwenodd arni.

Pan ddechreuodd y gynhadledd am hanner awr wedi naw, eisteddodd Jeff yn y cefn yn ôl ei arfer, ond heddiw roedd ganddo nodiadau cynhwysfawr ar ei lin.

Galwodd Sonia ar lefarydd o'r tîm oedd wedi bod yn ymchwilio i yrfaoedd y cyn-Dditectif Brif Uwch Arolygydd Benjamin Adams a'r dioddefwr, Vic McVey. Doedd dim llawer o wybodaeth ynglŷn â gyrfa Adams gan fod swyddfa personél Heddlu Manceinion yn gwrthod rhannu copi o'i ffeil. Ar y llaw arall roedd copi llawn o ffeil McVey wedi cael ei throsglwyddo, a'i chynnwys yn rhoi darlun o blismon ffyddlon o gymeriad eithriadol. Cafodd ei gymeradwyo saith o weithiau yn ystod ei yrfa – pum gwaith gan ei brif gwnstabl a dwywaith gan farnwyr Llys y Goron. Roedd tair cwyn gan aelodau o'r cyhoedd ynglŷn â'i ymddygiad yn ystod ei yrfa o dri deg un o flynyddoedd, oedd ddim yn beth anghyffredin o ystyried hyd ei wasanaeth mewn dinas mor fawr, ond chafodd 'run ohonynt eu derbyn.

'Mae o'n ymddangos yn blismon ardderchog, ond wyddon ni ddim a oedd ochr arall iddo.' Edrychodd Sonia i gefn yr ystafell lle'r oedd Jeff yn eistedd. 'Mi gawn ni glywed gan Ditectif Sarjant Evans cyn hir. Mae'n siomedig,' parhaodd, 'na chawson ni ffeil bersonol Benjamin Adams. Yr esgus sy'n cael ei roi, fel dwi'n dallt, ydi nad ydi hi'n addas i roi'r fath wybodaeth am blismon o reng mor uchel ag Adams i'n tîm ni. Er gwybodaeth, rydw i wedi gofyn i'r Dirprwy Brif Gwnstabl Owen wneud cais am yr wybodaeth fel na fydd ganddyn nhw esgus i'w ddal yn ôl. Mae'n hanfodol i ni gael yr wybodaeth, ac mi glywch chi pam gan Ditectif Sarjant Evans yn y munud. Ar nodyn arall, mae'n tîm ni ym Manceinion wedi bod yn ceisio dysgu mwy am y BMW llwyd, rhif cofrestru MS70 PYA a gafodd ei ddilyn o Lan Morfa i John Gilbert Way, Trafford Park, wythnos i ddoe. Mi gofiwch chi mai yn y stryd honno mae swyddfeydd Systems Security Ltd, y cwmni sy'n gysylltiedig â Benjamin Adams. Car wedi'i glonio ydi'r BMW, ac rydan ni wedi gofyn i luoedd eraill Prydain gadw golwg amdano. Y drwg ydi, wrth gwrs, nad oes ganddon ni syniad ydi'r un platiau cofrestru'n dal i fod ar y car.

'Rŵan, yn ôl at y dioddefwr, y cyn-Dditectif Sarjant McVey. Ddoe, aeth Ditectif Sarjant Evans a Ditectif Gwnstabl Owain Owens i Fanceinion i chwilio am dystiolaeth yn fflat McVey.' Gofynnodd i Jeff ddod i'r llwyfan er mwyn rhoi adroddiad i'r tîm.

Camodd Jeff ymlaen a'i nodiadau yn ei law. Edrychodd o'i gwmpas a thagodd i glirio'i wddw cyn dechrau. Roedd ganddo dipyn go lew o brofiad yn ei swydd, ond doedd annerch cynulleidfa fel hon ddim yn beth roedd o wedi arfer ei wneud. Gwyddai nad oedd o'n boblogaidd gyda nifer o'r ditectifs gan ei fod yn cael mwy o ryddid na nhw, ac roedd gwybod hynny'n ei wneud yn fwy nerfus byth.

Dechreuodd drwy ddisgrifio'r adeilad, a fflat McVey ar y llawr isaf, cyn troi at Sandra Osmond, chwaer McVey.

'Hi ydi unig berthynas agos y dioddefwr,' dechreuodd, 'ac mae'n amlwg eu bod nhw'n reit agos i'w gilydd. Roedd McVey yn edrych ar ôl ei chwaer pan oeddan nhw'n blant gan ei fod o saith mlynedd yn hŷn na hi, ond dechreuodd Sandra ofalu am ei brawd ar ôl iddo golli'i wraig rai blynyddoedd yn ôl, gan ymweld â fo'n gyson a'i ffonio bob yn ail ddiwrnod.

'Doedd gan Sandra ddim syniad pa fath o waith roedd ei brawd yn ei wneud ar ôl iddo ymddeol o'r heddlu – roedd o wedi gwrthod deud wrthi. Mi siaradodd hi efo fo am y tro olaf ar yr wythfed o'r mis yma – nos Fawrth, bythefnos yn ôl i heddiw – am tua wyth o'r gloch y nos. Roedd popeth i'w weld yn iawn yr adeg honno. Ceisiodd ei ffonio eto ar y dydd Iau, yr unfed ar ddeg, ond chafodd hi ddim ateb. Bu'n dal i drio cael gafael arno bob dydd, ond heb lwyddiant.

'Yn ei fflat o, mi gawson ni hyd i liniadur wedi'i guddio. Arno roedd ap oedd yn cofnodi symudiadau ei gar – Range Rover Discovery sy'n dal i fod wedi'i barcio tu allan i'w fflat. Defnyddiwyd y car hwnnw ar yr unfed ar ddeg o Hydref, a'i barcio'n ôl wrth y fflat am bum munud ar hugain wedi chwech y noson honno.

'Mae'r patholegydd yn amcangyfrif fod McVey wedi cael ei ladd o leia dri diwrnod cyn i'w gorff o gael ei ddarganfod yng Nghwm Ceirw wythnos yn ôl i heddiw, sef y pymthegfed o Hydref. Yn fy marn i, mae'r dystiolaeth i gyd yn awgrymu mai yn ystod nos Wener yr unfed ar ddeg y saethwyd o. Yn ei fflat roedd gweddillion ei bryd bwyd olaf – caws ar dost, mwya tebyg. Ffoniais y patholegydd cyn dod i'r gynhadledd bore 'ma, ac mae o'n cadarnhau mai rhywbeth tebyg i hynny wnaeth o fwyta cyn marw.

'Gallwn fod yn eitha siŵr felly fod rhywun wedi galw

amdano yn ei fflat, neu ei ddarbwyllo i ddod allan i'w cyfarfod, yn ystod y nos Wener honno. Roedd hi cyn deng munud wedi wyth, oherwydd mai dyna pryd y gwnaeth Sandra ei ffonio a methu cael ateb.'

Dechreuodd Sonia siarad eto.

'Mi fydda i'n gofyn i chi wneud mwy o ymholiadau efo'r bobol hynny sy'n byw yng nghyffiniau, ac ar y ffordd i fyny i, Gwm Ceirw. Bydd yr ymholiadau hynny'n canolbwyntio ar fin nos yr unfed ar ddeg, hyd oriau mân y bore ar Sadwrn y deuddegfed. Siawns fod rhywun wedi gweld neu glywed rhywbeth. Byddwn angen gweld holl gamerâu CCTV y lonydd o Fanceinion i'r Cwm – nid yr A55 yn unig, ond yr A5 a phob ffordd arall sy'n cysylltu gogledd Cymru a Manceinion. Yn anffodus tydan ni ddim yn gwybod am be yn union rydan ni'n chwilio – pa fath o gerbyd na phwy sy'n ei yrru – ar hyn o bryd, felly bydd angen i'r sawl gaiff y gwaith hwnnw ystyried unrhyw beth sy'n edrych fel petai allan o'r cyffredin. Reit, be arall gawsoch chi ym Manceinion, Sarjant Evans?'

'Daeth y tamaid mwyaf arwyddocaol o dystiolaeth o ap y Discovery. Trwyddo, mae modd i ni weld cofnod o bob taith a wnaeth y car ers i McVey ei brynu chwe mis yn ôl. Ymysg y manylion hynny, mae nifer fawr o deithiau o'i fflat o i John Gilbert Way, Trafford Park, ac yn ôl.'

Lledodd murmur o sibrwd drwy'r ystafell wrth i bawb ddadansoddi'r wybodaeth. Doedd dim rhaid rhoi mwy o eglurhad.

'Mae'r teithiau hyn wedi bod yn digwydd o leia ddwy neu dair gwaith yr wythnos, bob wythnos yn ystod y chwe mis dwytha. Mae'n deg ystyried bod McVey wedi gwneud yr un siwrneiau cyn iddo brynu'r Discovery hefyd – efallai ers iddo ymddeol o'r heddlu. Mae hyn yn awgrymu un peth i mi, sef bod McVey yn gweithio i Adams a'i gwmni, Systems Security Ltd. Pa reswm arall fysa ganddo fo i ymweld â'r swyddfeydd mor aml? Rydan ni'n gwybod pa mor anonest ydi Adams ac mae gen i ofn bod yr wybodaeth hon, felly, yn rhoi McVey, ein dioddefwr ni, yn yr un cwch.'

Cymerodd Sonia drosodd. 'Mae hyn i gyd yn dangos y dylen ni droi trywydd yr ymchwiliad tua Manceinion felly,' meddai. 'Ond mae'n hanfodol ein bod ni'n gwneud cymaint o ymholiadau ag y medrwn ni cyn symud ar Adams, ac mae lot o waith i'w wneud. Bydd un tîm yn canolbwyntio ar liniadur McVey, gan weithio ochr yn ochr â'n harbenigwyr technegol ni er mwyn cael pob tamaid o wybodaeth oddi arno fo. Yn ogystal, mae angen i ni ddarganfod ffôn symudol y dioddefwr. Efallai ei fod yng ngwaelod Llyn y Cwm, ond tydi'n deifwyr ni ddim wedi dod o hyd iddo, felly mae'n rhaid i ni gadw meddwl agored. Rydan ni wedi cysylltu efo Vodafone, darparwr y gwasanaeth, ac maen nhw wedi bod yn ardderchog, chwarae teg. Dwi'n gobeithio, erbyn diwedd y dydd heddiw, y bydd ganddon ni restr o bob galwad mae ffôn McVey wedi'u gwneud a'u derbyn – bydd yr wybodaeth honno'n siŵr o greu digon o waith i chi.'

Pennod 31

Wedi i'r gynhadledd orffen cnociodd Jeff ar ddrws swyddfa Sonia – swyddfa Lowri Davies gynt. Er bod y ffenestri'n llydan agored, gallai Jeff arogli ei phersawr hudolus arferol.

'Ty'd i mewn, Jeff,' meddai, 'stedda.'

Tynnodd Sonia ei llygaid oddi ar sgrin y cyfrifiadur i edrych arno. Doedd y ffaith ei bod hi bellach yn bennaeth ar yr ymchwiliad ddim yn mynd i newid y ffordd anffurfiol roedd hi'n siarad efo Jeff. Roedd hi a Meira, er nad oedd y ddwy yn llwyddo i weld ei gilydd yn aml, yn ffrindiau agos ac yn dallt ei gilydd i'r dim, ac roedd Sonia wedi dod i ystyried Jeff yn ffrind hefyd.

'Sut ti'n meddwl aeth y gynhadledd y bore 'ma?' gofynnodd Jeff.

'Ardderchog,' atebodd Sonia. 'Mae'n syndod sut mae'r wybodaeth am ddyddiau olaf McVey yn dechra disgyn i'w lle ar ôl dy drip di i Fanceinion ddoe. Efo dipyn o lwc mi gawn ni fwy o wybodaeth ar ôl gorffen chwilio drwy ei liniadur o, a chael manylion ei alwadau ffôn. Mwya'n y byd o wybodaeth sy'n cael ei lwytho i mewn i'r system, gorau'n y byd, ac ar hyn o bryd mae gen i ddigon o waith i'w rannu allan i'r timau ymchwil. Mae rwbath yn siŵr o ddwyn ffrwyth cyn hir.'

'Gobeithio wir,' cytunodd Jeff. 'Ond gwranda, dwi angen gofyn i ti am ganiatâd i ddiflannu am y diwrnod. Mae gen i ymholiad i'w wneud nad ydi o, ar yr wyneb, yn edrych fel tasa fo'n gysylltiedig â'r ymchwiliad i lofruddiaeth McVey, ond dwi'n addo ei fod o'n bwysig. Mae gen ti ddigon o dditectifs eraill i wneud yr ymholiadau angenrheidiol, does?'

Culhaodd llygaid Sonia wrth iddi ystyried ei gais, er bod awgrym o wên ar ei gwefusau.

'Mae o'n gysylltiedig â rwbath sydd wedi bod ar fy meddwl i ers diwrnod neu ddau,' eglurodd Jeff, er mwyn ei darbwyllo. 'Pan oedden ni'n chwilio tŷ Annie Goodwin, lle mae David Sydney Smith yn dal i fyw, mi ddois i ar draws mapiau a siartiau o'r arfordir o gwmpas y dre 'ma. Roedden nhw wedi cael eu marcio: tair croes yn agos i'w gilydd, a'r rheiny yn nodi tri bae bach creigiog ar dir ffarm o'r enw Carreg y Bwgan.'

'Dyna enw od,' meddai Sonia.

'Ia, mae 'na faen tal, tua wyth troedfedd, wedi'i siapio yn y creigiau gan ganrifoedd o wynt, glaw a thonnau'r môr, sy'n edrych yn debyg i fwgan o bell – yn amlwg, mae'r enw'n un hanesyddol. Roedd y mapiau a'r siartiau wedi cael eu cuddio yn un o lyfrau pêl-droed Adam, hogyn Annie. Tydi Adam ddim yn pysgota – na Smith chwaith, yn ôl yr ymholiadau dwi wedi'i gwneud – felly dwi isio darganfod pam fod y dogfennau yn y tŷ.'

'Be mae dy reddf di'n ddeud?'

'Mae'r tri llecyn sydd wedi'u marcio yn llefydd da i bysgota oddi ar y creigiau am fod y dŵr yn ddwfn yn agos i'r lan. Dwi'n tueddu i feddwl mai Smith guddiodd y papurau, nid Adam ...'

'Mae'n anodd gen i weld lle mae hyn i gyd yn mynd,' torrodd Sonia ar ei draws.

'Aros di am funud, plis, Sonia,' mynnodd Jeff â gwên

lydan. 'Mi wnes i ymholiad yn ffermdy Carreg y Bwgan, ac mae'n edrych yn debyg fod Smith wedi bod i lawr at y creigiau drwy dir y ffarm yn ystod yr haf. Ond i be?'

'Jyst mynd am dro, ella?'

'Na, mi aeth o â'i fan wen, y Transit, i lawr yno. Mynd i chwilio am rwbath oedd o, siŵr i ti. Ond yli, fama mae petha'n mynd yn ddiddorol. Dwi wedi dysgu yn y cyfamser fod Frankie Williams yn dipyn o bysgotwr.'

'Y llanc ifanc 'na sydd ar remand wedi'i gyhuddo o dreisio'r hogan fach 'na ar y traeth?'

'Ia, hwnnw. Ac roedd o'n dipyn o lawiau efo Smith – fo oedd yn gwerthu'r fêps canabis ar ran Smith rownd yr ysgol. Os ydi o'n sgotwr gweddol, mi fysa fo'n gyfarwydd iawn â'r arfordir lleol. Tybed ai fo ydi'r cysylltiad rhwng Carreg y Bwgan a Smith? 'Swn i'n lecio mynd i'w weld o, i drio'i holi o.'

'Sut fedra i gyfiawnhau hyn, Jeff? Be sydd gan y peth i'w wneud â llofruddiaeth McVey?'

'Fysa deud bod gen i ryw deimlad yn fy mol ddim yn ddigon, ma' siŵr?'

Ochneidiodd Sonia, ac ysgwyd ei phen.

'Lle mae'r Williams 'ma'n cael ei gadw?'

'Canolfan Gadw Dynion Ifanc Werrington, ger Stoke-on-Trent. Dwyawr a hanner o daith, ac mi fydda i angen tua awr efo fo, dwi'n amau. Os wnei di adael i mi fynd rŵan, mi fydda i'n ôl erbyn y gynhadledd heno.'

Oedodd Sonia wrth ystyried y cais. 'Mi wn i na ddylwn i adael i ti fynd, ond dos, a phaid â dod yn dy ôl heb rwbath o bwys.' Trodd Sonia i wynebu'r cyfrifiadur heb ddweud gair arall, ond gwelodd Jeff ei bod hi'n ceisio atal gwên.

Gwnaeth Jeff y trefniadau angenrheidiol, a theithio i ganolfan gadw Werrington.

Roedd Frankie Williams newydd orffen ei ginio erbyn iddo gyrraedd, a phan hebryngwyd o gan un o'r swyddogion i ystafell gyfweld fechan cafodd sioc o weld Jeff yno.

'Tad Twm Evans wyt ti 'de? Be ti'n da 'ma?' gofynnodd, yn llawn amheuaeth.

Roedd o'n siŵr o fod yn chwysu wrth gofio'i fod o wedi gwerthu cymaint o'r fêps anghyfreithlon i'w fab, ystyriodd Jeff.

'Sdim rhaid i mi siarad efo chdi,' parhaodd Frankie. 'Gin i hawlia.'

'Dim problem, Frankie bach,' atebodd Jeff. 'Wedi dod yma i weld rhywun arall ydw i, a meddwl y byswn i'n dod i edrych sut wyt ti'n dod yn dy flaen yma.' Doedd o ddim am gynhyrfu Frankie heb fod angen. 'Fedar hi ddim bod yn hawdd yma i hogyn ifanc fel chdi.'

'Rhaid i mi setlo 'ma, does? Sgin i'm llawer o ddewis.'

'Wyt ti wedi siarad efo dy fam neu dy frodyr ers i ti ddod yma?'

'Dwi'm 'di clywad ffwcin gair gan neb, a dwi'm yn meddwl fydd Mam yn dod i 'ngweld i, dim ar ôl iddi gael gwbod be nes i.'

'Ti'n gweld bai arni?'

'Na, dim rîli. Yli, dwi'n dechra dod i nabod yr hogia eraill yma. Uffars peryg, rhan fwya ohonyn nhw, a dwi 'di dysgu mwy am sut i ddwyn a thorri mewn i dai a delio drygs gynnyn nhw na fyswn i rioed wedi'i ddysgu tu allan. Dwi ar fy mhen fy hun rŵan, ac os na sgin i deulu, waeth i mi neud ffrindia yn fama ddim. Mi fysa bywyd yn haws. Dio'm fatha bo fi'n mynd i gael dod adra, nac'di?'

Dewisodd Jeff beidio'i ddarbwyllo i newid ei agwedd ... am y tro, beth bynnag.

'Ro'n i'n dallt dy fod di'n sgota ... chei di ddim gwneud hynny am flynyddoedd eto, beryg.'

'O, paid â dechra.'

'Lle oeddat ti'n sgota – yn Afon Ceirw?' gofynnodd Jeff.

'Yn y môr, siŵr iawn. 'Sa ffyc-ôl yn yr afon.'

'Oeddat ti'n dal dipyn o gwmpas Glan Morfa felly?'

'Mae 'na lot o lefydd da – dibynnu be ti'n chwilio amdano fo.'

Sylwodd Jeff fod Frankie'n dechrau ymlacio.

'Sgota mecryll o'n i, a'u mygu nhw wedyn,' meddai Jeff.

''Di hynny ddim yn sgota!' chwarddodd Frankie. 'Ma' mecryll yn neidio ar y bachyn i ti – well gin i fwy o sialens. Draenog y môr: gwell 'sgodyn o lawer.'

'Ti'n iawn. Gwerth mwy hefyd,' cytunodd Jeff. 'Sut le ydi aber Afon Ceirw amdanyn nhw?'

'Iawn ar ddiwedd yr ha', pan mae'r llanw'n dechra troi.'

'Well gin i rwla fel Carreg y Bwgan, lle mae'r dŵr yn ddyfnach.' Ceisiodd Jeff lywio'r sgwrs i'r cyfeiriad cywir.

'O, ti'n gwbod am fanno?' synnodd Frankie. 'Y bae canol 'di'r gora – llai o wymon yno i golli tacl, a hen gwt i gysgodi.'

'Dipyn yn bell o'r dre i ti, ydi o ddim?'

'Hanner awr ar y beic. Dim probs.'

'Ti'n nabod y lle'n well na fi, mae'n amlwg,' atebodd Jeff. 'Efo Adam oeddat ti'n sgota yno?'

'Adam?'

'Adam Goodwin, brawd Claire.'

'Na,' meddai Frankie'n ddryslyd, 'fues i rioed yno efo fo.'

'Efo Syd 'ta?'

'Dydi Syd ddim yn sgotwr ... ond mi es i â fo yno unwaith, jyst i ddangos y lle.'

'Pam hynny, os nad ydi o'n sgota?'

'Fo ofynnodd i mi. Roedd o'n gwbod 'mod i'n sgota ac mi ofynnodd i mi ddangos gwahanol lefydd iddo fo.'

'Sut fath o lefydd?'

'Braf, distaw ... isio llonydd oedd o, rwla lle oedd o'n medru neidio i'r môr yn noeth, medda fo. Not my thing, 'de, ond 'na fo.'

'Pryd est ti â fo yno, Frankie?'

'Ryw dro gwanwyn dwytha. Diwrnod braf. Ro'n i am aros efo fo i sgota, ond isio bod ar ben ei hun oedd o, medda fo.'

'Fuo Syd yno wedyn?'

'Sut dwi fod i wbod hynny?'

'Est ti â fo i rwla arall, Frankie?'

'Be 'di hyn? Twenty questions? Ffycinel!'

'Sori. Dwi wrth fy modd efo sgota, yli, ac wrth fy modd yn ffendio llefydd newydd i fynd.'

Ochneidiodd y llanc yn ddiamynedd.

'Ti 'di bod yn top Afon Ceirw? Es i â Syd i fanno.'

'Ydi, lle braf,' atebodd Jeff. 'Pa mor bell est ti â fo?'

'Reit i fyny.'

'Be, i Gwm Ceirw?'

'Ia. Roedd o wrth 'i fodd yno. Rioed wedi gweld lle tebyg, medda fo. Blydi Manc, gwbod ffyc-ôl.'

Byddai'r wybodaeth hon yn plesio Sonia, ystyriodd Jeff.

'Yli, Frankie, rhaid i mi fynd rŵan. Diolch i ti am y sgwrs. Yli, paid ti â meddwl mai dilyn yr hogia eraill yn fama ydi'r unig ddewis i ti. Ti'n ifanc. Dwi ddim isio i ti daflu dy fywyd i ffwrdd. Ti'n gwbod bod be wnest ti'n ofnadwy, ond mi fedri di ddod yn ôl o hyn, 'sti. Be am i mi fynd i weld dy fam, gofyn iddi ddod i dy weld di?'

''Sa ti'n neud hynny?'

'Gad o efo fi.'

Ar y daith adref ystyriodd Jeff a ddylai gadw at ei air. Wedi'r cwbwl, roedd Williams yn ddiawl drwg fu'n gwerthu cyffuriau i blant, yn cynnwys ei fab ei hun. Fflachiodd delwedd o'r ferch fach ar y traeth ger Adwy'r Nant drwy ei feddwl. Roedd o wedi'i gadael hi yno i farw. Na, fyddai bachgen fel Frankie Williams byth yn newid.

Pennod 32

Roedd cynhadledd hwyr y diwrnod hwnnw ar fin dod i ben pan gyrhaeddodd Jeff yn ôl i orsaf heddlu Glan Morfa. Er iddo geisio agor drws yr ystafell gyfarfod yn ddistaw a sleifio i mewn heb dorri ar draws Sonia, oedd yn annerch y tîm, trodd llygaid pawb tuag ato. Eisteddodd Jeff mewn cadair wag wrth ymyl y drws.

Edrychodd Sonia ar Jeff a chodi'i haeliau i ofyn iddo a oedd ei ymweliad â Chanolfan Werrinton wedi bod yn llwyddiannus. Nodiodd Jeff unwaith yn araf, heb edrych yn rhy frwdfrydig, felly wnaeth Sonia ddim galw arno i annerch y gynulleidfa.

Wedi i'r gynhadledd ddod i ben galwodd Sonia ar Jeff i ddod i'w swyddfa, a chaeodd y drws yn dynn ar ei hôl. Eisteddodd y ddau i lawr.

'Wel?' gofynnodd, 'ddysgaist ti rywbeth o bwys?'

Ochneidiodd Jeff fymryn cyn ateb.

'Dim llawer am Garreg y Bwgan, ond mi oedd y sgwrs efo Frankie'n un ddiddorol.' Dechreuodd adrodd yr hanes wrthi. 'Mi wyddwn ni i sicrwydd rŵan fod rwbath ar yr arfordir 'na ger Carreg y Bwgan wedi dal sylw Smith. Dydi o ddim yn bysgotwr, a dydi o ddim yn debygol o fod yn nofio'n noeth yno chwaith. Mae 'na reswm arall, siŵr i ti.'

'Ac mi wyt ti wedi wastio diwrnod llawn yn darganfod peth dibwys felly?'

Dyna'r tro cyntaf i Jeff brofi siom Sonia, ond roedd ganddo fwy i'w ddweud.

'Dwi'n anghytuno efo chdi, Sonia. Mae pob owns o brofiad sgin i yn deud wrtha i bod y ffaith fod Smith yn dangos diddordeb yn y lle 'na'n bwysig. Doedd heddiw ddim yn wastraff amser.'

'Weithiau dydi hynny ddim yn ddigon, Jeff. 'Dan ni angen ffeithiau.'

'Wel, mi fyddi di'n falch o glywed bod 'na fwy,' atebodd gyda mymryn o wên.

Edrychodd Sonia arno'n amheus.

'Nid Carreg y Bwgan ydi'r unig le i Frankie ei ddangos i Smith.' Oedodd am eiliad er mwyn bod yn ddramatig. 'Yn gynharach 'leni, aeth Frankie â Smith i fyny i Gwm Ceirw.'

Gwelodd y datganiad yn taro Sonia.

'Wrth roi popeth at ei gilydd 'dan ni'n cael pictiwr gwell. Mae Smith yn gwybod am Gwm Ceirw — mi wyddon ni hynny rŵan. Mae ganddo fo gyllell fawr yn y tŷ, yn ôl Annie Goodwin, ac yn cael pleser o roi min arni'n gyson.'

'Digon o fin i allu hollti dwylo Mr McVey i ffwrdd? Dyna ti'n feddwl?'

'Yn union. Ond mae 'na fwy. Mi garcharwyd Smith rai blynyddoedd yn ôl am niwed bwriadol — mi wnaeth o daflu asid ar wyneb dynes ym Manceinion oedd wedi pechu yn erbyn rhywun uchel yn yr is-fyd.'

'Yn debyg iawn i'r hyn wnaethpwyd i McVey.'

'Ia. Ond er gwaetha hyn i gyd, dwi ddim yn gweld pwynt holi Smith heb fwy o dystiolaeth. Biti na wnaethon ni ffendio'r gyllell Zombie 'na — ella bysa 'na olion o waed Vic McVey yn dal i fod arni.'

Cyn i Sonia fedru ymateb, daeth cnoc ar y drws. Ar ôl i

Sonia alw ar bwy bynnag oedd yno i ddod i mewn, agorodd y drws. Synnodd y ddau o weld y Dirprwy Brif Gwnstabl, Tecwyn Williams, a dyn arall nad oedd Jeff yn ei adnabod, yn sefyll yno. Doedd 'run o'r ddau yn gwisgo iwnifform. Safodd Sonia ar ei thraed yn syth wrth i'r ddau gerdded i mewn.

Dyn tal, awdurdodol yr olwg yng nghanol ei bedwardegau oedd yng nghwmni'r Dirprwy, wedi'i wisgo'n smart mewn siwt dywyll.

'Eisteddwch i lawr, os gwelwch yn dda, Dditectif Arolygydd McDonald,' meddai'r Dirprwy, 'a chitha, Jeff.'

Ufuddhaodd y ddau.

'Dwi'n dallt bod Ditectif Uwch-arolygydd Lowri Davies yn gwella, ond y bydd hi yn yr ysbyty am gyfnod eto. Mae'n debygol na fydd hi'n dod yn ôl i'w gwaith yn y dyfodol agos, felly mae angen i rywun gymryd awenau'r ymchwiliad 'ma'n barhaol.'

Trodd Sonia a Jeff i gyfeiriad y dyn dieithr, a oedd yn dal i sefyll wrth ochr y Dirprwy.

'Mae gen i neges i chi gan y Prif Gwnstabl,' parhaodd y Dirprwy. 'Mae'n bleser gen i adael i chi wybod, Sonia, eich bod chi'n cael eich dyrchafu'n Dditectif Brif Arolygydd, a bod hyn yn effeithiol o'r munud hwn ymlaen. Llongyfarchiadau i chi.'

Camodd ymlaen a dal ei law allan, a chododd Sonia o'i chadair i'w derbyn, ei syndod yn amlwg. Roedd gwên fawr ar wyneb Jeff.

Ar ôl i'r pedwar eistedd yn ôl i lawr, trodd y Dirprwy at y dyn arall.

'Cyn i mi eich cyflwyno chi,' meddai'r Dirprwy wrtho, 'ga i eich caniatâd chi, os gwelwch yn dda, i Ditectif Sarjant

Jeff Evans aros efo ni? Dwi'n nabod Jeff yn dda ers blynyddoedd – rydan ni'n dallt ein gilydd ac wedi gweithio ar achosion cyfrinachol yn y gorffennol. Dwi'n ei drystio fo i'r eithaf.'

Roedd Jeff wedi synnu bod angen i'r Dirprwy ofyn am y ffasiwn ganiatâd. Pwy oedd y dyn yma felly?

Nodiodd y dyn ei ben. 'Mi gymera i eich gair chi, Mr Williams, ond rhaid i chi'ch dau addo na fydd yr un smic am y mater sydd i'w drafod yn mynd allan o'r swyddfa 'ma. Dwi'n rhag-weld y gall hyn fod yn rhwystr i'ch ymchwiliad chi, Ditectif Brif Arolygydd McDonald,' meddai. 'Ond does 'na ddim dewis arall, mae gen i ofn.'

Edrychodd Sonia a Jeff ar ei gilydd yn ddryslyd, ond cytunodd y ddau ar unwaith i gadw pa bynnag gyfrinach roedden nhw ar fin dysgu amdani.

'Dyma Gregor Sutherland,' meddai'r Dirprwy, 'un o gyfarwyddwyr yr Asiantaeth Troseddau Cenedlaethol. Mae ganddo ddiddordeb yn eich ymchwiliad chi, ac mae o a'i dîm wedi cael mynediad i'r system gyfrifiadurol.'

'Felly rydach chi'n ymwybodol o'r holl wybodaeth sydd ganddon ni ynglŷn â llofruddiaeth Vic McVey?' gofynnodd Sonia.

'Pob tamaid,' atebodd Sutherland.

'Dwi'n siomedig, Mr Williams,' meddai Sonia, 'fod hynny wedi digwydd heb i mi, fel pennaeth yr ymchwiliad, gael gwybod.'

'Dwi'n dallt eich safbwynt chi'n iawn, Sonia, ond mi gewch chi eglurhad mewn munud,' meddai'r Dirprwy. 'Dyna pam ein bod ni yma heno, a pham bod raid i hyn fod mor gyfrinachol. Drosodd i chi, Mr Sutherland.'

'Roedd eich dioddefwr chi, Victor – neu Vic – McVey,

y cyn-dditectif sarjant, yn gweithio'n gudd i ni yn yr Asiantaeth. Mae o wedi bod yn un ohonon ni ers iddo adael Heddlu Manceinion.'

Edrychodd Jeff a Sonia ar ei gilydd, eu syndod yn amlwg.

'A,' meddai Jeff o'r diwedd, 'dyna oedd o'n neud! Ro'n i wedi gweld o'i ddatganiadau banc ei fod o'n cael arian ychwanegol i'w bensiwn heddlu o rwla bob mis, ac mae hynny'n egluro'r peth. Ond pam yr holl gyfrinachedd?'

'Dyna'r ffordd roedd yn rhaid i ni wneud petha,' esboniodd Sutherland. 'Roedd angen i ni roi'r argraff i bawb yn yr heddlu ei fod o wedi ymddeol yn llwyr, ac nad oedd awgrym fod ganddo unrhyw gyswllt ag asiantaeth arall. Petai o wedi cael ei drosglwyddo o'r heddlu i'r Asiantaeth Troseddau Cenedlaethol mi fyddai adran personél yr heddlu wedi dod i wybod, a'r wybodaeth wedi teithio'n gyflym i glustiau eraill yn y llu. Dyna pam nad ydi ffynhonnell ei gyflog yn cael ei ddatgelu, hyd yn oed i'w fanc.'

'Mae hynny'n awgrymu eich bod chi'n amau hygrededd rhywun – neu rywrai – yn Heddlu Manceinion,' meddai Jeff wrth i'r wybodaeth newydd ddisgyn i'w le.

'Cywir,' atebodd Sutherland.

'Mae 'na gymaint o lygredd yn y llu hwnnw, buan iawn y bysa cysylltiad Vic efo'r Asiantaeth wedi dod i glustiau Benjamin Adams ... ac ydw i'n iawn i ddeud y bysa hynny wedi difetha'r holl reswm iddo ymuno â'r Asiantaeth?'

'Cywir eto, Jeff,' atebodd Sutherland, gan wenu. 'Mi wyddoch chi, efallai'n fwy na neb, pa mor llwgr ac anonest mae Adams wedi bod ar hyd ei yrfa. Roeddech chi'n rhan, dwi'n dallt, o'r busnes hwnnw ddwy neu dair blynedd yn ôl pan ddiflannodd y rhestr o enwau plismyn llygredig oedd wedi cael ei greu gan y teulu troseddol Slater. Roedd amheuaeth ynglŷn â gonestrwydd Adams flynyddoedd cyn hynny, ac mae o, ar hyd yr adeg, wedi medru dryllio pob ymchwiliad a gynhaliwyd i'w ymddygiad. Mae hyn wedi bod yn embaras mawr i benaethiaid y llu ym Manceinion, ac er iddyn nhw allu cael gwared arno drwy ymddeoliad, maen nhw am iddo gael ei lusgo o flaen ei well. Gan fod ei ddylanwad yn ymestyn mor bell yn y llu, gofynnwyd i ni yn yr Asiantaeth Troseddau Cenedlaethol gasglu digon o dystiolaeth i'w gyhuddo, a dyna rydan ni wedi bod yn ei wneud yn ystod y ddwy flynedd ddiwetha.'

'Gan recriwtio Vic McVey i weithio i chi fel asiant cudd,' meddai Sonia.

'Yn hollol,' atebodd Sutherland.

Eisteddodd y pedwar yn fud am rai eiliadau wrth i'r cyfan suddo i feddyliau'r heddweision.

'Roedden ni yn yr Asiantaeth angen cymorth rhywun gonest, rhywun oedd wedi bod yn gweithio'n weddol agos at Adams ei hun, ond yn bwysicach byth, rhywun roedd Adams yn ei drystio. Roedd Vic McVey yn ddelfrydol, ac ar ôl iddo gytuno ... wel, mi wyddoch chi'r gweddill. Trefnodd ei fod yn dod ar draws Adams ar ôl i'r ddau ymddeol, a tharo sgwrs. Cynigiodd Adams waith achlysurol i Vic, gan roi cyfle iddo ymdreiddio i mewn i'w gyfundrefn.'

'Oedd o'n llwyddiannus fel asiant i chi?' gofynnodd Jeff.

'Mae'r math hwn o waith, fel y gwyddoch chi efallai, Jeff, yn gymhleth a hir.'

'Dwi'n gofyn hynny am ein bod ni'n gwybod, neu o leia'n amau'n gryf, fod Adams yn rhan o fenter i werthu fêps anghyfreithlon sy'n cynnwys canabis i blant ysgol ar draws gogledd Cymru. Ella'i fod o'n eu cynhyrchu nhw hefyd, wn i ddim.'

'Efallai wir,' atebodd Sutherland, gan fod yn gynnil efo'r hyn a wyddai.

'Fysa Vic wedi gallu bod yn rhan o hynny er mwyn closio at weithgareddau Adams?'

'Roedd gan Vic yr awdurdod i dorri'r gyfraith ei hun er mwyn dinoethi troseddau Adams, ond wrth gwrs, roedd yn rhaid iddo fod yn ddoeth ynglŷn â pha mor bell y dylai o fynd.'

'Mae McVey wedi cael ei lofruddio, ac mae'r dystiolaeth yn gwneud i ni gredu bod y llofrudd yn broffesiynol,' rhoddodd Sonia ei phig i mewn. 'Roedd o'n byw mewn byd peryglus iawn, yn ôl pob golwg, ac mae'n edrych yn debyg mai i gyfeiriad Benjamin Adams y dylai'r ymchwiliad fynd.'

'Rydan ni yn yr Asiantaeth wedi bod yn cadw golwg yn ddyddiol ar system yr ymchwiliad, ac yn gweld bod hynny eisoes wedi dechrau. Mae hynny'n dod â fi at bwrpas yr ymweliad hwn. Rhaid i mi roi gorchymyn i chi beidio â holi'n rhy agos at Adams ar hyn o bryd, na datgelu i weddill eich tîm fod y dioddefwr yn gweithio'n gudd i'r Asiantaeth Troseddau Cenedlaethol.'

Edrychodd Sonia a Jeff ar ei gilydd yn ddryslyd.

'Ond sut fedra i wneud hynny, Mr Sutherland? Mae gen i lofruddiaeth i'w datrys ac mae'n rhaid i mi ddilyn yr wybodaeth sy'n dod i mewn i ystafell yr ymchwiliad i'r eithaf. Fedra i ddim osgoi nag anwybyddu unrhyw drywydd.'

Gwelodd Jeff a Sonia fod y Dirprwy yn edrych ar Sutherland, ac yn nodio'i ben. Oedd o'n cytuno â'r hyn ddywedodd Sonia, neu oedd o'n gwybod mwy nag yr oedd o'n ei ddatgan? Pa un o'r dynion oedd â'r llaw uchaf?

Trodd Sutherland i wynebu Sonia a Jeff.

'Rydach chi'n haeddu mwy o esboniad,' meddai, 'er mwyn i chi'ch dau allu deall pam mae'r gorchymyn yma mor bwysig. Roedd Vic wedi gweithio'n galed iawn a chymryd risgiau dychrynllyd i ddysgu am weithgareddau Adams a'i griw. Roedd o wedi darganfod bod rhywbeth mawr ar fin digwydd, rhywbeth fyddai'n ddigon i ddal Adams unwaith ac am byth, cyn iddo gael ei saethu. Yn anffodus does gen i ddim awdurdod i rannu'r manylion efo chi, ond mae o'n ddigon sylweddol i adael i Adams gael ei ffordd ei hun nes bydd y cwbwl drosodd. Erbyn hynny mi fyddwn ni, efo cymorth yr heddlu, yn medru rhoi diwedd ar ei ddrygioni unwaith ac am byth.'

'Ond mae angen i ni beidio datrys llofruddiaeth McVey yn y cyfamser,' meddai Sonia.

'Ditectif Brif Arolygydd, credwch chi fi, bydd llawer iawn mwy o bobol yn cael eu niweidio os na fedrwn ni roi stop ar yr hyn sydd gan Adams ar y gweill. Rydan ni angen aros i gael chydig mwy o wybodaeth am yr hyn sydd ar droed, ac yna mi fyddwn ni mewn sefyllfa i symud.'

'Ymhen faint o amser?' gofynnodd y Dirprwy.

'Pa mor hir ydi darn o gortyn?' atebodd Sutherland. 'Does gen i ddim syniad. Dyddiau, wythnos neu ddwy. Ella mwy.'

'Sut ydach chi'n mynd i gael yr wybodaeth ychwanegol 'ma heb Vic McVey?' gofynnodd Jeff.

Gwenodd Sutherland. 'Mae 'na ffordd,' atebodd.

'Wel,' meddai'r Dirprwy. 'Dwi'n derbyn eich dadl, chi, Mr Sutherland, ac yn ategu'r gorchymyn i chi, Sonia, gadw'n glir oddi wrth Benjamin Adams ar hyn o bryd, a pheidio datgelu i'r tîm fod McVey yn perthyn i'r Asiantaeth.

Ond dim ond am y tro. Mr Sutherland, mi fyswn i'n lecio i chi gysylltu efo fi'n ddyddiol, a gadael i mi wybod pryd y gallwn ni barhau â'n hymholiadau i gyfeiriad Adams. Yn y cyfamser, mi allwch chi, Sonia a Jeff, barhau i weithio yn y cefndir ar symudiadau car McVey, ei ffôn symudol, ei gyfrifiadur ac yn y blaen. Oes ganddoch chi wrthwynebiad i hynny, Mr Sutherland?'

'Dim o gwbl.'

'Wn i ddim sut y medra i ddarbwyllo'r tîm i bellhau oddi wrth Adams a'i fusnes,' meddai Sonia, 'na chelu'r ffaith fod McVey yn aelod o'r Asiantaeth.'

'Mae pob math o broblemau yn disgyn ar ysgwyddau Ditectif Brif Arolygydd,' meddai'r Dirprwy, gan wenu arni. 'Dwi'n siŵr y gwnewch chi feddwl am ffordd. Ond os oes angen, mi wyddoch chi lle i gael gafael arna i.'

Ar ôl iddynt adael, eisteddodd Jeff a Sonia'n ddistaw am sbel.

'Wn i ddim be i'w ddeud,' meddai Sonia.

'Yli, paid â mynd adra heno, Sonia. Ty'd acw i aros – mi fydd Meira'n falch o dy weld di. Dydw i ddim isio bod yn rhy bersonol efo fy Nitectif Brif Arolygydd newydd, ond oes gen ti ddillad sbâr efo chdi?'

'Mewn bag yn y car,' gwenodd Sonia.

Cododd Jeff ei ffôn.

'Meira,' meddai, ar ôl cael ateb, 'oes 'na ddigon o swpar i un arall heno? Mae Sonia newydd gael ei dyrchafu'n Dditectif Brif Arolygydd. Estynna botel o fybls – mi fyddan ni adra mewn deng munud.'

Pennod 33

Pan agorodd Jeff ddrws ffrynt Rhandir Newydd, roedd Meira, Twm a Mairwen yno i groesawu'r ddau gyda photel o siampên a gwydrau.

'Llongyfarchiadau, Sonia!' gwaeddodd y tri ar unwaith.

Cymerodd Sonia un o'r gwydrau ac yfed cegaid go dda o'r gwin pefriog wrth i Jeff fynd â'i bag i'r ystafell wely sbâr. Erbyn iddo ddod yn ôl i lawr roedd y merched a'r plant yn sgwrsio'n llawen, a chyn pen dim roedd swper yn barod.

'Be ti'n feddwl ydi diddordeb yr Asiantaeth Troseddau Cenedlaethol yn Benjamin Adams?' gofynnodd Jeff ar ôl bwyta, tra oedd Meira'n gorffen clirio.

'Rwbath reit ddifrifol,' atebodd Sonia. 'Dim ond y troseddau gwaethaf, neu rai sydd ag elfen ryngwladol, maen nhw'n delio efo nhw. Dwi rioed wedi dod i gyswllt efo nhw o'r blaen.'

'Na finna,' atebodd Jeff. 'Smyglo cyffuriau ar raddfa fawr, masnachu pobol a'r math yna o beth, am wn i. Ond cofia be ddeudodd Sutherland – cael eu galw i mewn ddaru nhw i ymchwilio i Adams yn benodol. Rhaid bod y sefyllfa'n ddifrifol ofnadwy iddyn nhw ofyn i ni gamu'n ôl, yn enwedig pan mai un o'u dynion nhw'u hunain sydd wedi cael ei lofruddio.'

'Be fedra i ddim ei ddallt ydi pam fod yr Asiantaeth wedi cymryd wythnos gyfan ar ôl i gorff McVey gael ei ddarganfod cyn cysylltu efo ni yng Nglan Morfa.'

'Gweithredu yn y cefndir oeddan nhw cyn heddiw, cofia, ac ma' nhw wedi bod yn cadw golwg ar bob dim 'dan ni'n neud drwy'r system, heb yn wybod i ni.'

'Digon gwir.'

Ar hynny daeth Meira drwodd o'r gegin, a bu'n rhaid i'r ddau dewi. Esgusododd Jeff ei hun er mwyn rhoi llonydd i'r merched, ac aeth i fyny'r grisiau i ddweud nos da wrth y plant. Treuliodd ychydig funudau yn stafell wely Mairwen, wedyn aeth at Twm. Roedd ei fab yn astudio map Arolwg Ordnans oedd wedi'i agor allan ar ei wely.

'Ro'n i'n meddwl dy fod di yn dy wely,' meddai Jeff yn ysgafn.

'Mewn munud, Dad. Mae gen i brawf darllen map yn y wers Daearyddiaeth fory, a dwi angen adolygu darllen cyfeirnod grid yn gywir.'

'Mae petha felly'n bwysig, 'sti, a sut i ddefnyddio cwmpawd hefyd. Tasat ti ar ben rhyw fynydd yn rwla mewn niwl trwchus, mi allai safio dy fywyd di. Ti isio help?'

'Yr unig beth dwi'n cael trafferth ei gofio ydi pa rifau ar y cyfeirnod grid i'w darllen gynta: y rhai sydd ar waelod a thop y map, neu'r rhai sy'n mynd i fyny ac i lawr yr ochrau.'

'Fel hyn fydda i'n cofio, yli.' Aeth Jeff i lawr ar ei bengliniau wrth ochr Twm. 'Y rhifau sy'n rhedeg ar hyd y top a'r gwaelod ydi'r rhai Dwyreiniol, a'r rhai sy'n rhedeg i fyny ac i lawr y ddwy ochr ydi'r rhai Gogleddol. Rŵan 'ta, mae'r llythyren "D" yn dod o flaen y llythyren "G" yn yr wyddor, yn tydi, felly mae isio darllen y ffigyrau Dwyreiniol gynta, ar hyd y top a'r gwaelod, cyn y rhai Gogleddol i lawr yr ochrau.'

'Diolch, Dad. Mi fedra i gofio hynna rŵan.'

'Reit, un prawf bach i wneud yn saff dy fod di wedi dallt yn iawn. Lle mae'n tŷ ni ar y map 'na?'

Pwyntiodd Twm at y lleoliad yn syth.

'A rŵan, rho'r cyfeirnod grid i mi.'

Rhoddodd Twm bren mesur plastig ar y map er mwyn cymryd y darlleniadau, a chafodd yr ateb cywir.

'Da iawn chdi,' meddai, wrth edrych ar y rhifau roedd ei fab wedi'u sgwennu i lawr. Yn sydyn, fflachiodd sylweddoliad ar draws ei feddwl. Chwe ffigwr oedd yn cael eu defnyddio i nodi unrhyw fan ar unrhyw fap. Meddyliodd am y rhifau a welodd yn llyfr ffôn Vic McVey y diwrnod cynt, yr un rhai a oedd wedi cael eu cofnodi mewn dogfen Word ar ei liniadur heb fath o eglurhad. Tynnodd ei ffôn o'i boced ac edrych ar y llun a dynnodd o'r rhifau. Roedd deunaw rhif: 229265228263227262. Rhannodd hwnnw i grwpiau o chwech, a chael tri ffigwr llai: 229265, 228263 a 227262.

'Gwna ffafr i mi, Twm?' gofynnodd, heb edrych i fyny o'i ffôn. 'Edrycha ar y map 'na i weld ydi'r ffigyrau yma'n gyfeirnod grid i rwla lleol.' Rhoddodd y ffigyrau iddo fesul chwech, gan anwybyddu'r demtasiwn i edrych dros ysgwydd ei fab.

'Ydyn – mae'r tri lle yn agos iawn i'w gilydd ar yr arfordir, wrth ymyl ffarm o'r enw Carreg y Bwgan. Enw rhyfedd ar ffarm, 'de?'

Edrychodd Jeff ar y map – roedd y cyfeirnodau grid yn nodi'r tri bae bach roedd o a Frankie Williams wedi bod yn siarad amdanyn nhw yn gynharach yn y dydd.

'Wyddost ti ddim faint o help wyt ti wedi bod i mi heno, Twm,' meddai. 'Rŵan, dos i gysgu, i ti gael bod yn ffresh ar gyfer y prawf 'na fory.'

Rhuthrodd Jeff yn ôl i lawr y grisiau i'r lolfa. Roedd Meira a Sonia yn dal i fwynhau gweddill y siampên, felly aeth i'r cwpwrdd diod a thywallt mesur da o wisgi brag iddo'i hun.

'Iesgob,' chwarddodd Meira, 'wisgi ar noson ysgol?'

'Mae 'na reswm da heno,' atebodd. 'Dyrchafiad Sonia, a rwbath pwysig dwi newydd ei ddarganfod efo help Twm.' Dywedodd yr hanes wrthynt. 'Felly doedd fy nhaith i Stoke heddiw ddim yn ofer, Sonia. Ddeudis i bod gen i deimlad yn fy mol, yn do? Mi fedrwn ni gysylltu David Sydney Smith â'r arfordir yn agos i Garreg y Bwgan, a chysylltu gwybodaeth oedd gan Vic McVey am yr un lle.'

'Da iawn, ond gawn ni drafod y peth yn y bore. Wedi dod yma i roi'r byd yn ei le efo Meira ydw i, ddim i siarad siop efo chdi, Jeff.'

'Siŵr iawn, Ditectif Brif Arolygydd!'

'O,' meddai Meira, 'cyn i ni orffen siarad siop, mae'r enw David Sydney Smith newydd fy atgoffa fi o rwbath dwi angen ei drafod efo chdi, Jeff. Es i i weld Annie Goodwin pnawn 'ma, a dwi'n meddwl ein bod ni'n mynd i gael dipyn o drafferth.'

'Sut felly?' gofynnodd Jeff.

'Ma' hi'n meddwl gadael y lloches, gan ddeud ei bod hi'n methu delio efo petha tra ma' hi yno. Wrth gwrs, does 'na ddim byd fedra i na neb arall yn Coledd ei wneud i newid ei meddwl hi.'

'Lle ar y ddaear fysa hi'n mynd?'

'Duw a ŵyr. Sgynni hi ddim teulu, a dim ffrindiau agos yn yr ardal 'ma. Ma' hi'n sôn am fynd yn ôl i'w chartref yn y gobaith fod Smith wedi mynd yn ôl i Fanceinion.'

'Deud wrthi mai camgymeriad mawr fysa gadael. Mae

Smith allan yn chwilio amdani bob dydd – mae o wedi bod yn y gwesty lle roedd hi'n arfer gweithio yn codi twrw – ac mi fydd hi mewn peryg y munud y gwneith hi gerdded allan o'r lloches 'na.'

Pennod 34

Y noson honno, mewn clwb i aelodau yn unig yng nghanol Manceinion, roedd Benjamin Adams yn eistedd yng nghwmni dau ddyn arall: Butler a Wilson, y ddau yn gynדditectifs profiadol. Bu'r ddau yn gweithio'n agos ag Adams dros y blynyddoedd, ac fel Adams, roedd y ddau wedi ymddeol yn gymharol ddiweddar.

Eisteddai'r dynion ger llwyfan bychan yr ystafell leddywyll, yn hanner gwylio'r ferch ifanc oedd yn dawnsio bron yn noeth o gwmpas y polyn o'u blaenau. Cyn hir ymunodd dyn arall â nhw.

'Dwi'n cymryd eich bod chi'ch dau yn adnabod Ditectif Brif Arolygydd Tony Reeves,' meddai Adams wrth y ddau arall.

'Nabod ein gilydd yn iawn,' atebodd Wilson. 'Be gymri di, Tony?'

'IPA. Peint, os gweli di'n dda.'

Chwifiodd Adams ei fraich i alw am weinyddes. Ni siaradodd yr un ohonynt nes roedd hi wedi dod â'r ddiod draw, a'u gadael. Plygodd y pedwar dros y bwrdd bychan er mwyn gallu cynnal sgwrs breifat.

'Fedrwn i ddim dod yn gynt,' meddai Reeves, 'ond dim ond ddoe roeddan nhw'n chwilio fflat McVey.'

'Faint ohonyn nhw?' gofynnodd Adams.

'Dim ond dau. O ogledd Cymru oedden nhw'n dod. Mi driais fy ngorau i gael gwybod be aethon nhw o'na, ond taswn i wedi taflu 'mhwysau o gwmpas ella bysa petha wedi mynd dros ben llestri.'

'Wyddost ti o ba adran oeddan nhw?'

'Na, ond mi welis i ei gardyn o – Ditectif Sarjant Jeffrey Evans. Ches i 'mo enw'r llall, ond roedd o dipyn yn fengach nag Evans.'

Caledodd wyneb Adams, a sylwodd y tri arall ar hynny hyd yn oed yng ngolau gwan y clwb. Jeff Evans oedd yn gyfrifol am iddo orfod ymddeol yn gynt nag yr oedd o wedi'i gynllunio. Jeff Evans wnaeth ffŵl ohono trwy ffeirio'r cof bach roedd o'i angen am un o ryw ganu Cymraeg oedd wedi brifo'i glustiau. Diolch i'r nefoedd ei fod o wedi medru adennill y cof bach cywir drwy un o'i ffrindiau yn Adran Safonau Proffesiynol y llu, cyn i'r ymchwiliad i'w ymddygiad ddechrau o ddifrif.

Cafodd gyfle y noson honno i roi diwedd ar fywyd Evans, ac roedd Adams wedi difaru sawl gwaith ers hynny na wnaeth o'i saethu yn y fan a'r lle. A dyma fo eto, ym Manceinion y tro yma, yn stwffio'i drwyn i mewn i'w fusnes o unwaith eto.

'Ti'n iawn, Ben?'

Daeth meddwl Adams yn ôl i'r presennol pan glywodd lais Wilson.

'Wyt ti'n siŵr mai Jeff Evans oedd o, Tony?' gofynnodd Adams.

'Ydw. Mae gen i lun ohono hefyd – y cwnstabl oedd efo fi ar y pryd dynnodd o.'

Tynnodd Reeves ei ffôn allan o'i boced, ac wedi iddo ganfod y llun, rhoddodd y ffôn yn llaw Adams. Teimlodd hwnnw'r casineb yn cynyddu wrth edrych arno. Pasiodd y ffôn i Butler. Edrychodd hwnnw a Wilson arno efo'i gilydd

– roedd y ddau ohonyn nhw, hefyd, wedi dod ar draws Jeff yn y gorffennol.

'Dwi'n ddiolchgar iawn i ti, Tony, am ddod â'r wybodaeth werthfawr 'ma i'm sylw i,' meddai Adams. 'Dwi'n siŵr y medra inna wneud ffafr i titha ryw dro, rywsut neu'i gilydd. Ond yn y cyfamser, dim gair wrth neb ein bod ni wedi cyfarfod yma heno, ac yn sicr dim gair am y diawl Evans 'na.'

'Siŵr iawn,' atebodd Reeves, cyn gadael y clwb. Gwyddai na ddylai, fel ditectif yn yr heddlu, gael ei weld efo'r tri arall, felly cododd goler ei gôt i fynd heibio'r camerâu diogelwch wrth y drws.

Trodd Adams, Wilson a Butler i edrych ar y ferch oedd yn dawnsio o'u blaenau, heb ddweud gair am rai munudau.

'Rhaid i ni sortio'r boi Evans 'ma allan unwaith ac am byth,' meddai Adams ymhen sbel.

'Be ti isio i ni neud?' gofynnodd Butler.

'Trefnu ei fod o'n cael uffar o gweir. Un ddigon da i'w gadw fo allan o'r ffordd nes bydd ein busnes ni drosodd yn ardal Glan Morfa. Dwi isio fo yn yr ysbyty am ddigon o amser i wneud yn siŵr nad ydi o'n broblem i ni yn y dyfodol agos, ond dwi ddim isio'i ladd o. Mi fysa hynny'n creu gormod o stŵr yn yr ardal, a dyna'r peth dwytha 'dan ni isio a chanddon ni gymaint ar y gweill yno.'

'Pwy gawn ni i'w leinio fo?'

'Dwi ddim isio i neb arall gael gwybod am hyn,' mynnodd Adams. 'Gwnewch y job eich hunain – a gwnewch job iawn ohoni y tro yma. Mi wnaeth o i chi edrych fel clowns yn nhoiled yn y caffi 'na ger Wrecsam, y tro dwytha.'

'Mi fyddwn ni'n barod amdano fo'r tro yma,' mynnodd Wilson.

'Gyda llaw,' meddai Adams, 'dwi'n cymryd na wnaethoch chi adael unrhyw beth yn fflat McVey ar ôl i chi fod yno ddwytha ... rwbath all arwain rhywun i'ch cysylltu chi'ch dau efo'r lle?'

Edrychodd Butler a Wilson ar ei gilydd ac ysgwyd eu pennau.

'Na,' meddai Butler. 'Paid â phoeni, Ben. Roedd y lle yn lân.'

Tra oedd Adams, Butler a Wilson yn ffarwelio â'i gilydd ym Manceinion, roedd David Sydney Smith yn feddw, ac yn eistedd yn lolfa 14 Y Rhos, Glan Morfa, yn hogi ei gyllell Zombie. Doedd dim angen ei hogi, ond roedd gwneud hynny'n rhoi pleser iddo. Annie a'r plant oedd ar ei feddwl. Ble oedden nhw, ac efo pwy? Gwyddai na fyddai Annie erioed wedi meddwl am ei adael oni bai am ddylanwad rhywun arall drosti, a phan fyddai o'n darganfod pwy oedd y dyn hwnnw, byddai'n ddrwg arno. Oedd hi a'r plant wedi symud i mewn efo'r dyn newydd? Doedd Adam a Claire ddim yn yr ysgol ... oedden nhw wedi mynd yn ôl i Fanceinion? Na, roedd o wedi holi'r hen griw yn fanno, a doedd neb wedi clywed ganddi, medden nhw. Mae'n rhaid ei bod hi'n nes at Lan Morfa, a'r unig bobl roedd hi'n eu nabod yn lleol oedd ei hen griw gwaith ym Mhlas Llifon. Gallai fod wedi medru cyfarfod rhywun yn fanno'n hawdd ... cyfleus iawn, efo cymaint o wlâu. Berwodd ei dymer. Byddai hi'n talu am hyn, ar ôl iddo'i chael hi adref. Meddyliodd am fynd yn ôl i'r gwesty, ond fyddai hynny ddim yn ddoeth – roedd y llipryn rheolwr yno wedi ffonio'r heddlu unwaith yn barod, a doedd o ddim yn ffansïo noson mewn cell.

Rhedodd ei fawd yn ysgafn ar hyd llafn hir y gyllell. Roedd hi'n ddigon miniog iddo fedru'i defnyddio i shafio ... neu dorri trwy gnawd ac asgwrn.

Pennod 35

Agorodd Sonia'r gynhadledd fore trannoeth gyda datganiad am gyflwr Lowri Davies. Doedd hi ddim gwaeth, a chadarnhawyd mai firws oedd wedi achosi'r pwl salwch.

Roedd gweddill y cyfarfod yn anoddach iddi. Cododd nifer o awgrymiadau o'r llawr yn ymwneud â chanlyniadau'r ymchwiliadau i ffôn symudol, gliniadur a theithiau car Vic McVey, a'r cyfan yn arwain yn syth at Benjamin Adams a'i gwmni. Llwyddodd Sonia i lywio ymholiadau'r dydd oddi wrth y cysylltiad ag Adams a Systems Security Ltd yn John Gilbert Way, Trafford Park, ond roedd syndod ac amheuaeth pob un o'r ditectifs profiadol yn amlwg. Roedden nhw'n gwybod yn iawn sut y dylai'r ymchwiliad ddatblygu, ac yn eu barn nhw roedd pob un o benderfyniadau Sonia McDonald yn anghywir. Oedd ei dyrchafiad wedi mynd i'w phen hi, gofynnodd un llais gerllaw i Jeff yn ddistaw. Penderfynodd Jeff beidio ymateb na gwneud sylw rhag ofn i unrhyw esboniad fradychu'r gyfrinach oedd rhyngddo fo, Sonia, Gregor Sutherland a'r Dirprwy Brif Gwnstabl.

Ar ôl i'r cyfarfod orffen, cymerodd Sonia a Jeff y cyfle i fynd am baned o goffi yn y cantîn, oedd yn digwydd bod yn wag.

'Mi oedd y gynhadledd yna'n anodd,' meddai Jeff, 'a dim ond gwaethygu wneith petha. Dwi ddim yn genfigennus o dy sefyllfa di, Sonia.'

'Diolch, Jeff, ond tydi hynny'n ddim cysur i mi.' Gwenodd yn wan arno.

'Ma' raid i ni wneud rwbath ar gownt y peth, Sonia,' parhaodd Jeff. 'Fel hyn dwi'n 'i gweld hi. Mae tri bae yn agos i'w gilydd, mewn lle unig ac o'r golwg ar dir Carreg y Bwgan. Mae'r tri wedi cael eu marcio ar fapiau a siartiau oedd wedi'u cuddio yn nhŷ Annie Goodwin – gan David Sydney Smith, mwy na thebyg – ac mae cyfesurynnau'r tri lle ym meddiant Vic McVey, sy'n gweithio'n gudd i'r Asiantaeth Troseddau Cenedlaethol er mwyn cadw golwg ar Benjamin Adams. Wnaiff Gregor Sutherland ddim deud wrthon ni sut fath o drosedd mae'r Asiantaeth yn ymchwilio iddi, ond mi fetia i rŵan mai rhyw fath o smyglo ydi o – cyffuriau, dwi'n amau, o gofio cysylltiad Smith â lleoliad cwmni Adams yn Trafford.'

'Bosib iawn,' atebodd Sonia.

'Ond pam nad ydi'r Asiantaeth yn barod i symud yn erbyn Adams? Am be ma' nhw'n disgwyl?'

'Dau bosibilrwydd sy'n fy nharo i,' meddai Sonia. 'Y cynta ydi am nad ydi'r llwyth sy'n cael ei smyglo ar fin cyrraedd eto. A'r ail ydi am nad ydi'r Asiantaeth yn gwybod lle mae'r llwyth am lanio ym Mhrydain, gan fod Vic McVey wedi cael ei saethu'n farw cyn gallu trosglwyddo'r manylion ynglŷn â'r arfordir ger Carreg y Bwgan i'w benaethiaid yn yr Asiantaeth.'

'Dwi'n cytuno,' meddai Jeff. 'Mi ddeudodd Sutherland ei hun fod Vic ar fin trosglwyddo gwybodaeth bwysig i'r Asiantaeth. Efallai mai dyna oedd yr wybodaeth. Lleoliad union fan y smyglo.'

'Y lleoliad, ac ella'r amserlen hefyd,' atebodd Sonia.

'Mae'n bosib nad oes gan yr Asiantaeth syniad lle mae'r

llwyth am lanio ... ac mae arfordir Prydain yn anferth. Dim ond ni'n dau sy'n gwybod am y cyfeirnodau grid. Tydyn nhw ddim wedi cael eu rhoi ar gyfrifiadur yr ymchwiliad eto, naddo?'

'Na, ond tasa rhywun o'r Asiantaeth yn dod ar draws y rhif, does 'na ddim sicrwydd y bysan nhw'n sylweddoli mai tri chyfeirnod grid ydyn nhw.'

'Lwc mwnci oedd i mi eu ffendio, a diolch i Twm am hynny.'

'Does ganddon ni ddim dewis,' meddai Sonia. 'Rhaid i mi drefnu cyfarfod arall efo Mr Sutherland, cyn gynted â phosib, a gadael iddo wybod y cwbwl. Mi ffonia i'r Dirprwy rŵan.'

Ar ôl gwneud y trefniadau, aeth Jeff â Sonia i Garreg y Bwgan er mwyn iddi gael gweld y lle drosti'i hun cyn cyfarfod y Dirprwy a Sutherland y pnawn hwnnw. Parciodd ei gar yn agos i ben y trac oedd yn arwain i lawr at y tri bae bychan.

Cerddodd y ddau i lawr y trac, a oedd ryw dri chan llath o hyd. Cododd Jeff gwfl ei gôt ddyffl i arbed ei hun rhag y gwynt main, a gwnaeth Sonia'r un peth efo'i choler uchel. Byddai wedi bod yn bosib mynd â'r car yn nes, ond byddai hynny'n dipyn o risg – lleia yn y byd o bobl oedd yn gwybod am eu diddordeb yn y llecyn, gorau yn y byd.

Gwelodd Sonia ar unwaith fod y darn hwn o'r arfordir yn lle campus i gyfarfod cwch. Roedd y trac wedi'i guddio gan greigiau bob ochr, a choed bach yn rhoi cysgod ychwanegol. Stopiodd Jeff yn sydyn, a rhedeg ei law yn ysgafn ar y tir dan draed.

'Drycha, Sonia,' meddai, 'olion teiars. Mi fyswn i'n deud eu bod nhw'n ffresh hefyd. Ond cofia, ella mai'r ffarmwr sy'n gyfrifol.'

'Dwi'n gobeithio nad ydan ni'n rhy hwyr, a bod y llwyth wedi glanio a'i symud o 'ma yn barod,' meddai Sonia.

Cerddodd y ddau ymlaen i lawr y trac i'r bae mwyaf. Yno gwelsant hen gwt pysgota – roedd o'n ddigon mawr i gadw cwch rhwyfo hyd at ugain troedfedd o hyd, ystyriodd Jeff, ond roedd o wedi gweld dyddiau gwell, a'r to wedi dymchwel yn un pen. Ychydig yn is i lawr na'r cwt roedd y marc penllanw, ond byddai'r môr yn siŵr o gyrraedd drws y cwt ar lanw uchel iawn. Roedd y cerrig yn fanach yma nag yn y ddau fae llai bob ochr, gan ei wneud yn lle hwylus i wthio cwch i'r dŵr a'i lanio wedyn.

Cerddodd y ddau o amgylch y cwt, a chawsant eu synnu o weld bod y drysau, oedd yn wynebu'r môr, mewn gwell cyflwr na'r disgwyl. Yn rhyfeddach fyth, roedd clo newydd i'w weld arnynt. Ceisiodd y ddau graffu trwy'r drysau ond roedd hynny'n amhosib.

'Pam rhoi clo newydd ar y ffasiwn le?' gofynnodd Jeff. 'Dwi jest â marw isio cael golwg i mewn, ond fiw i mi falu'r clo neu mi fydd pwy bynnag sy'n defnyddio'r lle yn gwybod ein bod ni wedi bod yma.'

Cafodd syniad. Gyda rhywfaint o help gan Sonia, dringodd Jeff gerrig llithrig y waliau er mwyn edrych i mewn drwy'r twll yn y to.

'Fysat ti byth yn coelio, Sonia,' meddai, 'ond mae 'na gwch rwber yma ar drelar, ac uffar o injan bwerus arno fo. Hen ddigon mawr i gario llwyth o gyffuriau.'

'Tynna lun ohono fo ar dy ffôn,' awgrymodd Sonia.

Cynhaliwyd cynhadledd y prynhawn am bedwar o'r gloch y diwrnod hwnnw, gyda'r eglurhad bod angen i Sonia fynychu cyfarfod pwysig yn y pencadlys.

Yn swyddfa'r Dirprwy roedd y cyfarfod, am chwech o'r gloch, a'r Dirprwy ei hun agorodd y drafodaeth.

'Mi wn i 'mod i wedi cynnig cymorth i chi unrhyw bryd, Dditectif Brif Arolygydd,' meddai, 'ond wnes i ddim dychmygu y bydden ni'n pedwar yn cyfarfod eto mor fuan.'

'Diolch i chi am drefnu, syr,' meddai Sonia. 'Mae hyn yn bwysig, ac mi o'n i'n meddwl y bysa'n ddoethach i mi beidio â rhannu'r wybodaeth dros y ffôn. Ga i ddechrau drwy ddweud hyn, yn barchus: mae'n amlwg i Ditectif Sarjant Evans a finnau ein bod ni'n gweithio yn y tywyllwch i lawr yng Nglan Morfa. Dim ond hanner y stori rydan ni wedi'i chael gan yr Asiantaeth Troseddau Cenedlaethol.'

Disgynnodd cysgod dros wyneb Sutherland, ac ailgroesodd ei goesau.

'Ers ein cyfarfod ni ddoe, rydan ni wedi dyfalu mai achos o smyglo sydd gan yr Asiantaeth mewn golwg, ac mai hynny sydd wrth wraidd llofruddiaeth Vic McVey. Dwi'n credu ein bod ni wedi dod ar draws rhywfaint o wybodaeth nad ydi o wedi cyrraedd yr Asiantaeth – 'dan ni'n amau mai'r wybodaeth hon roedd Vic McVey ar fin ei throsglwyddo i chi. Dwi'n meddwl y bysa'n well i ni i gyd roi ein cardiau ar y bwrdd a bod yn agored efo'n gilydd.'

Gwenodd Jeff yn falch wrth glywed Sonia'n siarad mor hyderus yn y fath gwmni, ond croesodd Sutherland ei goesau unwaith eto, a symud yn anghyfforddus yn ei gadair.

'Dwi'n cytuno efo'ch barn chi, er bod gen i rywfaint o amheuaeth,' meddai'r Dirprwy, 'ond gadewch i ni glywed be sydd ganddoch chi i'w gynnig gynta, Sonia, cyn i mi wneud unrhyw benderfyniad.'

'Ditectif Sarjant Evans, wnewch chi fynd â ni drwy'ch

darganfyddiadau, os gwelwch yn dda?' gofynnodd Sonia iddo.

Cymerodd Jeff ddeng munud i ddweud y cyfan: y cysylltiad rhwng David Sydney Smith ac Adams, rhannu'r fêps llawn canabis i blant Glan Morfa, y cysylltiad rhwng Smith a Charreg y Bwgan. Eglurodd am y siartiau a'r mapiau, a'r cyfeirnodau grid, a phresenoldeb y rhifau hynny yn llyfr ffôn a gliniadur McVey. Soniodd hefyd fod Smith yn gyfarwydd â Chwm Ceirw, a rhoddodd ddisgrifiad Annie Goodwin o'r gyllell Zombie fawr finiog yr oedd Smith mor hoff o'i hogi. Gorffennodd drwy sôn am y cwch rwber yn yr hen gwt. Dangosodd y llun ohono ar ei ffôn i'r ddau.

'Dwi'n amau,' parhaodd, 'mai dyma'r wybodaeth roedd Vic am ei throsglwyddo i chi, a'i fod o wedi cael ei ladd cyn iddo fedru gwneud hynny. Mae'r dystiolaeth hefyd yn awgrymu mai smyglo cyffuriau ydi'r drosedd yr ydach chi'n amau Adams o fod yn gysylltiedig â hi.'

Roedd yr ystafell yn hollol ddistaw tra bu'r ddau swyddog yn amsugno'r holl wybodaeth.

'Drosodd atoch chi, Mr Sutherland,' meddai'r Dirprwy. 'Mae'n edrych i mi fod Sonia a Jeff wedi gwneud rhan helaeth o'ch gwaith chi yn yr Asiantaeth ar eich rhan chi. Mae'r bêl yn eich cwrt chi rŵan, a dwi'n meddwl y dylech chi fod yn hollol agored efo pawb yn y stafell 'ma. Dwi'n siŵr fod gynnoch chi, fel cyfarwyddwr yn yr Asiantaeth, yr awdurdod i wneud hynny.'

Gwyddai'r tri arall nad oedd y Dirprwy wedi rhoi llawer o ddewis iddo.

'Debyg iawn,' ochneidiodd Sutherland, gan sythu yn ei gadair cyn dechrau siarad. 'Ditectif Brif Arolygydd McDonald a Ditectif Sarjant Evans, dwi'n ddiolchgar iawn i chi'ch dau am drefnu'r cyfarfod ac am drosglwyddo'r wybodaeth hollbwysig yma i mi. Rydach chi'n iawn, yn hollol gywir, heblaw am un peth. Nid cyffuriau sy'n cael eu smyglo, ond arfau. Dwi'n sôn am gelc helaeth o arfau fysa'n medru gwneud difrod eithriadol petai'n cyrraedd tir Prydain.'

Gwelodd Sutherland y tri yn edrych ar ei gilydd cyn troi'n ôl i syllu'n ddisgwylgar arno fo.

'Er gwaetha'r hyn sydd ar y newyddion bron yn ddyddiol, mae llai o arfau yn cael eu defnyddio ar strydoedd Prydain nag yn y rhan fwya o wledydd eraill y byd. Rydan ni am i'r sefyllfa barhau felly, ond mae'r gangiau troseddol yn anghytuno. Fel y gwyddoch chi, mae'r gangiau hyn yn smyglo pobol a chyffuriau i'r wlad 'ma, ac maen nhw angen arfau er mwyn goroesi. Mae straeon yn aml ar y newyddion am bobol ddiniwed yn cael eu saethu'n farw ar strydoedd ein dinasoedd – dyna sy'n digwydd pan mae'r gangiau'n brwydro yn erbyn ei gilydd am oruchafiaeth. Mae marchnad eang i ynnau, ac mae Ewrop yn drwch o arfau. Ond mae 'na dueddiad newydd wedi datblygu yn ystod y blynyddoedd diweddar, sef cynhyrchu arfau sy'n tanio blancs ... rhai y gellir eu trawsnewid yn hawdd iawn i danio bwledi go iawn.

'Mae'r arfau hyn yn cael eu cynhyrchu i edrych yn union yr un fath â'r gynnau iawn: Glock, Browning, Smith & Wesson, Ruger, Walther, Beretta ac yn y blaen. Mae'r rhestr yn ddiddiwedd. Maen nhw'n edrych yn union yr un fath â gynnau go iawn pan maen nhw'n cael eu defnyddio mewn achos o ladrad, er enghraifft. Byddai'n ddigon hawdd twyllo rhywun i feddwl mai gynnau go iawn ydyn nhw, ond heb iddyn nhw gael eu haddasu, dim ond clec a'r fflach gewch chi. Mae'r broses o'u haddasu yn un sydyn a hawdd, ac wedyn maen nhw'n medru tanio bwledi go iawn, neu fwledi sydd wedi'u cynhyrchu'n arbennig ar gyfer gwn sydd wedi'i addasu. Gynnau sy'n fentio trwy flaen y faril ydi'r rhai hawsaf i'w haddasu, ac rydan ni wedi gweld cynnydd dychrynllyd yn y math yma o wn ar y strydoedd yn y blynyddoedd diwethaf. Mae mwy ohonyn nhw na gynnau go iawn, a'r rhan fwyaf yn nwylo pobol beryglus iawn.'

Oedodd Sutherland wrth i Sonia a Jeff edrych ar ei gilydd mewn anghrediniaeth, cyn parhau i siarad.

'Er bod gynnau blanc sy'n fentio trwy flaen y faril yn anghyfreithlon ym Mhrydain, dydyn nhw ddim yn anghyfreithlon mewn nifer o wledydd yn Ewrop. Maen nhw, felly, yn cael eu cynhyrchu fesul miloedd yno ar gyfer eu gwerthu i bob rhan o'r byd. Tydi nifer o'r gwledydd hynny ddim yn gwahardd eu hallforio nhw i Brydain, ond mae'n anghyfreithlon i'w mewnforio yma. Er hynny, mae nifer yn cyrraedd y wlad 'ma trwy'r Post Brenhinol, credwch neu beidio, wedi'u cuddio yng nghanol nwyddau eraill.'

'Sut mae pobol ym Mhrydain yn eu harchebu nhw?' gofynnodd y Dirprwy.

'Ar y we, neu'r we dywyll gan amlaf,' atebodd Sutherland. 'Mae rhai o wledydd Ewrop wedi deddfu i gau'r mannau gwan hyn, ac mae hi'n dod yn llawer iawn anoddach i'w prynu nhw a'u mewnforio i Brydain y dyddiau yma, diolch byth. Er hynny, rydan ni yn yr Asiantaeth, ynghyd â Llu'r Ffiniau, yn cydweithio'n barhaus â lluoedd y gwledydd eraill i atal mwy o fewnforio. Dwi'n falch o allu dweud ein bod ni'n dechrau llwyddo, ond eto, mae mwy a mwy o droseddau yn ymwneud â gynnau ar ein strydoedd ni o ddydd i ddydd. Ac mae'r smyglwyr yn trio'u gorau i gadw i fyny â'r galw amdanyn nhw. Dyma lle mae'r cyn-Dditectif Brif Uwch-arolygydd Benjamin Adams yn dod i'r pictiwr, ac i Vic McVey mae'r diolch am yr wybodaeth honno.'

'O lle mae'r gynnau yma'n dod?' gofynnodd Jeff. 'A sut?'

'O ganol Dwyrain Ewrop a thrwy Sbaen. Rydan ni wedi cael gwybod bod y llwyth sy'n dod i Adams ar long sydd wedi hwylio o Sbaen i Fôr Iwerddon. Bydd y llwyth yn cael ei gasglu yn y fan honno gan gwch pysgota o Brydain i wneud y rhan olaf o'r daith i'n harfordir ni.'

'Mae'n edrych yn debyg felly y bydd yr arfau'n cael eu casglu gan y cwch rwber welson ni, a'u cario'n ddistaw i'r bae ger Carreg y Bwgan,' meddai Sonia. 'Am faint o ynnau ydan ni'n sôn?' gofynnodd.

'Dwy fil,' atebodd Sutherland heb oedi.

Roedd y swm yn ddigon i wneud argraff fawr ar y tri arall, wrth iddyn nhw ystyried effaith y gynnau ar strydoedd dinasoedd Prydain.

'Mi fu i Vic McVey ddarganfod bod Adams wedi creu ffatri ym Manceinion er mwyn addasu'r gynnau ffug i allu tanio bwledi iawn, ac rydan ni'n cadw golwg ar y lle.'

'Y cwestiwn mwyaf ydi pryd mae'r arfau i fod i gyrraedd ein harfordir ni,' meddai Jeff. 'Oes ganddoch chi syniad?'

Ochneidiodd Sutherland, ac oedodd cyn ateb. 'Mi fyddwn ni'n gwybod ymlaen llaw.'

Cododd y Dirprwy ei aeliau i ofyn y cwestiwn amlwg, a pharhaodd y swyddog.

'Nid McVey oedd yr unig asiant agos i weithgareddau Adams. A does dim rhaid i mi ddeud wrthoch chi pa mor beryglus ydi sefyllfa'r asiant arall ar hyn o bryd. Pan ddaw'r amser, ein cynllun ni ydi dilyn y llwyth arfau at Adams ei hun, er mwyn i ni fedru ei gyhuddo fo yn bersonol. Mae 'na gynllun, ond bydd angen eich cydweithrediad chi, Mr Williams, gan mai ar dir gogledd Cymru y bydd yr arfau yn glanio.'

'Fydd 'na ddim problem efo hynny,' atebodd y Dirprwy.

Pennod 36

Roedd hi'n tynnu at ddeng munud i naw pan gyrhaeddodd Jeff yn ôl i Lan Morfa. Parciodd gar yr heddlu yng nghefn yr orsaf, a thrawodd ei ben i mewn i'r swyddfa er mwyn gweld beth oedd wedi bod yn digwydd yn ei absenoldeb. Tra oedd o yno, canodd ei ffôn yn ei boced. Enw Meira oedd ar y sgrin.

'Jeff, lle wyt ti,' meddai'n gyflym.

Gwyddai Jeff ar unwaith fod rhywbeth o'i le. 'Yn y stesion, 'nghariad i. Dwi'n cychwyn adra mewn dau funud. Be sy?'

'Ty'd adra rŵan, plis.'

'Be sy, Meira? Deud yn iawn.'

'Mae 'na rywun tu allan i'r tŷ.' Roedd y panig yn amlwg yn ei llais ac roedd hynny'n anghyffredin iawn. 'Mi ganodd cloch y drws i ddechra. Mi o'n i'n gweld hynny'n rhyfedd yr adeg yma o'r nos, yn enwedig gan 'mod i'n siŵr i mi gau'r giât drydan ar f'ôl gynna, ond mi es i i agor y drws. Doedd 'na neb yno. Ond mi oedd rhywun neu rwbath wedi bod o gwmpas, achos roedd y golau diogelwch ymlaen. Nes i ddechra meddwl 'mod i'n drysu, ac mai cwningen neu rwbath oedd 'na, ond chydig funudau wedyn mi daflodd rywun garreg fawr at ffenest y cyntedd – digon mawr i'w chracio hi. Tydi cwningod ddim yn medru gwneud hynny, felly rhaid bod rhywun wedi dringo dros y giât neu'r ffens.'

'Lle mae'r plant?'

'Yn eu gwlâu.'

'Gwna'n siŵr fod pob drws wedi'i gloi. Rho bob golau yn y tŷ i ffwrdd, ond gad y goleuadau tu allan i gyd ymlaen. Dos i fyny'r grisiau, dos â'r plant i'n llofft ni ac arhoswch yno eich tri. Mae 'na hen bastwn heddlu wedi'i guddio yng nghefn fy ochor i o'r wardrob. Tynna fo allan, rhag ofn. A phaid â symud o'na nes y bydda i wedi cyrraedd adra. Dwi ar fy ffordd.'

Rhedodd Jeff at ei gar a chyrhaeddodd Rhandir Newydd yn hanner yr amser arferol. Arafodd pan ddaeth ei gartref i'r golwg, a stopiodd y car ychydig lathenni cyn cyrraedd y giât drydan. Edrychodd ar y tŷ, a oedd hanner canllath i lawr y dreif. Roedd Meira wedi dilyn ei gyfarwyddiadau – roedd yr adeilad yn dywyll, ond roedd y goleuadau allanol i gyd ymlaen, a'r lampau solar gwan bob ochr i'r dreif. Gafaelodd Jeff yn ei ffôn a ffonio'i wraig.

'Dwi tu allan i'r giât,' meddai. 'Wyt ti a'r plant yn iawn?'

'Ydan.'

'Oes 'na rwbath arall wedi digwydd ers i ni siarad?'

'Na, dim byd.' Doedd ei llais ddim i'w glywed mor nerfus erbyn hyn.

'Mi fydda i yna mewn chwinciad.'

Diffoddodd y ffôn a phwyso'r botwm ar y rimôt i agor y giât. Am ryw reswm, wnaeth hi ddim agor. Roedd hynny'n anarferol, meddyliodd, ond efallai fod angen newid y batri yn y teclyn bach. Dringodd allan o'i gar er mwyn ei hagor â llaw, ac yng ngolau lampau mawr ei gar gwelodd fod carreg tua'r un maint â phêl-droed wedi cael ei gosod o dan y giât er mwyn ei hatal rhag agor. Yr eiliad honno, gwyddai fod rhyw fath o ddrygioni ar droed. Plygodd i lawr i symud y garreg, ac fel yr oedd o'n cydio ynddi, sylweddolodd fod rhywun y tu ôl iddo.

Trodd rownd yn gyflym, a gwelodd silwét rhywun yn rhuthro tuag ato. Roedd ei freichiau uwch ei ben, ac roedd yn gafael â'i ddwy law mewn rhywbeth tebyg i fat pêl-fas. Rowliodd Jeff i'r ochr wrth i'r arf gael ei hyrddio i gyfeiriad ei ben. Glaniodd y trawiad ar ei fraich, ddim ymhell o'i ysgwydd. Cododd yn gyflym cyn iddo gael ei daro eto, ac wrth wneud hynny sylweddolodd fod ail berson yno, a bod ganddo yntau arf tebyg. Defnyddiodd yr ymosodwr cyntaf ei holl nerth ar ei ail gynnig, a'r tro yma trawodd yr arf y bar haearn ar ben y giât. Gafaelodd Jeff yn y bat a llwyddo i anelu cic galed rhwng coesau'r dyn oedd yn ei ddal. Bloeddiodd hwnnw'n uchel, a gollwng yr arf.

Rhuthrodd Jeff i gydio yn y bat, a'i ddal yn llorweddol uwch ei ben mewn pryd i atal yr ail ddyn rhag ei daro ar draws ei ben. Ond roedd effaith yr ergyd gyntaf wedi achosi iddo golli'i gydbwysedd, a manteisiodd yr ymosodwyr ar ei wendid drwy ei daro ar draws ei fol a'i asennau. Crymodd Jeff mewn poen, a chafodd ei daro eto ac eto. Ceisiodd rowlio o'r naill ochr i'r llall ar y lôn er mwyn ceisio osgoi'r ergydion, a llwyddodd i hanner codi a tharo'r ail ddyn ar ffrynt ei wddw nes iddo gamu'n ôl gan dagu. Cododd Jeff ei hun ar un ben-glin – allai o ddim sefyll oherwydd y boen yn ei fraich, ei ysgwydd a'i asennau – yn barod am fwy o ergydion gan y dyn cyntaf, oedd wedi gallu codi erbyn hyn. Paratôdd ei hun am fwy o boen.

Yn sydyn, ymddangosodd goleuadau car arall y tu ôl i gar Jeff, ac roedd sŵn uchel yr injan yn awgrymu ei fod yn teithio'n gyflym tuag atynt. Rhedodd y ddau ddyn i'r cyfeiriad arall. Llusgodd Jeff ei hun ar ei draed a phwyso'n drwm yn erbyn y giât.

Gwichiodd y car arall i stop, a chlywodd Jeff lais ei gyfaill, Rob Taylor.

'Be ddiawl sy'n digwydd yn fama?'

'Rhyw ddau foi stopiodd i gael sgwrs efo fi.'

'Lle ma' nhw?'

'Wedi mynd. Lawr ffor'cw.'

'Mi a' i ar eu holau nhw, i weld oes ganddyn nhw gar.'

'Na, Rob. Paid â wastio dy amser. Mi wn i pwy oeddan nhw – 'dan ni wedi cyfarfod ein gilydd o'r blaen. Mi ges i'r gorau arnyn nhw'r adeg honno hefyd. Be ti'n da yma, beth bynnag?'

'Meira ffoniodd fi, ofn bod 'na drwbwl. Mi ddeudodd hi dy fod di ar dy ffordd adra, ond meddwl o'n i y bysa dau hen blisman yn well nag un,' meddai.

'Un dda 'di Meira,' atebodd Jeff. 'Waeth i ti fynd adra rŵan ddim, Rob. Ddôn nhw ddim yn ôl heno. A diolch i ti, yr hen fêt.'

Yng nghyntedd y tŷ, gwelodd Jeff y ffenest oedd wedi cael ei malu. Hen dric i ddarganfod pwy oedd yn y tŷ, ystyriodd. Be fysa wedi digwydd petai o wedi agor y drws? Trip mewn car i fyny i Gwm Ceirw, tybed, â'i ddwylo wedi'u clymu y tu ôl i'w gefn?

Gwaeddodd ar ei deulu o waelod y grisiau.

'Pawb yn iawn? Fi sy 'ma. Dwi ar fy ffordd i fyny.'

Brasgamodd yn boenus i'r llawr cyntaf. Roedd y tri yn nrws yr ystafell wely yn disgwyl amdano, y plant wedi closio'n dynn at Meira.

'Pwy oedd 'na, Dad?' Mairwen oedd y cyntaf i siarad.

'Neb i chi boeni amdanyn nhw,' atebodd Jeff. 'Dim ond rhyw blant yn chwara'n wirion. Ewch yn ôl i'ch gwlâu –

'sdim isio i chi boeni am ddim. Cysgwch yn braf.'

Yn yr ystafell wely, helpodd Meira fo i dynnu'i gôt, ei siaced a'i grys. Roedd y briwiau a'r cleisiau eisoes wedi dechrau ymddangos, a'i gorff yn stiff drosto.

'I'r gawod â chdi,' gorchmynnodd Meira. 'Mi wneith y dŵr poeth fyd o les i ti. Ti'n meddwl dy fod di wedi torri un o dy asennau?'

'Na, dwi'm yn meddwl. Mi gymerodd yr hen gôt ddyffl 'na y gwaetha o bob ergyd. Côt dda ydi honna.' Ceisiodd wenu.

Helpodd Meira fo i molchi, gan dynnu cadach yn dyner ar hyd ei ysgwyddau, ei asennau a'i gefn. Yna, ar ôl iddo ddod allan o'r gawod a sychu, rhwbiodd eli ar ei glwyfau a theimlodd Jeff ei groen yn cynhesu lle bu iddi ei dylino. Dechreuodd deimlo'n well.

Aeth i orwedd ar ben y dillad gwely.

'Wel, wyt ti am ddeud wrtha i be ddigwyddodd, 'ta be?'

Ochneidiodd Jeff. Doedd o ddim eisiau egluro, ond roedd ganddi hawl i wybod.

'Mae o i'w wneud â'r bobol 'na ym Manceinion,' meddai. 'Fedra i ddim egluro'r cwbwl i ti oherwydd cyfrinachedd, ond dwi'n siŵr mai'r boi Benjamin Adams 'na sydd y tu ôl i be ddigwyddodd gynna.' Gafaelodd Jeff yn llaw ei wraig. 'Gwranda, dwi'n meddwl y bysa'n syniad da i ti a'r plant fynd i aros at dy fam a dy dad am chydig ddyddiau. Mi fyswn i'n teimlo'n well tasach chi'ch tri yn ddigon pell o Lan Morfa nes y bydda i wedi sortio hyn i gyd allan.'

Nid hwn oedd y tro cyntaf i Jeff wneud cais o'r fath, a gwyddai Meira nad ar chwarae bach roedd o'n ystyried y fath beth.

'Be am y plant a'r ysgol?'

'Mae hyn yn bwysicach. Gawn ni drefnu 'u bod nhw'n cael gwaith i'w wneud.'

'A 'ngwaith inna?'

'Mae dy ddiogelwch di a'r plant yn bwysicach nag unrhyw swydd, Meira. Deud wrthyn nhw bod argyfwng teuluol mae'n rhaid i ti ddelio efo fo. Tydi hynny ddim yn glwydda.'

'Ond be am Annie? Mae gen i ddyletswydd iddi hi – a chofia 'mod i wrthi'n trio 'ngora i'w pherswadio hi i aros yn y lloches. Ma' hynny'n mynd yn anoddach bob dydd. Tasa hi'n gadael mi fysa 'na oblygiadau i dy ymchwiliad di, yn ogystal â'i diogelwch hi, cofia. Fi sy'n gyfrifol amdani, a fyswn i ddim yn maddau i mi fy hun tasa'r Smith 'na'n cael gafael arni achos 'mod i ddim yno i'w gwarchod hi.'

'Fedar rhywun arall yn dy dîm di gymryd drosodd dros dro?'

'Am faint ti'n meddwl y bydd angen i ni aros yn Llan Ffestiniog?'

'Anodd deud,' atebodd Jeff, 'ond mae'n bwysig eich bod chi'n mynd. Chi'ch tri ydi'r petha pwysica yn fy mywyd i, Meira, a 'mlaenoriaeth i, o flaen pob achos ac ymchwiliad yn y gwaith, ydi gwneud yn siŵr eich bod chi'ch tri yn saff.'

Roedd Jeff yn ysu am fedru rhoi sicrwydd i Meira y byddai popeth yn cael ei ddatrys mewn diwrnod neu ddau, ond allai o ddim. Doedd ganddo ddim syniad pryd roedd y llwyth o ynnau yn debygol o gyrraedd Carreg y Bwgan, na chwaith a fyddai digon o dystiolaeth i gyhuddo Adams o'u mewnforio i'r wlad. Ac roedd angen cael David Sydney Smith oddi ar strydoedd Glan Morfa hefyd, oedd yn broblem arall.

'Dwinna isio i'r plant fod yn saff hefyd, Jeff.' Torrodd

llais Meira ar draws ei fyfyrdod. 'Ti'n gwybod hynny. A dwi'n cytuno – mae mynd i ffwrdd am chydig ddyddia'n syniad doeth. Mi dria i sortio petha yn y gwaith, ond dwi'n poeni'n ofnadwy am Annie. A dwi'n poeni amdanat titha hefyd, y ffŵl gwirion i ti. Pwy fydd yma i edrych ar d'ôl di os ydw i yn Llan Ffestiniog?'

'Paid â phoeni. Fydda i ddim ar fy mhen fy hun.'

Erbyn oriau mân y bore roedd Butler a Wilson wedi cyrraedd yn ôl i Fanceinion, yn friwiau drostynt, a doedd Benjamin Adams ddim yn hapus. Prin y gallai Wilson siarad oherwydd yr anaf i'w gorn gwddw, ac allai Butler ddim symud yn esmwyth heb boen.

'Dau ohonoch chi!' meddai Adams yn lloerig. 'Dau, efo arfau, yn methu sortio un hen ddyn allan. Mae'n edrych yn debyg 'mod i wedi gyrru plant i wneud gwaith dynion.'

'Ond gwranda, Ben, mae Evans wedi cael ei ddychryn, ac mae hynny'n siŵr o wneud iddo fo feddwl ddwywaith cyn rhoi ei hen drwyn i mewn yn ein busnes ni eto,' meddai Butler.

'Dychryn?' Cododd Adams ei lais. 'Roeddach chi'ch dau i fod i'w yrru fo i'r ysbyty. Dyna wnes i orchymyn. A'r cwbwl wnaethoch chi'ch dau, y clowns, oedd ei ddychryn o!'

Safodd y ddau o'i flaen a'u pennau i lawr.

'Biti na wnes i roi diwedd arno unwaith ac am byth pan ges i gyfle. Ella dylsach chi fod wedi mynd â'r Browning efo chi,' meddai Adams. 'Does gen i ddim dewis rŵan. Mi fydd raid i mi yrru rhywun arall i sortio'r Evans 'ma allan, ac yn digwydd bod, mae hwnnw i lawr yng Nglan Morfa yn barod.'

Edrychodd Butler a Wilson ar ei gilydd. Butler siaradodd:

'Ond does ganddo fo ddim rheolaeth drosto'i hun. Mi eith o dros ben llestri – hyd yn oed lladd Evans!'

'Be ydi'r ots am hynny bellach? Does 'na ddim cysylltiad rhyngddo fo a ni ym Manceinion. Geith o wneud beth bynnag mae o isio. Mae'r amgylchiadau wedi newid, ac os bydd rhaid, mi fedrwn ni ddargyfeirio'r llwyth i rwla arall.'

Pennod 37

'Be sy arnat ti bore 'ma?' gofynnodd Sonia pan welodd Jeff yn cerdded yn rhwystredig ar hyd y coridor i gyfeiriad ei swyddfa.

Ar ôl iddo eistedd y tu ôl i'w ddesg rhoddodd ochenaid boenus, a dweud yr hanes wrthi.

'Wyt ti'n ddigon da i fod yn dy waith?' gofynnodd Sonia.

'Dwi yma, dydw?' meddai â gwên gam. 'Mae 'na ormod yn mynd ymlaen i mi fod yn nunlla arall.'

'Ydi Meira a'r plant yn iawn?'

'Ydyn. Ma' nhw'n mynd at rieni Meira nes bydd hyn i gyd drosodd.'

'A ti'n meddwl dy fod di'n gwybod pwy oedd y ddau 'na neithiwr, medda chdi?'

'Dwi'n gwybod yn iawn mai dynion Benjamin Adams oeddan nhw, ond does gen i ddim syniad be ydi'u henwau nhw. Mi ddois i ar eu traws nhw ryw dair blynedd yn ôl mewn caffi bach ger Rhostyllen adeg llofruddiaeth Glenda Hughes – roeddan nhw'n gweithio efo Adams bryd hynny hefyd. Galw mewn caffi wnes i, ac ma' raid eu bod nhw wedi fy nilyn i yno. Mi ymosododd y ddau arna i yn y toiled, ar orchymyn Adams dwi'n siŵr, ond ro'n i'n barod amdanyn nhw ... do'n i ddim cweit mor barod neithiwr.'

'Be wnawn ni am y peth?' gofynnodd Sonia.

'Dim,' atebodd Jeff. 'Dim byd o gwbl. Fedrwn ni ddim mynd ar eu holau nhw oherwydd yr addewid rydan ni wedi'i roi i Sutherland a'r Dirprwy. Ond ar ôl i'r gynnau 'na landio, a phan fydd y dystiolaeth yn ei lle i allu cyhuddo Adams, mi fydda i'n siŵr o ddelio efo nhw.'

Yr eiliad honno canodd y ffôn ar ddesg Jeff. Atebodd yr alwad, a'i throsglwyddo'n syth i'r ffôn a oedd o flaen Sonia.

'Ysgrifenyddes y Dirprwy,' meddai'n ddistaw, ei law dros y ffôn.

Cododd Sonia'r ffôn. Dim ond hanner y sgwrs glywodd Jeff.

'Bore da, syr... Medraf. Ma' hi'n saff i siarad. Dim ond fi a Ditectif Sarjant Evans sydd yn y swyddfa 'ma.'

Edrychodd Jeff arni'n gwrando'n astud.

'Ydi, mae o'n iawn, er ei fod wedi brifo.'

Sut aflwydd oedd y Dirprwy yn gwybod am ddigwyddiadau neithiwr?

'Na, mae o'n benderfynol, ond mae o wedi gwneud trefniadau i yrru'i deulu o Lan Morfa am y tro ... Na, ryw dro yn ystod y dydd fyddan nhw'n mynd ... Iawn, mi ddeuda i wrtho fo. Cyn gynted â phosib felly ... Dwi'n credu mai ei ddewis o ydi aros yma er mwyn bod yn agos i unrhyw ddatblygiadau ... Mi fydda i'n siŵr o ddeud wrtho fo, syr.'

Rhoddodd Sonia y ffôn yn ôl yn ei grud.

Roedd Jeff wedi cynhyrfu'n lân. 'Sut uffar mae'r Dirprwy wedi clywed am neithiwr? Dim ond fi, Meira, Rob Taylor a chditha sy'n gwybod am y peth.'

Cododd Sonia at y drws, ac edrychodd i fyny ac i lawr y coridor cyn ei gau'n dynn.

'Mae'r Dirprwy wedi cael galwad ffôn gan Gregor Sutherland bore 'ma. Mi glywodd hwnnw'r hanes gan yr ail asiant sydd ganddo'n gweithio'n gudd ym Manceinion. Ma' raid bod hwnnw'n reit uchel yng nghyfundrefn Adams. Fo riportiodd y mater i Sutherland.'

'Pam wnaeth o hynny, tybed? Dwi'n siŵr nad ydi o'n riportio bob cweir mae dynion Adams yn ei roi i bobol – fysa fo byth yn dod i ben!'

'Am ei fod o'n ymwybodol o be ddigwyddodd i Vic McVey a ddim isio i'r un peth ddigwydd i ti, Jeff.' Oedodd Sonia am eiliad cyn parhau. 'Mae Adams yn dy gasáu di oherwydd yr hyn ddigwyddodd dair blynedd yn ôl, ac mae o wedi darganfod mai chdi oedd yn chwilio fflat McVey y diwrnod o'r blaen. Mae Adams isio chdi allan o'r ffordd, un ai nes bydd busnes y gynnau 'ma wedi'i sortio, neu am byth.'

'Y Ditectif Brif-arolygydd Reeves gariodd yr wybodaeth honno i Adams,' meddai Jeff, gan ddweud yr hanes wrthi. 'Yr un ddaru fygwth Sgwâr a finna tu allan i fflat Vic McVey. Ro'n i wedi'i amau o.'

'Ond rŵan,' parhaodd Sonia. 'Mae Adams yn lloerig na wnaeth y ddau neithiwr – Wilson a Butler ydi'u henwau nhw, gyda llaw – well job arnat ti, ac mae o wrthi'n trefnu i rywun arall orffen y gwaith. Mae hynny'n debygol o ddigwydd yn fuan. Rhywun sy'n lleol i Lan Morfa sydd wedi cael y gorchymyn yn ôl pob golwg, ond doedd yr asiant ddim yn gwybod pwy ydi o.'

'Does dim isio lot o ddychymyg, nagoes?'

'Mae'r Dirprwy yn boenus am dy ddiogelwch di a dy deulu, ac mae o isio i ti wneud yn siŵr fod Meira a'r plant yn gadael y dre 'ma gynted â phosib.'

Ffoniodd Jeff ei wraig yn syth.

'Gwranda,' meddai. 'Mae petha'n symud yn llawer cynt nag o'n i wedi'i ddisgwyl. Sgin i ddim amser i egluro, ond rhaid i ti adael cyn gynted â phosib.'

'Dwi wrthi'n pacio ac mae Mam a Dad yn ein disgwyl ni. Ma' nhw'n poeni'n arw, achos eu bod nhw'n cofio be ddigwyddodd y tro dwytha i ni orfod mynd i aros efo nhw fel hyn ar fyr-rybudd.'

'Rydan ni'n lwcus iawn o'u cefnogaeth nhw. Cofia fi atyn nhw, a deud 'mod i'n ddiolchgar iawn.'

'Dwi wrthi'n trio sortio rwbath allan efo'r swyddfa ynglŷn ag Annie Goodwin. Unwaith fydda i wedi gwneud hynny, mi fyddwn ni ar y lôn.'

'Bicia i draw rŵan, i ddeud ta-ta.'

Wrthi'n rhoi'r bagiau yn y bŵt oedd Meira pan gyrhaeddodd Jeff. Roedd y plant eisoes yn y car.

'Mi wna i dy ddilyn di nes wyt ti allan o'r dre, Meira, er mwyn gwneud yn siŵr nad oes neb arall yn dy ddilyn di. Gad i mi wybod pan wyt ti wedi cyrraedd Ffestiniog. Gyda llaw, wnest ti lwyddo i drefnu petha ar gyfer Annie?'

'Doedd fy mòs i ddim yn hapus, ond mae 'na un arall o'r gweithwyr cefnogi yn mynd i gymryd fy achosion i tra dwi i ffwrdd. Yr unig broblem ydi bod Annie yn dal i fynnu ei bod hi am adael y lloches heddiw neu fory.'

Aeth Jeff i'r car a chofleidio'i blant yn dyner, cyn troi at Meira. Gwelodd fod ei llygaid yn wlyb.

'Bydda'n ofalus, Jeff, plis,' meddai.

'Wrth gwrs,' atebodd yntau.

Dilynodd Jeff gar Meira am ddeng milltir allan o Lan Morfa i gyfeiriad Llan Ffestiniog. Erbyn hynny, roedd yn sicr nad oedd neb yn eu dilyn.

Pennod 38

Roedd yn gas gan Jeff ddisgwyl i rywbeth ddigwydd, yn enwedig pan oedd y peth hwnnw allan o'i reolaeth o.

Lle oedd David Sydney Smith? Oedd o wedi cael y gorchymyn gan Adams? Ac os oedd o, beth oedd yn mynd drwy ei feddwl? Gwyddai Jeff fod Smith yn ddyn brwnt ... sut oedd o'n bwriadu cyflawni'r dasg roedd o wedi'i chael?

O dro i dro yn ystod y dydd, crwydrodd Jeff at ffenest ei swyddfa. Oedd Smith yno yn ei wylio? Na, penderfynodd. Roedd o'n ei daro fel dyn fyddai'n hapusach yn gweithredu yn nhywyllwch y nos. Ystyriodd beth allai o ei wneud, nid yn unig i ddiogelu ei hun ond i sicrhau na fyddai neb na dim yn ymyrryd â chynlluniau Sutherland i gael gafael ar yr arfau oedd i fod i lanio ym Mhrydain. Penderfynodd beidio â mynd adref y noson honno, ond, yn hytrach, byddai'n cuddio y tu allan i'r tŷ i gadw golwg – drwy'r nos petai angen.

Ni wyddai Jeff ar y pryd fod y llong roedd Adams yn ei disgwyl wedi hen gychwyn ar ei thaith o Sbaen, a'i bod wedi cyrraedd arfordir Iwerddon. Ynddi roedd dwy fil o ynnau, yn barod i gael eu trosglwyddo i gwch pysgota llai ar gyfer rhan olaf y daith i'r bae bach ger Carreg y Bwgan.

Cododd Jeff ei ffôn a deialu rhif cyfarwydd. Nid dyma'r tro cyntaf iddo ofyn am help ei gyfaill, y cipar afon, Esmor Owen. Roedd gan Esmor sbectols arbennig i alluogi rhywun i weld yn y tywyllwch – roedden nhw'n ddigon da i droi'r nos yn ddydd, ac i chwyddo delweddau hefyd, a dyna roedd o'i angen heno. Byddai wedi gallu cael rhai tebyg o bencadlys yr heddlu, ond byddai wedi gorfod gwneud cais amdanyn nhw oedd yn golygu llwyth o waith papur a gorfod rhoi llawer iawn gormod o wybodaeth i'w benaethiaid. Trefnodd i'w casglu gan Esmor yn ddiweddarach yn y dydd.

Yn ystod y prynhawn, galwodd Sonia arno i ddod i'w swyddfa hi.

'Cau'r drws ar dy ôl, plis Jeff.'

Gwyddai o'r eiliad honno ei fod am ddysgu rhywbeth diddorol.

'Newydd gael gair gan y Dirprwy ydw i, Jeff. Mi gafodd o alwad ffôn yn gynharach gan Gregor Sutherland. Mae'r gynnau ar eu ffordd mewn cwch pysgota. O Fangor mae'r cwch yn gweithio fel arfer, ond yn ôl y sôn mae o wedi cael ei logi gan rywun diarth ers pythefnos am swm sylweddol.'

'Mae'n haws i bysgotwr wneud pres drwy logi'i gwch na morio ym mhob tywydd yn chwilio am lai a llai o bysgod,' meddai Jeff. 'Oes 'na sôn pryd fyddan nhw'n cyfarfod y cwch bach sydd yn y cwt yng Ngharreg y Bwgan?'

'Y gred ydi na fydd dim byd yn digwydd am chydig ddyddiau, o leia. Mae'r lleuad yn agos at fod yn llawn am y nosweithiau nesa, ac mae'r rhagolygon yn addo gwasgedd uchel, sef awyr glir a dim gwynt. Tydi'r amodau hynny ddim yn ffafriol ar gyfer smyglo gan ei bod yn haws i rywun ddigwydd gweld y cwch.'

'Mi fysa sŵn yr injan i'w chlywed am filltiroedd ar noson dawel hefyd. Lle mae'r cwch sgota rŵan?'

'Yn tynnu rhwydi yn araf i fyny ac i lawr Môr Iwerddon, yn union fel tasan nhw'n pysgota go iawn.'

'Be fydd rhan Heddlu Gogledd Cymru pan ddaw'r amser?' gofynnodd Jeff.

'Chydig iawn, ond mi fydd 'na dîm o blismyn arfog yma i gefnogi, rhag ofn.'

'I gefnogi pwy?' gofynnodd Jeff.

'Mi fydd rhan helaethaf y gwaith yn cael ei gyflawni gan Lu'r Ffiniau a'r Asiantaeth Troseddau Cenedlaethol. Wedi'r cyfan, dyna'u gwaith nhw.'

'Digon teg. Dim ond gobeithio y byddan nhw'n llwyddiannus, ac yn gallu cysylltu Adams â'r cwbwl.'

'Be ydi dy blaniau di heno, Jeff?'

'Dwi wedi gwneud trefniadau i gadw golwg ar y tŷ 'cw dros nos. Dwi isio gweld wneith Smith ddangos ei wyneb, ond dwi ddim isio bod yn y tŷ i'w groesawu fo, chwaith.'

'Bydda'n ofalus, Jeff. Wyt ti isio rhywun i dy helpu di?'

'Na. Dim diolch. Dwi ddim yn bwriadu gwneud dim byd peryg.'

Erbyn iddi nosi roedd Jeff wedi cael lifft i gyffiniau Rhandir Newydd gan Rob Taylor, a chafodd ei ollwng heb fod ymhell o'r giât drydan. Roedd o'n cario'r cyfarpar i weld yn y tywyllwch, sach gysgu gwrth-ddŵr a thipyn o fwyd a diod. Wedi i Rob ei adael ymbalfalodd i ran o'r ardd lle roedd dipyn o lystyfiant i'w guddio, a gwnaeth ei hun mor gyfforddus ag y gallai ym môn y gwrych.

Wrth iddi dywyllu dechreuodd oeri hefyd, a diolchodd ei fod wedi gwisgo digon o ddillad cynnes. Daeth y goleuadau solar mân ymlaen ar hyd y dreif, ond doedd 'run golau arall i'w weld yn unman.

Dechreuodd Jeff feddwl am yr hyn oedd wedi'i arwain yno. Roedd yn cuddio yn ei ardd ei hun yn disgwyl am droseddwr peryglus oedd ar ei ffordd i ymosod arno. Roedd record droseddol Smith, a'r wybodaeth am yr hyn wnaeth o i Annie Goodwin druan, yn gyrru ias i lawr ei asgwrn cefn. O leia doedd o ddim wedi cyffwrdd pen ei fys yn Adam a Claire, ystyriodd, a doedd y plant ddim wedi gweld ei ochr dreisgar, diolch byth. Roedd yn amlwg nad oedd angen llawer i danio'i dymer – roedd y syniad fod Annie yn anffyddlon iddo wedi bod yn ddigon, yn ôl Meira, heb unrhyw dystiolaeth. Ond ar y llaw arall, tybed a oedd ganddo ryw dystiolaeth? Roedd o wedi bod yn siŵr iawn o'i ffeithiau pan aeth i westy Plas Llifon i chwilio am gariad newydd Annie, yn ôl y sôn. Roedd gan Annie, yn ogystal â Smith, gysylltiadau â Manceinion – oedd hynny'n berthnasol, tybed?

Wrth lechu yn y gwrych, meddyliodd Jeff beth fyddai hanes Annie petai'n mynnu gadael y lloches tra oedd Meira i ffwrdd o'i gwaith. Fyddai hi'n goroesi? Gobeithiodd Jeff y byddai gan Smith ddigon ar ei blât yn chwilio amdano fo i feddwl amdani hi.

Trodd ei sylw at ran Smith yn y busnes smyglo gynnau. Gweithredu ar ran Benjamin Adams oedd o, roedd Jeff yn sicr o hynny. Tybed oedd o wedi cael ei yrru i Lan Morfa ddwy flynedd ynghynt gan Adams er mwyn darganfod rhywle addas i ddod â'r gynnau i'r lan? Oedd ymgyrchoedd smyglo'n cael eu cynllunio gymaint â hynny ymlaen llaw, tybed? Ac ai cyd-ddigwyddiad oedd y ffaith fod Annie wedi cyrraedd yr ardal ychydig o'i flaen? Roedd Jeff yn siŵr erbyn hyn mai Smith oedd cyswllt Adams yn yr ardal, a bod yn ddau ddyn yn gysylltiedig â llofruddiaeth Vic McVey yng

Nghwm Ceirw. Roedd yn ormod o gyd-ddigwyddiad bod Frankie Williams wedi mynd â Smith yno, a bod gan Smith hanes o ddefnyddio asid mewn ymosodiad flynyddoedd ynghynt.

Ond gwas bach oedd Smith. Benjamin Adams oedd y pen bandit, yr un oedd yn rhoi'r gorchmynion, ac roedd Jeff yn sicr wedi ysgwyd ei gaetsh drwy ddangos ei wyneb yn fflat McVey, heb sôn am fusnes hanesyddol y cof bach. A dyma fo eto, yn paratoi i geisio dryllio ymgyrch fach Adams i fewnforio arfau i Brydain.

Roedd Benjamin Adams wedi dringo'n uchel yn rhengoedd Heddlu Manceinion er ei fod yn anonest a llwgr. Roedd o hefyd wedi llwyddo i gyflawni pob math o droseddau am flynyddoedd heb gael ei ddal. Hyd yn oed pan oedd ei benaethiaid yn gwybod yn iawn sut un oedd o, llwyddodd Adams i lithro o'i waith i'w ymddeoliad heb flotyn du ar ei record swyddogol. Peth peryg fyddai tanbrisio'i glyfrwch a'i allu.

Beth petai'r un peth yn digwydd eto y tro yma? Beth os na fyddai Gregor Sutherland a'i ddynion yn yr Asiantaeth Troseddau Cenedlaethol yn gallu casglu'r dystiolaeth oedd ei hangen i'w gyhuddo? Ble fyddai hynny'n gadael Jeff a'i deulu? Yn yr un sefyllfa â heddiw, dyna oedd yr ateb, yn edrych dros eu hysgwyddau'n dragywydd. Allai o ddim gadael i hynny ddigwydd.

Am hanner nos, clywodd sŵn troed yn sathru ar frigyn wrth ei ymyl. Rhewodd. Roedd rhywun arall yn yr ardd.

Gwelodd gysgod yng ngolau gwan y lampau ar ochrau'r dreif. Ni feiddiodd symud modfedd. Arhosodd y cysgod yn llonydd am bron i funud cyn iddo gerdded ymlaen ac yn bellach oddi wrtho. Yn amlwg, roedd pwy bynnag oedd o wedi aros yn llonydd am ennyd er mwyn astudio'r tir ac amlinell y tŷ yn y pellter. Ymhen sbel, symudodd y person i gyfeiriad y tŷ. Disgwyliodd Jeff am rai eiliadau cyn gwisgo'r cyfarpar i'w alluogi i weld yn y tywyllwch. Tynhaodd y strapiau o gwmpas ei ben, a goleuodd popeth o'i gwmpas.

Roedd David Sydney Smith yn ysgafndroed o ystyried ei fod yn ddyn mor fawr. Llamodd calon Jeff. Roedd o'n cario cyllell fawr yn ei law dde – y gyllell Zombie – a disgleiriai'r llafn troedfedd o hyd drwy'r cyfarpar gweld-yn-y-nos. Chwyddodd Jeff y ddelwedd a gwelodd Smith yn gliriach, yn symud yn araf yn nes at y tŷ, gan oedi yn ei gwrcwd bob hyn a hyn. Cyrhaeddodd y drws ffrynt a daeth y goleuadau diogelwch ymlaen. Bu bron i Jeff gael ei ddallu drwy'r cyfarpar gwylio. Safodd Smith yn llonydd, yn union o dan y golau, ac ymhen sbel diffoddodd y lamp.

Edrychodd Smith i mewn drwy ffenest y cyntedd, cyn symud i sbio drwy ffenest y lolfa. Wedyn, diflannodd rownd ochr y tŷ. Aeth bron i ddeng munud heibio cyn iddo ailymddangos o'r ochr arall, ar ôl iddo, mwy na thebyg, edrych drwy bob ffenest yng nghefn y tŷ. Ar ôl iddo edrych drwy ffenest y garej wag, edrychai'n debyg fod Smith yn fodlon nad oedd neb adref, ond roedd y gyllell fawr finiog yn dal yn ei law dde wrth iddo frasgamu i lawr y dreif tuag at y giât drydan. Dringodd drosti a diflannu i'r tywyllwch. Gwrandawodd Jeff yn astud, ond ni chlywodd sŵn cerbyd yn cael ei danio a'i yrru i ffwrdd.

Disgwyliodd Jeff am hanner awr arall cyn dod allan o'i guddfan. Gwnaeth ei ffordd rownd i gefn y tŷ a gadael ei hun i mewn drwy'r drws cefn. Ni roddodd y golau ymlaen yn unrhyw un o'r ystafelloedd. Aeth i fyny'r grisiau ac i'w wely. Yna, cofiodd ei addewid i Meira na fyddai'n cymryd unrhyw risg, a chododd drachefn. Yn y tywyllwch, chwiliodd am yr allwedd i'r cwpwrdd arbennig lle'r oedd yn cadw'i wn deuddeg bôr, ac agor y drws. Cydiodd yn y gwn, rhoi dwy getrisen ynddo, a mynd yn ôl i'w wely â'r gwn wrth ei ochr.

Ni allai gysgu. Roedd yn rhaid iddo wneud rhywbeth – allai o ddim byw mewn ofn fel hyn. Byddai'n rhaid iddo feddwl am gynllun – cynllun a fyddai'n dod â'r sefyllfa hon i ben unwaith ac am byth, heb help yr Asiantaeth Troseddau Cenedlaethol na Llu'r Ffiniau, a heb help neb arall o Heddlu Gogledd Cymru. Ond gwyddai y byddai'n rhaid iddo gael cymorth o un lle.

Pennod 39

Wnaeth Jeff ddim cysgu fawr trwy'r nos. Gan fod dipyn ar ei feddwl, roedd o wedi troi a throsi nes roedd hi'n bump o'r gloch y bore. Ffoniodd swyddfa'r heddlu a threfnodd i gael lifft i lawr i'r man lle roedd o wedi cuddio'i gar y noson cynt.

Am hanner awr wedi chwech ffoniodd yr unig un oedd mewn safle i roi cymorth iddo. Yr unig un y gallai ei thrystio, dan yr amgylchiadau. Gwyddai ei bod hi'n llawer iawn rhy gynnar i'w ffonio, ond gobeithiodd am ateb. Canodd y ffôn am hir cyn iddo glywed ei llais cysglyd yn sibrwd 'helô'.

'Nansi bach, sut wyt ti bore 'ma?'

'Be ddiawl ti'n neud yn fy ffonio fi ganol nos fel hyn, Jeff? Oes 'na rywun wedi marw neu rwbath?'

'Nagoes,' atebodd, 'ac ma' hi'n gwawrio, Nansi. Isio dy help di ydw i, a hynny rŵan.' Ni roddodd gyfle iddi ddadlau. 'Gwranda, dwi isio i ti wisgo'r dillad mwya rhywiol sydd gen ti. Be am y trowsus lledr du tyn 'na? Mi fydda i acw mewn tua chwarter awr. O, a rho dipyn o golur hefyd.'

'Yli, Jeff bach, rŵan 'mod i wedi deffro be am i mi aros yn fama i ddisgwyl amdanat ti? Mi gei di neidio i mewn i'r gwely 'ma efo fi, a fydda i ddim angen gwisgo dim.'

'Nansi, dwi o ddifri. Dwi angen dy help di go iawn. Mae hyn yn bwysig.'

'Ocê. Mi fydda i'n barod. Ond dwi'm yn hapus, cofia,

yn collli fy biwti slîp. Mi fydd angen i ti neud hyn i fyny i mi.'

'Diolch, Nansi.'

Ymhen llai nag ugain munud roedd Jeff wedi cyrraedd. Pan agorodd Nansi ddrws ei chartref gwelodd ei bod hi wedi dilyn ei orchmynion i'r dim. Gwenodd. Roedd yr olwg gysglyd arni, a'r ffaith nad oedd hi'n gwisgo unrhyw beth o dan ei chrys T tyn gwyn, yn ychwanegu at y ddelwedd roedd o wedi gobeithio amdani. Diolchodd ei bod hi'n rhy gynnar iddi fod yn feddw.

Treuliodd Jeff chwarter awr yn rhoi cyfarwyddiadau manwl iddi, a gwrandawodd hithau'n eiddgar.

'Wyt ti'n dallt yn iawn?' gofynnodd, ar ôl iddo orffen egluro.

'Ydw, yn berffaith.'

'Sgin ti unrhyw gwestiynau?'

'Nagoes.'

'Wyt ti'n hapus felly?'

'Ydw, hapus.'

'Ddrwg gen i na fedra i ddeud mwy wrthat ti ...'

'Yli, Jeff, dwi ddim angen gwybod mwy. Dwi'n dy drystio di, a wna i 'mo dy adael di i lawr. Dwi'n gaddo.'

'A does neb yn y byd i gael gwybod am hyn, cofia. Byth. Iawn?'

'Trystia fi, Jeff. Ydw i erioed wedi dy siomi di?'

Hanner awr yn ddiweddarach, roedd Nansi'r Nos yn brasgamu yn ei ffordd unigryw ei hun ar hyd Y Rhos, Glan Morfa. Curodd yn drwm ar ddrws ffrynt rhif 14 ac fe'i agorwyd yn syth. Syllodd Nansi i lygaid David Sydney Smith ac edrychodd yntau'n ôl arni hi. Yn amlwg, doedd o ddim wedi bod ar ei draed yn hir chwaith – roedd o wedi tynnu pâr o jîns glas a fest bygddu amdano, ac roedd yn droednoeth. Roedd golwg ddryslyd ar ei wyneb wrth edrych ar y ddynes ryfeddol oedd o'i flaen.

'Pwy wyt ti?' gofynnodd Smith yn swta.

Safodd Nansi yn llonydd a hyderus o'i flaen wrth i Smith edrych arni'n araf o'i chorun i'w sawdl. Doedd Smith ddim wedi arfer cael neb yn sgwario i fyny ato, a dechreuodd ei agwedd feddalu wrth ddyfalu pwy oedd hi.

'Dim bwys am rŵan be ydi f'enw i,' meddai Nansi. 'Y cwbwl sydd angen i chdi wybod ar hyn o bryd ydi 'mod i'n perthyn i Frankie Williams.'

'Be sgin hynny i neud efo fi?' gofynnodd Smith yn bendant.

'Dwi'n gwbod yn iawn am y fêps 'na mae o wedi bod yn 'u gwerthu rownd yr ysgol ac yn y dre 'ma ar dy ran di, y rhai efo dôp a Duw a ŵyr be arall ynddyn nhw.'

'Be wyt ti?' chwarddodd Smith, 'rhywun o'r Soshal, neu un o'r cops, yn poeni am blant bach diniwad?'

Gwelodd Nansi ei lygaid yn culhau, a daeth y malais roedd Jeff wedi'i rhybuddio amdano i'r wyneb. Chwarddodd hithau'n ôl arno.

'Yli, Syd,' meddai, 'mi ydan ni yn yr un gêm.' Cofiodd ddefnyddio'r enw roedd Frankie a hogiau'r ysgol yn ei alw.

'Be?'

'Drygs ydi 'musnes inna hefyd, er bod petha chydig yn anoddach ers i Frankie gael ei roi ar remand. Fo oedd un o'r rhai gorau. Ond mae 'na rai eraill wnaiff gymryd ei le fo.'

'A be ar y ddaear sgin hyn i neud efo fi?' Croesodd Smith ei freichiau o'i flaen.

'Meddwl y bysan ni'n dau yn gallu gwneud chydig o fusnes efo'n gilydd. Mae 'na bres mawr i'w wneud.'

Dechreuodd Smith wrando.

'Mae'r fêps canabis 'ma'n syniad da. Llwyth o dôp, dim ogla. Dwi'n gweld marchnad uffernol o dda iddyn nhw yma yng Nglan Morfa – mwy byth efo'r fisitors yn yr haf.' Oedodd Nansi i wneud yn siŵr ei bod yn dal diddordeb y dyn o'i blaen. 'Gwranda,' meddai, 'mae gen i rwydwaith anferth o gwmpas y lle 'ma, ac mae o'n mynd i dyfu'n fwy byth yn y misoedd nesa.'

'O,' meddai Smith, wrth i'r geiniog ddisgyn. 'Dil wyt ti, 'de? Dwi 'di clywed amdanat ti – y ddynas fedar gael gafael ar unrhyw beth, unrhyw bryd. Mae 'na dipyn o barch i ti rownd y lle 'ma.'

Gwenodd hithau.

'Ma' hynny'n ddigon gwir, ond ar hyn o bryd sgin i ddim sypleiar ar gyfer fêps dôp. Dyna pam dwi'n dod atat ti. Mae 'na jans yn fama i ni'n dau weithio efo'n gilydd i neud llwyth o bres. Jyst i roi syniad i ti, fi sy'n gwerthu yn y camp gwyliau mawr 'na tu allan i'r dre ... deng mil o bobol yn dod yno bob wsnos i joio. Dim chwarae plant ydw i, Syd.'

Gwelodd Nansi fod David Sydney Smith yn ystyried y cynnig.

'Dy fêps di a fy nghontacts i, Syd. Ti fewn 'ta be?'

'Dwi angen amser i feddwl, Dil,' meddai. 'Ac i ffendio faint mwy o'r stwff fedra i gael fy nwylo arno fo.'

'Blydi hel, Syd, mae dy sypleiar di'n rhannu'r stwff i'r rhan fwya o ysgolion gogledd Cymru! Y cwbwl sy isio'i neud ydi sianelu mwy o'r hylif fêps i ni yn fama.'

'Ma' raid i mi drafod y peth. Dwi'm yn siŵr fysa fy moi fi yn fodlon.'

'Benji, y dyn mawr ei hun ti'n feddwl, ia?'

'Ti'n gwbod amdano fo?' Yn amlwg, roedd Smith wedi synnu.

'Ben Adams? Wrth gwrs 'mod i'n gwbod amdano fo. Dwi'n nabod pawb rownd ffor'ma sydd â chysylltiad efo drygs. Yr unig reswm ddois i atat ti yn lle mynd ato fo'n syth oedd bod gen ti berthynas efo fo'n barod.'

'Rhosa rŵan ... nabod pawb rownd ffor'ma?'

'Wel, ia. Dim fi 'di'r unig un sy'n gwbod bod Benji i lawr yng Nglan Morfa'n reit aml. Ti'n gwbod 'i fod o'n ffrindia efo Annie ers blynyddoedd, dwyt? Hy, mae rhai yn deud mai fo ydi tad ei phlant hi, hyd yn oed! Ella bod 'na wirionedd yn hynny ... ti'm yn meddwl bod Adam 'run sbit â fo? A pam dewis yr enw "Adam" i'r hogyn? Ond na, dwi'm yn meddwl bod 'na ddim byd yn mynd ymlaen rhyngddyn nhw ers iddi hi ddod i fyw i fama. Ond mae o i lawr yn reit aml, ac os nad wyt ti isio bod yn bartner busnes i mi, Syd, mi ofynna i'n syth i'r hen Benji tro nesa wela i o o gwmpas y lle 'ma.'

Gwelodd Nansi'r dyn mawr o'i blaen yn cau ei ddyrnau a'u gwasgu'n dynn. Dechreuodd ei holl gorff grynu. Roedd yn amser iddi adael.

'Yli,' meddai, 'ar ôl i ti benderfynu, ty'd i chwilio amdana i. Yn y Rhwydwr fydd pobol yn cael gafael arna i fel rheol.'

Trodd ar ei sawdl a cherdded ymaith ychydig cyflymach nag yr oedd hi wedi brasgamu yno.

Safodd David Sydney Smith ar stepen y drws am nifer o eiliadau ar ôl i Nansi fynd, ei feddwl ar garlam a'i dymer yn cynyddu. O'r diwedd, aeth i'r tŷ i geisio prosesu'r hyn roedd o newydd ei glywed. Roedd y ffaith fod Adams wedi bod yn dod i lawr i Lan Morfa yn aml, a bod Annie rŵan wedi diflannu, yn ormod o gyd-ddigwyddiad. Y bitsh. Roedd Adams wedi'i chwarae fo. Ma' raid bod y bastad dauwynebog yn chwerthin tu ôl i'w gefn – roedd o'n ei gyflogi i werthu ei gyffuriau ac i smyglo'i ynnau, yn smalio bod yn ffrind iddo, ac yn ffwcio Annie y tu ôl i'w gefn. Ar ôl y cwbwl roedd Smith wedi'i wneud iddo fo. Ychydig oriau ynghynt roedd o hyd yn oed wedi cytuno i ladd plismon ar ei ran o.

Dechreuodd Smith dyrchu drwy ei atgofion am gliwiau i gadarnhau'r hyn roedd o wedi'i ddysgu, ond allai o ddim cofio gweld dim oedd yn awgrymu'r affêr. Ond wedi dweud hynny roedd o'n cofio bod sôn, flynyddoedd yn ôl ym Manceinion, fod Annie Goodwin yn hysbysydd i dditectif reit uchel, o gwmpas y cyfnod pan oedd hi'n ffrindiau efo Des Slater a'i griw. Roedd hi wedi bod yn gweithio i Slater am sbel, wedi'r cwbwl, a byddai hynny wedi'i rhoi mewn sefyllfa ddelfrydol i ddysgu be oedd yn mynd ymlaen o dan yr wyneb, fel petai. Ai Adams oedd y ditectif hwnnw? Roedd pethau'n dechrau gwneud synnwyr.

Yn gynnar y bore hwnnw, yn erbyn cyngor staff y lloches a gweithwyr cefnogi Coledd, gadawodd Annie Goodwin y cartref efo'i phlant a ffonio am dacsi i fynd â nhw adref, i 14 Y Rhos, Glan Morfa. Roedd ei stumog yn corddi ar hyd y daith, ond allai hi ddim bod wedi aros yn y lloches am eiliad arall – byddai beth bynnag fyddai cosb Dave am ei adael yn well na chael ei chau yn fanno, ymhell o bawb a phopeth. Penderfynodd y byddai'n ymddiheuro i Dave am ei adael; honni ei bod hi wedi cael rhyw fath o chwalfa nerfol ac angen amser i feddwl ... gyda lwc, efallai na fyddai byth yn darganfod mai mewn lloches roedd hi wedi bod. Siarsiodd Adam a Claire i gadw'r gyfrinach hefyd, a dweud eu bod nhw wedi bod yn aros mewn AirB&B am frêc bach. Diolchodd Annie nad oedd hi wedi gwneud cwyn yn ei erbyn i'r heddlu – byddai canlyniadau hynny wedi bod yn erchyll.

Cododd David Sydney Smith o'i hoff gadair yn y lolfa a cherdded o gwmpas yr ystafell. Allai o ddim credu be roedd Adams ac Annie wedi bod yn ei wneud y tu ôl i'w gefn o. Trawodd y drws gwydr rhwng y lolfa a'r gegin â'i ddwrn, gan ei falu'n deilchion. Dechreuodd y gwaed lifo allan o'r briw dros y llawr a'r dodrefn, ond doedd dim ots ganddo. Roedd o angen dial. Estynnodd y gyllell Zombie o'i chuddfan a syllu ar ei llafn miniog. Byddai hon yn gwneud y tric, fel bob tro arall – roedd hi wedi bod yn gydymaith ffyddlon. Gwthiodd hi'n ôl i'w gwain a'i rhoi'n sownd ym melt ei drowsus cyn llamu i fyny'r grisiau i orffen gwisgo amdano. Ar ôl cipio allwedd y fan Transit oddi ar y bwrdd, aeth allan drwy'r drws cefn. Rai munudau'n ddiweddarach roedd Smith yn gyrru allan o Lan Morfa i gyfeiriad Manceinion.

Petai wedi edrych yn ei ddrych wrth lywio'r Transit allan o stad Y Rhos, byddai wedi gweld tacsi yn stopio y tu ôl iddo, o flaen rhif 14.

Safodd Annie yn stond yng nghyntedd y tŷ, yn syllu ar y gwaed a'r llanast yn y lolfa a'r gegin. Oedd hi wedi gwneud y dewis anghywir yn dod adref? Diolchodd nad oedd Dave yn y tŷ – roedd ganddi chydig o amser i feddwl, o leia.

Yn reddfol, dechreuodd lanhau a thwtio, gan neidio bob tro roedd hi'n dychmygu cysgod anferth ei phartner y tu ôl iddi.

Yn y cyfamser, roedd Jeff yn eistedd yn ei gar ger traeth Glan Morfa a'i ffôn yn ei law, yn dilyn lleoliad fan Transit David Sydney Smith drwy ap y teclyn tracio. Roedd hanner awr ers i Nansi'r Nos adael 14 Y Rhos, a gwenodd wrth weld fod ei gynllun i'w weld yn gweithio. Cyflymodd ei galon wrth i'r Transit ymuno â'r A55 i gyfeiriad Caer. Byddai'n rhaid iddo aros i weld a fyddai'r fan yn mynd cyn belled â Manceinion, ond roedd o'n obeithiol.

O fewn tair awr roedd David Sydney Smith wedi cyrraedd Trafford. Parciodd y Transit yn flêr y tu allan i'r adeilad cyfarwydd yn John Gilbert Way, a neidio ohoni heb oedi i gau'r drws ar ei ôl. Roedd ei gasineb at Adams erbyn hyn yn gorlifo – roedd o wedi cael digon o amser ar y daith i feddwl, ac wedi dod i'r casgliad bod yn rhaid i Adams dalu am ei dwyll.

Roedd car Adams wedi'i barcio wrth y drws, a rhoddodd Smith ddwrn iddo wrth basio. Y drws nesa iddo roedd y BMW llwyd – roedd Wilson a Butler yno hefyd, felly, ond doedd dim ots am hynny. Roedden nhw'n siŵr o fod yn gwybod am Annie a Ben Adams, ac wedi bod yn gwneud hwyl am ei ben y tu ôl i'w gefn, felly câi'r ddau ddioddef fel eu bòs.

Ciciodd ddrws y swyddfa'n agored a thynnu'r gyllell Zombie allan o'i gwain ar yr un pryd. Clywodd sgrechian y ferch wrth y dderbynfa, ond anwybyddodd hi.

Neidiodd Adams allan o'i gadair, a gwenodd Smith

wrth weld yr ofn ar ei wyneb – roedd o wedi deall yn syth nad ymweliad cymdeithasol oedd hwn.

'Dave! Be ti'n neud?' sgrechiodd.

Neidiodd Smith ar draws y ddesg gan godi'r Zombie'n uchel yn ei law dde. Gyda'i holl nerth, daeth â hi i lawr ar ochr pen Adams. Roedd y min ar y llafn a nerth Smith yn ddigon i hollti croen ac asgwrn. Trawodd ergyd arall, ac un arall, ac un arall nes roedd ysgwyddau a breichiau Benjamin Adams yn llanast o gnawd a gwaed, ond mewn gwirionedd roedd yr ergyd gyntaf wedi bod yn hen ddigon.

Rhuthrodd Butler a Wilson i mewn drwy'r drws agored y tu ôl i Smith, gan stopio'n stond pan welsant yr olygfa erchyll. Butler oedd yn cario'r Browning rhannol awtomatig. Trodd Smith i wynebu'r ddau, ac wrth ruo'n uchel, hyrddiodd ei hun tuag atynt. Wnaeth o ddim cyrraedd. Pwyntiodd Butler y Browning ato a'i saethu dair gwaith yng nghanol ei frest. Wnaeth yr ergyd gyntaf 'mo'i stopio, na'r ail, ond syrthiodd Smith i'r llawr lathen oddi wrth y ddau pan darodd y drydedd.

Yr eiliad honno, llanwyd y swyddfa â dynion arfog mewn dillad duon, yn gweiddi'n uchel ar i Butler ollwng y gwn. Yn ei banig, dechreuodd Butler saethu'n wyllt tuag atynt, ond cyn iddo fedru gwneud unrhyw niwed i neb, saethwyd o droeon, a disgynnodd y gwn o'i law. Ceisiodd Wilson, oedd erbyn hyn yn gorwedd ar lawr, godi'r Browning, ond cyn iddo fedru cydio ynddo clywodd y geiriau 'Stop! Heddlu Arfog!' yn cael eu gweiddi. Y glec a ddilynodd oedd y peth olaf iddo'i glywed.

Roedd y pedwar yn farw. Adams, Smith, Butler a Wilson.

Awr yn ddiweddarach, ymhell o Fanceinion, roedd Jeff wrth ei ddesg yn syllu ar sgrin ei gyfrifiadur. Cododd ei ben pan gerddodd Sonia i mewn – roedd ei hwyneb yn awgrymu bod ganddi rywbeth mawr i'w rannu efo fo.

'Wnei di byth goelio be sydd wedi digwydd.'

'Rwbath da 'ta drwg?' gofynnodd Jeff, heb ddadlennu unrhyw emosiwn. Wedi'r cyfan, doedd o ddim i fod i wybod dim.

'Dibynnu sut wyt ti'n edrych ar y peth,' atebodd Sonia. 'Dwi newydd gael galwad gan y Dirprwy, oedd wedi cael galwad gan Gregor Sutherland. Mi fu digwyddiad difrifol yn swyddfa Benjamin Adams yn gynharach heddiw.' Adroddodd Sonia hynny a wyddai wrtho.

'Pedwar wedi marw?' gofynnodd Jeff, heb unrhyw gyffro yn ei lais.

'Ia: Adams, Smith, a'r ddau sydd wedi bod yn gyrru'r BMW llwyd. Ganddyn nhw roedd y Browning rhannol awtomatig. Dwi'n gobeithio y cawn ni gadarnhad cyn hir mai'r un gwn ddefnyddiwyd i saethu Vic McVey. Dwi'n gobeithio y cawn ni fwy o gefndir hefyd, i egluro petha. Yn ôl yr hyn dwi'n ei ddallt, roedd tîm arbenigol, yn cynnwys aelodau o'r heddlu, swyddogion yr Asiantaeth Troseddau Cenedlaethol a Llu'r Ffiniau, wedi bod yn gwylio adeilad Systems Security ers tro, fel rhan o'r ymgyrch i ddal Adams efo'r gynnau cyn iddyn nhw gyrraedd strydoedd Prydain. Ond mae'n edrych yn debyg bod yr ymgyrch wedi dod i ben yn annisgwyl o gynnar, cyn i'r arfau ddod i'r lan. Does neb yn siŵr iawn pam roedd Smith yno, ond mae hynny'n ffodus i ni, tydi, i'w gael o oddi ar strydoedd Glan Morfa?'

'Ydi wir,' atebodd Jeff. 'Ffodus iawn. Be am y cwch pysgota sy'n cario'r gynnau 'na i gyd?'

'Mae hofrennydd a llong yn perthyn i Lu'r Ffiniau ar y ffordd allan ati er mwyn meddiannu'r cargo.'

Clywodd Sonia y ffôn yn canu yn ei swyddfa'i hun a rhedodd i'w ateb. Cododd Jeff ei ffôn symudol.

'Meira, mi gei di ddod adra. Mae bob dim drosodd rŵan, a phawb yn saff, yn cynnwys Annie Goodwin a'i phlant.'

Eisteddodd Ditectif Sarjant Jeff Evans yn ôl yn ei gadair yn fodlon. Roedd Glan Morfa yn mynd i fod yn saffach lle i bawb o hyn allan.

Wrth i'r ymchwiliadau i'r holl ddigwyddiadau gael eu cynnal, cafodd Jeff a Sonia fwy o wybodaeth. Cadarnhawyd mai'r gwn oedd ym meddiant Butler a Wilson oedd wedi cael ei ddefnyddio i saethu Vic McVey, a phan archwiliwyd bŵt y BMW llwyd, darganfuwyd ffibrau mân o'r dillad roedd McVey yn eu gwisgo pan fu farw, ynghyd â samplau o'i wallt, olion mân iawn o'i groen a mymryn o'i waed.

Roedd gwaed McVey ar gyllell Zombie fawr Smith hefyd, yng nghanol gwaed Adams. Edrychai'n debygol iawn mai'r gyllell honno a ddefnyddiwyd i dorri dwylo McVey oddi ar ei gorff. Cafodd eiddo Smith i gyd ei archwilio'n fanwl, a gwelwyd bod marciau llosg bychain iawn ar un o'i siwmperi a phâr o'i jîns, oedd wedi cael eu gwneud gan asid sylffwrig. Roedd olion o waed Vic McVey arnyn nhw hefyd.

Er i griw'r cwch pysgota gael eu cyhuddo o smyglo'r arfau, a hynny cyn i'r gynnau gyrraedd strydoedd dinasoedd Prydain, teimlai Gregor Sutherland yn siomedig ac yn rhwystredig. Bu'r ymgyrch i roi stop ar rwydwaith droseddol Adams yn llwyddiannus, ond byddai Sutherland wedi hoffi gweld Adams yn talu am yr hyn a wnaeth. Ar ôl cau pen y mwdwl ar yr ymchwiliad, cododd Sutherland wydr mewn llwncdestun i ddathlu dewrder dyn da, gonest, fu'n allweddol yn y fenter: Victor McVey.

* * *

Ar ôl iddi setlo'n ôl yng Nglan Morfa, ac ar ôl iddi dderbyn cwnsela i ddelio â'r trawma roedd hi wedi'i ddioddef, cyflogodd Annie Goodwin gyfreithiwr i weithredu ar ei rhan. Ei brif dasg oedd hawlio cyfran o stad y diweddar Benjamin Adams ar gyfer ei blant, Adam a Claire.

Os ydych chi, neu rywun agos atoch, yn wynebu sefyllfa debyg i un Annie yn y nofel hon, neu drais o unrhyw fath, mae cymorth a chefnogaeth i'w gael drwy gysylltu â'r isod:

Gorwel
(Gogledd Cymru)

RASASC Gogledd Cymru
(Canolfan Trais a Chamdriniaeth rhywiol)

0808 80 10 800
www.rasawales.org.uk

Cymorth i Ferched Cymru / Byw Heb Ofn

Llinell Gymorth Live Fear
Byw Heb Ofn Free Helpline

0808 80 10 800

ffôn • tecst • sgwrsio byw • ebost
call • text • live chat • email

Cymorth i Ferched Cymru
Welsh Women's Aid

- Gwefan Livefearfree.gov.wales
- E-bost info@livefearfreehelpline.wales
- Testun 07860 077333
- Ewch i https://gov.wales/live-fear-free/contact-live-fear-free i ddefnyddio ein gwasanaeth gwe-sgwrs.
- SignLive 'Live Fear Free'

Y Samariaid
(Gwasanaeth Cymraeg rhwng 7 ac 11 bob nos)

0808164 0123
www.samaritans.org

Nofelau eraill
John Alwyn Griffiths

Dan yr Wyneb
Dan Ddylanwad
Dan Ewyn y Don
Dan Gwmwl Du
Dan Amheuaeth
Dan ei Adain
Dan Bwysau
Dan Law'r Diafol
Dan Fygythiad
Dan Gamsyniad
Dan Gysgod y Coed
Dan y Dŵr
Dan y Ddaear

Pleserau'r Plismon
(Cyfrol o atgofion)

"Dychymyg a hiwmor Myfanwy a bwrlwm y Sioe Fawr – gall unrhyw beth ddigwydd!" DAVID OLIVER

COBLYN O SIOE

MYFANWY ALEXANDER

£9.50

> Stori deimladwy,
> gignoeth iawn
> mewn mannau.
> HUW MEIRION EDWARDS

HIRAETH
NEIFION

SIMON CHANDLER

£9.99

Galwch heibio i wefan
Gwasg Carreg Gwalch
i weld ein casgliad o lyfrau amrywiol

carreg-gwalch.cymru

CEFNOGWCH EICH SIOP LYFRAU LEOL

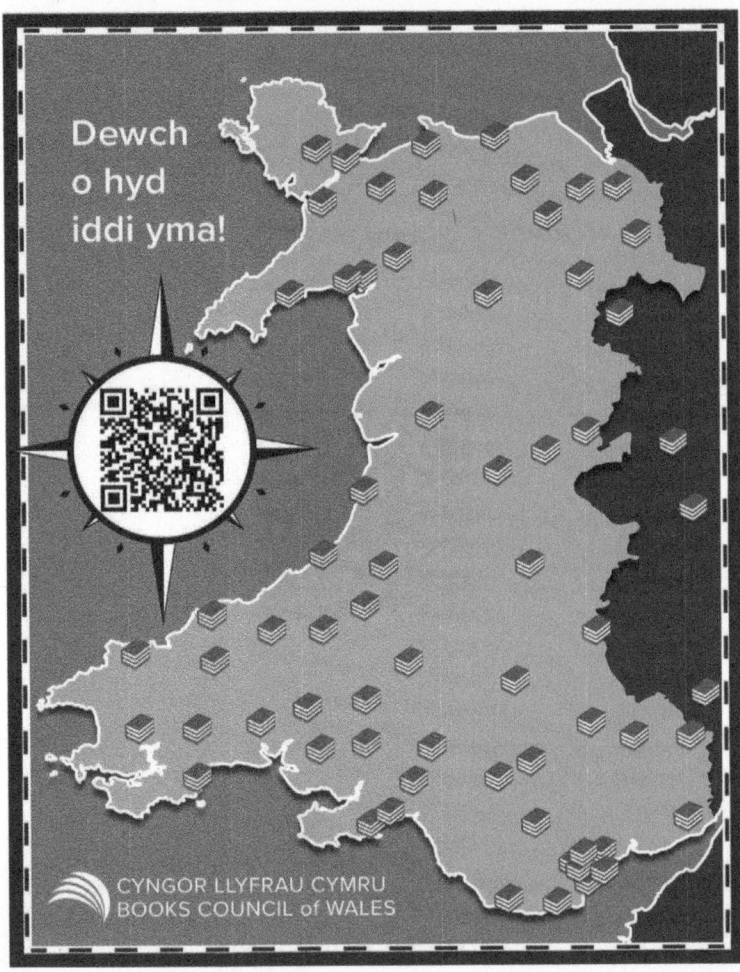